VAMP'N'LOVE

KIMBERLY RAYE

VAMP'N'LOVE

Traduit de l'anglais (États-Unis)
par Christine Barbaste

Fleuve Noir

Titre original :
Dead End Dating

This translation published by arrangement with
Ballantine Books, an imprint of Random House Publishing Group,
a division of Random House, Inc.

ISBN 978-2-265-08756-9

Pour James H. Adams,
Le meilleur père du monde ;
Tu me manques tellement !

1

Pour celles et ceux d'entre vous qui ne me connaissent pas encore, je me présente : Comtesse Lilliana Arabella Guinevere du Marchette (oui, oui, je sais...), mais mes amies m'appellent Lil.

Franchement, on se demande où mes parents avaient la tête. L'existence d'une vampire de cinq cents ans, célibataire et au chômage n'est-elle pas déjà, à notre époque, bien compliquée, sans s'encombrer par-dessus le marché d'un nom prétentieux et ringard, impossible à caser sur un formulaire de demande de carte Visa? Vous parlez d'une autre croix à porter! (Oups! Choix de terme malheureux. Au temps pour moi.)

En deux mots, je dirais que la vie n'épargne rien aux femmes, et que la mort ne leur promet guère mieux. On attend vraiment beaucoup de nous : on doit rivaliser avec l'image de Barbie – silhouette de rêve, chevelure irréprochable, vêtements à l'avenant, canines parfaites – et se transformer en amante passionnée à la nuit tombée mais aussi procréer, et chasser pour nourrir la famille, *et* veiller à ce que la petite Morticia ne dessine pas sur les murs et que le bébé Vlad n'avale pas les yeux de sa poupée Comte Dracula… Vous parlez d'un stress.

Pour une vampire émérite, s'entend.

Pour ma part, comme voilà un bon siècle que je n'ai pas eu de prétendant présentable, ni – loin s'en faut – trouvé celui qui me fera m'écrier « le Comte est bon ! », ma vie est plus simple. Notez bien que je dis *plus simple* et non pas « plus solitaire ». Car je ne souffre pas – j'insiste – de solitude.

Je suis une vampirette célibataire, sexy, branchée et dotée d'un indéniable flair en matière d'accessoires. J'ai plusieurs amies absolument savoureuses – au sens littéral j'entends – et je consulte un psy super cher.

Où en étais-je ? Ah oui – trouver ma voie en ce bas monde. Ma première priorité, c'est de me dégoter un appartement – quelle fille peut vivre chez ses parents plusieurs siècles durant sans faire une dépression nerveuse ? La seconde, c'est de trouver un boulot. Dans un cas comme dans l'autre, ça ne devrait poser aucun problème à quelqu'un comme moi. Nous, les vampires héréditaires (de naissance, si vous préférez, par opposition aux « mordus », qui le sont devenus) appartenons à une race ambitieuse. Nous sommes fonceurs et nous avons l'esprit d'entreprise – si bien développé, d'ailleurs, que la plupart d'entre nous sont affreusement riches. Il ne tiendrait qu'à moi de puiser dans le magot familial pour acheter l'appartement de mes rêves à Manhattan (avec une femme de chambre à demeure – détail qui, compte tenu de mon aversion pour le ménage, justifierait presque que je contracte une dette à vie auprès de mes parents), et de travailler pour mon père en prenant la direction d'une succursale de Midnight Moe's – celle, par exemple, qui se trouve à Manhattan, à côté de New York University.

Comment ? Vous ne connaissez pas Midnight Moe's ! Pensez photocopieuses. Reprographie. Imaginez deux cents succursales à l'échelle des États-Unis, toutes situées à deux pas d'un campus ou de chez vous.

Pensez *ennui mortel.*

Je n'ai aucun grief contre la reprographie et les métiers de l'imprimerie. Simplement, je m'imagine assez mal passer mes nuits, du crépuscule jusqu'à l'aube, derrière un comptoir, vêtue d'un polo vert pomme avec la mention « Midnight Moe's » brodée sur la poitrine et chaussée de Dockers assorties. Le vert pomme est désastreux pour mon teint, que j'ai diaphane. Toute couleur qui sort de ma gamme habituelle me donne un air… cadavérique. Et pour ce qui est des Dockers… bon, des *Dockers*, quoi. *Brrrr.* Vous comprenez certainement mieux pourquoi la seule perspective de passer l'éternité à travailler dans l'entreprise familiale me pousse à trouver par moi-même mes moyens de subsistance.

À ce stade, vous aurez probablement déjà deviné que je me distingue de mes congénères. À l'exception de l'une d'entre elles, peut-être : mon père soutient que je suis le portrait craché de feu ma grand-tante Sophie (celle qui, l'an passé, a péri carbonisée sur un banc à UV commandé au télé-achat). Avec son balayage blond, son vernis à ongles couleur pêche et son goût prononcé pour les pagnes hawaïens, la grand-tante Sophie était une authentique anticonformiste qui bousculait tous les clichés qui collent à l'image de notre peuple.

Personnellement, il est hors de question que la mort me surprenne affublée d'imprimés hawaïens, et ce, sur quelque vêtement que ce soit. Et pourquoi donc irais-je m'allonger sur un Sunsation 5 000 quand on trouve chez Clinique un spray autobronzant absolument dément qui dore la peau juste ce qu'il faut ? Absurde ! Quant à la couleur pêche, je n'en suis pas fana ; en revanche, j'ai moi aussi un balayage et, indéniablement, je suis anticonformiste (ma mère raconte volontiers à ses copines du Club des Gaies Chasseuses que j'aurais été échangée à la naissance).

Les vêtements noirs, voyez-vous, ce n'est pas ma tasse de thé. Je ne rôde pas non plus dans les rues pour mordre des victimes naïves (à moins qu'il ne s'agisse de garçons *très, très* mignons). Je ne dors pas à l'étroit dans un cercueil. Je n'ai pas un orgasme dès que quelqu'un prononce le nom de Marilyn Manson. (Sans rire ! Ce type a beau en faire des tonnes avec son look de créature des ténèbres, il est aux antipodes du sexy.) Je n'ai rien, non plus, d'une garce impitoyable et cynique (sauf quand on s'appelle Princesse Colette du Guilliam – cette pétasse blonde aux yeux bleus qui m'a volé mon tout premier petit ami).

Ma couleur préférée, c'est le rose. Et mordre, c'est franchement dépassé. Je préfère de loin boire mon dîner dans un verre à cocktail, suivi d'un cosmo en guise de digestif. Je dors dans un lit *king-size* équipé d'un surmatelas archimoelleux. Matt Damon, Brad Pitt et Toby Keith (je sais, je sais, il n'est absolument pas mon genre, mais j'ai un truc avec les chapeaux de cow-boys) font grimper mon orgasmomètre à dix. J'ai aussi la réputation de pleurer pendant les pubs de MasterCard. Et – il s'agit là du huitième péché capital en ce qui concerne ma race – je suis secrètement une grande romantique.

Je voue à l'amour un *amour* absolu, inconditionnel.

J'aime tout de l'amour, du premier échange de regards entre deux inconnus jusqu'à l'instant où le temps suspend son vol lorsqu'ils comprennent qu'ils sont à jamais faits l'un pour l'autre. Ahhhh... Mes films préférés sont, dans l'ordre, *Pretty Woman*, *Officier et Gentleman* et *Terminator* (bon, d'accord, le film en lui-même n'a rien de très émouvant, mais la seule et unique scène d'amour est vraiment démente). Ma fête préférée, c'est la Saint-Valentin, et j'ai un cœur tatoué au creux de l'aine. Lorsque Carrie a retrouvé Mr Big dans le dernier épisode de *Sex and the City*, j'ai carrément sauté de joie.

Donc, ça tombe sous le sens que, pour payer mes factures, j'envisage un boulot un peu plus romantique qu'un poste chez Moe's.

Les vampires ont besoin d'amour, eux aussi.

D'accord, d'accord, cette affirmation me vaudrait une levée de boucliers de la plupart de mes frères, parce que a) ce sont des suceurs de sang cyniques qui ne croient pas au concept et b) ils sont bien moins éclairés que moi. Certes, le Joe Vamp lambda demeure assez hermétique au concept du grand Amour, mais il n'ignore rien de la pression pour trouver une compagne ou un compagnon d'éternité (cf. la petite Morticia et le bébé Vlad). Et qui est mieux à même de le lui dégoter que votre servante ?

Contre appointements, cela va de soi. Après tout, une fille doit se nourrir. (Bon, d'accord – cette fille doit également n'être jamais à court de poudre teint de soleil, mais vous avez compris l'idée, et c'est d'ailleurs pour cette raison que je ne limite pas mes services à mes semblables.) D'où mon projet absolument renversant de monter ma petite entreprise : *Vamp'n'Love* – une agence de rencontres, basée à Manhattan, qui s'adresse aux hommes comme aux femmes, et propose ses services tout autant au célibataire malin et sophistiqué qui en a par-dessus la tête des rencards sans lendemain qu'au célibataire *vampire* tout aussi malin et sophistiqué qui, lui, cherche précisément à se passer la corde au cou pour en finir une bonne fois pour toutes.

Je sais, je sais. C'est une idée géniale. Que voulez-vous… Le génie fait partie de mon patrimoine génétique (vous avez certainement entendu parler de Marie Curie, non ?). En tous les cas, c'est un projet formidable, sur lequel j'ai déjà pas mal avancé. La semaine dernière, j'ai loué le local idéal, à deux pas de mon Starbucks préféré (Aaah… le parfum des *mocha latte* et des scones au sirop d'érable !) et j'ai embauché ma première employée : Evie Dalton. Evie est on ne peut plus humaine, mais quand elle s'est présentée à son entretien d'embauche en spencer DKNY, pantalon Gucci en velours côtelé et bottines Kenneth Cole – sans oublier la pièce maîtresse : une ceinture en strass *à mourir* – que voulez-vous, je l'ai trouvée délicieusement irrésistible (au figuré, s'entend).

Donc, en cette soirée d'octobre, par ce beau clair de lune sur Manhattan, me voilà installée devant mon ordinateur portable et toute disposée à changer la destinée d'un pauvre cœur esseulé que je vais extraire de son puits de solitude et hisser jusque dans la lumière bénie du compagnonnage. Je vais le délivrer des mâchoires de la claustration et le conduire dans l'étreinte chaleureuse et rassurante de... Bref, vous avez compris.

Et qui sait? Peut-être qu'en dispensant du bonheur jusqu'à la nuit des temps je trouverai mon propre compagnon d'éternité?

Mais attention : même si je ne perds pas espoir, je demeure réaliste. En ce qui concerne les hommes, je suis encore plus exigeante qu'en matière d'accessoires. Pour l'instant, ma priorité, c'est de payer les factures – notamment celle, astronomique, de ma Visa, que j'ai légèrement fait chauffer lorsque j'ai créé ma petite entreprise.

Cependant, je reste sereine. Vous voyez comment c'est, lorsque Barney's solde à cinquante pour cent? Eh bien, quand ma pub sera passée dans tous les quotidiens de la ville, ce sera pareil. Les gens se bousculeront pour passer ma porte. L'argent va couler à flots et moi, je n'aurai pas à rentrer dans le Connecticut, chez mes parents, en rasant les murs, ni à supporter un énième dîner avec un potentiel Le Comte Est Bon. Vous ai-je déjà dit que ma mère a la manie de vouloir me caser? Elle ne gobe pas une seule seconde mon baratin sur ma *non*-solitude.

Quoi qu'il en soit, je sais que Vamp'n'Love va faire un *carton*. Un *méga*carton. C'est mon ticket gagnant pour l'indépendance financière et l'épanouissement personnel. Sinon, dans le pire des cas, ce sera une façon vraiment sympa de payer mon loyer du mois prochain.

Le business des rencontres, ça dépote *un max*.

2

Le business des rencontres, *ça craint* un max.

Attention – je ne parle pas ici des rencontres en elles-mêmes. Vamp'n'Love était ouvert depuis quinze jours et je n'en avais pas encore organisé une seule. Non, c'est plutôt le côté *business* qui a commencé très vite à me miner.

J'ai contemplé le tas de factures qu'Evie (corsaire noir, mini tee-shirt blanc et un ensemble de bracelets en strass rose) venait de poser sur mon bureau, à côté des dossiers de mes deux seules clientes.

Oui, vous avez bien lu. Sur les quelque 95,7 millions de célibataires (75 pour cent d'humains, 10 pour cent de vampires et 15 pour cent d'Autres) recensés dans ce pays, j'avais réussi à en attirer deux – score exceptionnel s'il en est.

J'ai essayé d'ignorer la crampe qui m'a tordu subitement l'estomac. Face à une situation comme celle-là, l'ignorance est mère de félicité. Surtout pour une optimiste patentée de mon espèce. Personne, absolument personne, ne peut vivre plusieurs centaines d'années en paniquant au moindre nid-de-poule rencontré sur la route. Ce serait intolérable. Il faut impérativement garder son sang-froid et mettre en veilleuse les crises d'hystérie, jusqu'à ce que se présente un authentique problème.

— Je n'attendais pas vraiment de factures mensuelles avant que nous soyons ouverts depuis un mois entier.

— Là, ce sont les factures de frais de raccordement, a précisé Evie. Électricité, téléphone, Internet – la routine. Et *ça*, ce sont les factures du mois, a-t-elle ajouté en me tendant une autre liasse.

Bon, d'accord – nous avions un authentique problème sur les bras, mais je me suis quand même efforcée de sourire. Quand on se heurte à un aspect négatif, mieux vaut le remettre en perspective en se concentrant sur les aspects positifs.

— Des coups de fil, aujourd'hui ?

— Seulement deux, dont un de Mrs Wilhelm. Elle voulait savoir si tu as trouvé son cavalier.

Louisa Wilhelm était la détentrice du dossier 1. Elle était veuve : quelque dix ans plus tôt, son compagnon d'éternité avait sauté en parachute et s'était empalé sur une branche de chêne acérée. Elle était aussi la meilleure amie de ma mère.

— Mais elle a ouvert son dossier hier soir !

— C'est ce que je lui ai répondu, mais elle a précisé que la soirée avait lieu dans trois semaines.

La « soirée » en question, c'était le bal de minuit et la vente aux enchères caritative qui aurait lieu lors du gala annuel du Club des Gaies Chasseuses du Connecticut, dont ma mère était la vice-présidente. Maman s'occupait également des rafraîchissements une réunion sur trois et, tout en distribuant des verres de AB^- bien frais, elle parlait de moi à la ronde. En d'autres termes, elle vantait mon intelligence, ma beauté, ma réussite, et glissait à qui voulait l'entendre que je rêvais de trouver un compagnon d'éternité pour donner à ma vie cette complétude qui lui faisait cruellement défaut.

Mais je m'égare. Revenons à nos moutons. La soirée était, pour tout le gratin des vampires bien nés, l'événement phare de l'année.

— Elle a dit qu'on ferait bien de se dépêcher, et que si elle avait voulu un cavalier de dernière minute, elle se serait contentée d'attendre que Marvin Terribone lui propose de l'accompagner la veille, comme il l'a fait l'an dernier, a poursuivi Evie. Elle veut lui donner une leçon et le rendre jaloux. Elle veut aussi des résultats d'ici demain.

Comme il était évident que cette nouvelle entrait dans la colonne des « mauvaises » nouvelles, je me suis connectée sur la page de mon site web flambant neuf – www. vampnlove.com – pour en trouver une bonne. Nous y offrions trois rencontres gratuites à tout internaute qui prenait le temps de remplir le questionnaire méticuleusement formulé et acceptait de rejoindre notre base de données. J'avais eu dix visites au cours des dernières vingt-quatre heures, et trois inscriptions en tout et pour tout.

Trois.

Et que des femmes.

Ça, c'était carrément une mauvaise nouvelle.

— Mrs Wilhelm est peut-être bi, a hasardé Evie.

Elle était en train de regarder l'écran par-dessus

mon épaule, et le somptueux arôme de *mocha latte* qui flottait autour d'elle m'a chatouillé les narines.

— C'est ça. Et moi, j'ai des chances d'être la prochaine Miss Hawaiian Tropic.

Certes, les vampires, à l'instar des humains, sont sujets à des orientations sexuelles variées, mais Mrs Wilhelm, avec ses milliers, ses milliards d'années au compteur, était résolument de la vieille école. Et snob. Et prétentieuse. Quand bien même elle aurait beurré sa tartine des deux côtés, elle n'aurait jamais accepté de le reconnaître.

Cette fois, ça avait tout l'air d'un Authentique Problème.

— Je t'avais bien dit qu'on aurait dû se payer un panneau publicitaire à Times Square, a observé Evie.

— J'ai un budget serré.

— Serré comment ?

— Inexistant. J'ai atteint le plafond de mes cartes de crédit, donc à moins d'aller mettre au clou la timbale gravée de mon arrière-arrière-arrière-arrière-arrière-grand-mère, le seul panneau que j'aurai jamais à Times Square, ce sera celui que je vais bricoler moi-même et porter sur mes épaules.

— Si ça peut te consoler, tu as des cheveux magnifiques, ce soir.

Evie me croyait-elle superficielle au point qu'un compliment suffise à me distraire d'une crise majeure ?

J'ai souri.

— J'ai changé de shampooing.

— Et ton blush est incroyable.

Mon sourire a redoublé d'éclat. Un peu qu'il était incroyable ! Je l'avais acheté chez MAC.

— Il s'appelle Sunlight Sparkle. C'est une nouvelle combinaison blush/poudre bronzante. Éblouissant, non?

— Flamboyant.

— Incendiaire.

— Volcanique.

— Explosif. (Maintenant que j'avais épuisé mon stock de qualificatifs, il était temps de revenir à la réalité. Je me suis redressée en soupirant, dos bien droit, pour rassembler toutes mes forces.) Et le second coup de fil?

— Ton père. Ton uniforme est arrivé et il faudrait que tu passes le chercher dans la semaine, puisque tu commences ton stage chez Midnight Moe's la semaine prochaine.

Bon, d'accord – sans doute ne m'étais-je pas assez blindée parce que mon estomac a fait la roue *et* un double salto arrière.

— Mais je lui ai déjà dit que je ne commence rien du tout, la semaine prochaine ! Je ne travaille pas pour lui !

— Je crois que ce n'est pas très clair dans sa tête. Il t'a également fait faire un badge à ton nom – en lettres vert pomme sur fond beige. Assorties au polo. Bon, a-t-elle ajouté en remarquant mon expression effarée. La journée a été longue, j'ai peut-être mal compris.

Si seulement.

Avec ses quatre rejetons – moi et mes trois frères aînés – mon père pratique l'audition sélective et n'entend rien qui ne concerne pas l'un de ces trois sujets : 1) gagner de l'argent, 2) les Knicks et 3) gagner de l'argent. Or, que je puisse gagner de l'argent avec ma petite entreprise était, selon lui, hautement improbable : à ses yeux, il ne s'agissait que d'une tentative éphémère et irréfléchie (comme la fois où, après avoir crié sur tous les toits que je me lançais dans la carrière d'artiste, j'avais réalisé en tout et pour tout trois tableaux avant de décider finalement que je préférais poser pour un portrait plutôt que d'en peindre un moi-même). Et à moins de réussir à attirer et à caser un des joueurs des Knicks – on pouvait toujours rêver – je n'allais pas non plus trouver de ce côté-là le filon pour me faire entendre. Aussi, lorsque j'avais décliné sa proposition de diriger la seconde succursale de Moe's dans le Village, avait-il fait la sourde oreille.

Il attendait de moi que j'enfile le polo vert pomme, les Dockers assorties et que je prenne mon service, exactement comme l'avaient fait mes trois frères avant moi. Mais voilà : je n'étais pas mes frères.

Moi, j'avais des rêves plus grandioses.

J'avais des aspirations.

Des *objectifs*.

Et surtout, j'avais bon goût.

— Bon, il va falloir sortir l'artillerie lourde..., ai-je annoncé à Evie.

— On parle d'un Beretta, ou d'une Uzi ?

— Toi, tu regardes trop *Les Experts*.

— Si seulement, a-t-elle répondu avec un sourire, avant de retrouver une expression sérieuse. Alors ? Tu vas vendre la timbale et nous faire de la pub à Times Square ?

Ça a été mon tour de sourire.

— Qui a besoin de Times Square, quand on dispose de deux cent vingt points de vente dans le pays ?

— Je croyais que l'intérêt de monter ta propre affaire était de te débrouiller toute seule.

— C'est ce que je fais, ai-je répondu à l'aîné de

mes frères, Max. Diminutif de Maximillian Gautier Bastien. Que voulez-vous que je vous dise? Mes parents sont affreusement XIVe siècle.

— Tu utilises notre photocopieuse.

— Exact. Mais note bien que je fais les copies moi-même.

Allais-je devoir tout expliquer par le menu?

Je me trouvais derrière le comptoir de Midnight Moe's, sur la 4e Rue Ouest, à deux pas de Washington Square. De longs néons quadrillaient le plafond et baignaient la boutique d'une lumière blanche et crue. Des pancartes pendaient çà et là, pour informer la clientèle des divers services proposés, des RELIURES aux CARTES DE VISITE PERSONNALISÉES. Les imprimantes ronronnaient et les photocopieuses crachotaient. L'odeur entêtante de papier et d'encre se mêlait aux effluves des clients qui traînaient là – humains, vampires et Autres.

— Ce n'est pas comme si j'empruntais de l'argent, lui ai-je fait remarquer.

— Tu te sers de notre papier. Et de notre encre. Les deux coûtent de l'argent.

— C'est une façon de voir les choses. Pas la seule.

Max est un grand brun aux cheveux courts et aux yeux noisette, il possède cette aura typique de notre race, qui exsude le *sex-appeal.* Il avait vingt-trois ans lorsqu'il a perdu sa virginité et cessé de vieillir, ce qui est plutôt précoce pour un vampire héréditaire. La plupart ne peuvent pas, physiologiquement, avoir de rapports sexuels (le moteur démarre et s'emballe, mais reste au point mort) avant l'âge de vingt-cinq ans. Cette période de dormance est nécessaire à la maturation d'un gène particulier, qui contrôle à la fois le processus de vieillissement et la capacité à avoir un orgasme. Sitôt ce gène arrivé à maturité, les vannes s'ouvrent : c'est bonjour le septième ciel, et bye-bye l'outrage du temps.

Fort heureusement, il n'est nul besoin d'orgasme régulier pour maintenir le processus en état de fonctionnement ; sinon, à l'heure qu'il était, je n'aurais été que poussière.

Mon frère Max est l'un des rares vampires à avoir connu son premier orgasme avec autant de précocité. Depuis, il joue les tombeurs et exerce d'autant plus d'attraction sur ces dames qu'il peut se targuer d'un taux de fertilité extraordinairement élevé : ce détail, qui ne signifie strictement rien pour les humaines, fait de lui un excellent parti aux yeux de mes congénères car il donne une petite indication de son aptitude à mettre dans le mille le jour où il lui faudra procréer.

Chez les vampires héréditaires, nous, les femmes, avons notre propre mesure de succès – le Quotient Orgasmique – ou QO. Le QO indique le nombre d'orgasmes que peut atteindre une vampire au cours d'un seul rapport sexuel. Plus ce nombre est élevé, plus elle a de chances de concevoir.

Je sais – vous êtes en train de vous demander si nous ne serions pas des lapins, par hasard.

— Attends, a repris Max en me regardant programmer une quantité obscène de copies. Si j'ai bien compris, il y a une autre façon de voir les choses, selon laquelle tu ne taxes pas Moe's ?

— Je ne taxe pas Moe's. Je te soutire mon dû.

— Et pour quoi donc ?

— Pour mon silence.

— Ton *silence* ? Mais tu es un vrai moulin à paroles !

— Et si on parlait de tes six mois à la colle avec cette strip-teaseuse? À qui tu avais laissé croire que tu étais humain. Je n'en reviens toujours pas qu'elle ait gobé ça. D'un autre côté, elle n'avait pas inventé l'eau tiède.

— Diane était très intelligente.

— Tu dois confondre son tour de poitrine et son QI.

— Bon, d'accord, elle n'était pas si intelligente que ça. Mais elle était résistante, et endurante.

— Ça me chagrine de t'annoncer ça, mais la chevauchée de poupée gonflable ne figure pas dans la liste des disciplines olympiques.

— Pas encore, a-t-il répondu en ébauchant un sourire avant de reporter son attention sur le blond grassouillet qui déchargeait une pleine brassée de matériel de bureau sur le comptoir.

J'ai rassemblé ma liasse de prospectus rose pendant que Max encaissait le client et emballait ses achats et, sitôt qu'il s'est retourné vers moi, je lui ai collé le tout dans les mains.

— Tout ce que tu as à faire, c'est d'en glisser un dans le sac de chaque client.

— Papa va péter un plomb s'il découvre que je t'aide, a observé Max en secouant la tête.

— Il en pétera un de toute façon quand il découvrira que son aîné, son fils le plus fiable n'est finalement pas si digne de confiance que ça.

— Comment ça?

— Avant l'effeuilleuse, il y a eu cette bonne sœur de l'église sur la 56e Rue.

— Elle n'était pas bonne sœur, et ce n'était pas une église, mais une école de filles catholique. Elle travaillait à l'administration.

— Et la créatrice de bijoux? C'était quoi déjà, sa spécialité? Les crucifix incrustés de pierres?

— Elle aimait la forme, pas la connotation religieuse.

— Et la fliquette qui bossait au FBI? Elle avait un sixième sens qui aurait pu nous valoir de sacrés ennuis si elle s'était mis en tête de poser des questions.

— Elle n'a jamais posé de questions. Elle était juste folle de mon corps.

— Et la végétarienne?

— L'Amérique est un pays où chacun est libre de ses convictions.

— Et l'inspectrice des impôts?

— Okay, okay! a-t-il lâché en rangeant le tas de prospectus à côté de la caisse. Je les distribuerai. Tu crois vraiment que ça va marcher, ton histoire d'agence de rencontres?

J'ai récité mon petit couplet sur les statistiques.

— D'un côté, tu as une quantité astronomique de célibataires et, de l'autre, une pénurie de lieux où se rencontrer et lier connaissance. Et si jamais tu réussis à rencontrer quelqu'un, comment savoir qui il ou elle est vraiment?

Max m'a décoché un regard lourd de sous-entendus.

— Je ne parle pas des vampires, évidemment, ai-je repris. Nous, nous sommes hypersensibles, et sur une meilleure longueur d'onde quand il s'agit de jauger le sexe opposé. Mais ce n'est pas le cas des humains. Ni des loups-garous et des douzaines d'Autres.

— Peut-être…

— Il n'y a pas de peut-être qui tienne. J'ai raison sur ce coup-là. Imagine qu'une fille sorte avec un garçon qu'elle a rencontré au coffee-shop du coin. Sa seule envie, c'est de ne plus perdre de temps, de trouver le bon et de se caser. Or le mec n'est rien d'autre qu'un tombeur en chemise Armani. (J'ai secoué la tête.) Encore un coup dans l'eau. Et puis, il y a pire que les rencontres de hasard – il y a les rencontres arrangées. C'est l'activité la plus improductive qui ait jamais existé.

— Depuis quand es-tu devenue une experte ?

— Depuis que j'ai été moi-même victime de trop de rencontres arrangées. (Max a haussé les sourcils – imperceptiblement.) Bon, d'accord, ai-je concédé. J'ai enregistré les émissions du Dr Phil[1]. Mais uniquement dans le cadre de mes recherches. Ce type est vraiment brillant.

— Il est humain.

— Personne n'est parfait.

— Parle pour toi, m'a rétorqué Max avec un grand sourire.

— Écoute, il faut regarder la réalité en face. Le monde grouille de gens solitaires qui ont désespérément besoin d'un coup de main. (Pour appuyer mon argument, j'ai balayé le magasin du regard et avisé une fille, assise devant un ordinateur à quelques mètres de nous.) Seule, ai-je indiqué à mon frère avant de remarquer un garçon d'une vingtaine d'années qui bataillait avec une photocopieuse. Seul. (Une autre fille flânait devant le présentoir des liquides correcteurs.) Seule.

J'ai coulé un bref regard en direction d'un vampire héréditaire, penché sur une photocopieuse couleur. Je savais qu'il était né vampire parce que je sentais son odeur. Les vampires héréditaires conservent

1. Psychologue cathodique. *(Toutes les notes sont de la traductrice.)*

un côté sauvage et dégagent une fragrance sucrée, riche, entêtante. Cette odeur varie d'un individu à l'autre – la palette olfactive va du *brownie* au caramel en passant par le gâteau à la carotte avec un glaçage au *cream cheese* – mais elle est toujours suave, puissante et caractéristique. Mes narines se sont dilatées. Ce type-là sentait la génoise industrielle fourrée à la crème. Mon verdict est tombé :

— Seul.

— Comment sais-tu qu'il n'a pas une compagne d'éternité qui l'attend dans la voiture ?

— Il ne porte pas le charme d'engagement.

Le charme en question est une microfiole en cristal que tout vampire en couple porte autour de son cou, et qui contient une goutte du sang de sa moitié. Ce qui passe aux yeux du commun des mortels pour un bijou branché symbolise en fait l'union sacrée entre deux vampires héréditaires.

Détail que mon frère n'avait bien évidemment pas remarqué. Ah là là, les hommes !

J'ai poursuivi ma prospection. Un homme se tenait à côté des ordinateurs en location.

— Seul.

Une femme a pris un rouleau d'adhésif pour fermer un carton d'emballage.

— Seule.

Mon regard a braqué son faisceau sur le client que Max venait d'encaisser et qui s'était arrêté devant le présentoir des feutres fluo.

— Douloureusement seul.

— Pourquoi dis-tu ça ?

— Parce que après avoir hésité vingt minutes entre le vert salade et le rose fuchsia, il est en train de se demander s'il a finalement fait le bon choix. S'il avait quelqu'un de spécial dans sa vie, tu crois vraiment qu'il perdrait son temps ici ? ai-je lancé en regardant mon frère.

Max (pour votre info : moelleux au chocolat baigné de sauce au caramel) a haussé les épaules.

— Bon, tu as peut-être mis le doigt sur quelque chose.

— Pas peut-être. C'est sûr. (J'ai pioché un prospectus sur le tas et me suis élancée à la poursuite de Mr Stabilo qui avait finalement renoncé à ses atermoiements et se dirigeait vers la porte.) À plus, frérot !

3

— Hé ! Attendez ! ai-je lancé en déboulant sur le trottoir.

Mais il faut croire que Mr Stabilo n'avait pas l'habitude de se faire héler par des nanas supersexy car, sans marquer la moindre hésitation, il s'est engagé dans la 4e Rue, en direction du métro.

En général, j'évite le métro, tout comme la plupart des gens évitent d'utiliser les Sanisette (une fille ne sait jamais ce qu'elle risque d'y trouver en train de rôder, au milieu de la nuit). Mais là, j'étais mue par mon intuition. Je le sentais bien, ce type.

Il avait l'air tellement triste.

Tellement seul.

Tellement mal dans sa peau.

Il avait besoin de moi.

Je me suis élancée à ses trousses et je n'avais pas fait trois pas que mes oreilles se sont dressées, tout comme les duvets sur l'arête de ma nuque : j'avais l'impression, des plus étranges, que c'était moi qui étais suivie. J'ai scruté les alentours et… je n'ai rien vu.

Sinon le trottoir désert et le néon vert de l'enseigne de Midnight Moe's qui brillait au loin.

J'ai chassé cette impression d'un haussement d'épaules et reporté mon attention sur Mr Stabilo, qui s'était débrouillé pour me distancer. J'ai repris mon rythme, ce qui aurait dû suffire à rattraper ce type en un rien de temps (ce n'est jamais là qu'un de mes nombreux talents de vampirette.) Je me suis rapprochée de lui au moment où il s'enfonçait dans la bouche de métro mais, bizarrement, je n'arrivais pas à combler la distance qui nous séparait. Il se déplaçait trop vite.

Plus vite que moi ?

Cela ne pouvait signifier qu'une… Non. Impossible ! Je l'aurais calculé immédiatement. C'est notre truc, à nous vampires. Nous avons des sens surdéveloppés. Nous pouvons voir ce que les autres ne voient pas. Entendre des sons inaudibles pour une oreille ordinaire. Sentir des odeurs avec plus d'acuité qu'un nez lambda – une autre des raisons pour lesquelles j'évite le métro.

Le type a franchi le tourniquet. Je l'ai suivi. J'ai inspiré profondément et humé un parfum de… biscuits apéritifs ? Non, bien trop fade pour un vampire héréditaire. Ou même pour un mordu, d'ailleurs. Les rares vampires convertis que j'avais eu l'occasion de rencontrer sentaient la vieille naphtaline et la cupidité.

À l'évidence, je commençais à accuser mes cinq cents printemps. J'étais moins fringante qu'autrefois. Ou alors, Nike avait fini par inventer la basket supersonique.

J'ai franchi à mon tour le tourniquet. J'ai dépassé une bande d'étudiantes, sac à dos à l'épaule, puis un couple gay qui marchait main dans la main, et j'ai commencé à remonter le quai. Mr Stabilo s'est s'arrêté près d'un groupe de jeunes types qui arboraient l'uniforme des gangs : jean informe qui tient à peine à la taille, ample débardeur et assez de breloques en or pour réduire d'un bon quart le déficit budgétaire du pays.

Un des garçons a apostrophé Mr Stabilo :

— Hé, le keum, tu fais quoi, là ?

— J'attends mon métro.

— C'est pas *ton* métro, grosse tache.

Le type – un grand brun avec une coupe à la mode, un teint mat et un tatouage sur le biceps qui proclamait « *Born to die* » – s'est approché de Mr Stabilo, jusqu'à se trouver nez à nez avec lui.

— C'est le *nôtre*.

— C'est clair, a renchéri un de ses copains. (Celui-là avait des cheveux carotte, des taches de rousseur et se prenait apparemment pour Stone Cold Steve Austin[1].) Et c'est aussi notre quai.

— Alors, dégage, a insisté Born to Die avant de bousculer l'empoté d'une bourrade dans l'épaule.

Mr Stabilo a reculé de quelques pas et trébuché sur un autre membre de la bande, qui était arrivé dans son dos.

— À mon avis, ce trouduc est sourdingue, a lancé ce dernier en poussant l'intéressé vers son copain. Sinon, il se serait déjà cassé.

— Je ne cherche pas les ennuis.

— Ben, dans ce cas, t'aurais pas dû t'arrêter sur notre quai sans y avoir été invité, a décrété Born to Die en sortant un couteau. Ça va te coûter un max.

1. Célèbre catcheur américain.

Je me suis remise en marche, mais j'étais encore trop loin pour empêcher ce qui s'est produit ensuite. La lame du couteau s'est retrouvée contre la gorge de Mr Stabilo, qui s'est mis à respirer avec difficulté. J'ai vu ses narines se dilater et ses pupilles virer au noir d'encre.

Ça allait barder.

Je me suis immobilisée et j'ai attendu la métamorphose qui allait suivre. Un loup, ou un chacal, ou quelque animal tout aussi féroce. Qui allait déchiqueter ces clowns.

L'air a miroité, s'est troublé, et un quart de seconde plus tard, une voix de vieillarde a retenti dans le lointain.

— Antonio Dante Moreno ! Tu devrais avoir honte de toi.

Le jeune voyou qui tenait le couteau a trébuché de quelques pas en arrière, tout en fixant d'un regard exorbité la minuscule vieille dame. Elle avait des frisettes d'un blanc immaculé, portait une robe à fleurs et des chaussures pour pieds sensibles, et son tablier était éclaboussé de sauce spaghettis. D'une main déformée par l'arthrose, elle empoignait une grosse louche en inox. Et elle empestait la brillantine et l'ail.

— *Mamie Maria* ?

— Honte à toi, Antonio ! a-t-elle tonné en agitant un index noueux. Sainte Mère ! a-t-elle ajouté en se signant de sa main libre. Ton pauvre père – que Dieu ait son âme – doit se retourner dans sa tombe.

Le garçon a dégluti avec difficulté, l'air tout à la fois abasourdi et terrorisé.

— Je... T... tu peux pas être là. T-t-t-tu es m-morte.

La vieille dame a étréci les yeux et vrillé son regard dans celui du jeune délinquant.

— C'est toi qui seras un homme mort quand j'aurai raconté à ton oncle Gino que tu traînais dehors à t'attirer des ennuis au lieu de réviser ton contrôle d'algèbre. Tu es à deux doigts d'être renvoyé ! Personne, dans la famille, ne s'est jamais fait renvoyer de l'école.

— J-je ne voulais pas..., a protesté le garçon en secouant la tête. J-je suis désolé.

— Putain, mec, c'est quoi, ce bordel ? a demandé un de ses copains.

— Surveillez votre langage, jeune homme ! s'est emportée la vieille dame en l'assommant de sa louche, avant d'assener un coup bien sonore sur la tête de chacun des camarades. Tous. *Poum.* Autant. *Poum.* Que. *Poum.* Vous. *Poum.* Êtes. *Poum.*

— Je me tire d'ici ! a bafouillé un des types.

— Moi aussi !

— Hé, attendez-moi !

Les jeunes voyous ont détalé en direction des escaliers, et quelques instants plus tard, la silhouette de la femme s'est brouillée, a légèrement scintillé pour finalement laisser place, sur le quai, au client grassouillet de Moe's.

J'ai cligné des paupières et essayé de comprendre ce qui venait de se passer.

Ce n'était pas la métamorphose en elle-même qui m'avait fait flipper. De ce côté-là, j'en avais assez vu au cours de mon existence pour être blindée. Je dirais même que je m'en étais moi-même donné à cœur joie. Mon tour préféré, c'était le husky aux yeux bleu glacier et aux aboiements hargneux.

Mais nom d'un chien ! Jamais je ne m'étais métamorphosée en mamie italienne.

Pas étonnant que ce type soit seul.

Être empoté, c'était déjà pas terrible. Mais un *vampire empoté*? Vous parlez d'une existence merdique.

Ce type avait besoin de mon aide, incontestablement.

Et moi, j'avais besoin de la sienne.

Je me suis avancée à sa rencontre, un prospectus à la main.

4

— Je n'ai pas besoin de compagnie, a dit le vampire dadais en secouant la tête et en contemplant le prospectus que je venais de lui tendre.

— Il ne s'agit pas de compagnie. Mais de *compagne*. (Il était dur d'oreille ou quoi ?) Une compagne d'éternité.

— J'ai peur de ne pas bien vous suivre…

— Je m'appelle Lil Marchette, et je viens d'ouvrir une agence de services exclusifs pour aider les vampires sans attaches, comme vous, à trouver leur moitié. Contre une modique rémunération, naturellement.

Il m'a dévisagée comme si je venais de confesser que j'étais une chasseuse de vampires – dotée d'un goût très sûr pour les accessoires, évidemment.

— Vous êtes une *vampire* ?

À sa voix, il semblait drôlement ébranlé.

— Mm mm.

Il a inspecté ma chevelure blond miel parsemée de mèches platine, et mes barrettes Anne Klein.

— Vous n'avez pas l'air d'une vampire.

— Vous non plus. Surtout avec le tablier et la brillantine.

— J'ai encore du mal à maîtriser la technique des métamorphoses. La plupart des vampires se contentent de choisir un avatar impitoyable et s'y tiennent, mais moi, j'ai un talent particulier pour le lien spirituel. Le problème, c'est que quand je stresse, je m'emmêle les pinceaux. Au lieu d'extraire quelque créature effrayante de mon esprit, je n'arrive qu'à piocher une de celles qui sont dans la tête de la personne en face de moi.

— Une créature effrayante comme la petite mamie ?

— Une petite mamie *italienne*.

Bon, d'accord, il marquait un point.

— Merci, mais je... euh, je ne crois pas que ce soit pour moi, a-t-il poursuivi en me rendant le prospectus.

Nos mains se sont frôlées, et il a rougi. C'est là que j'ai commencé à soupçonner que j'avais peut-être eu les yeux plus gros que le ventre.

Comment dire ?

Les vampires fascinent, intriguent, intimident et, en ce qui me concerne, incarnent le summum de la séduction et de la branchitude – cf. le sac Donna Karan en cuir café au lait, rebrodé de perles que je portais ce jour-là. Ils ne *rougissent* pas.

J'ai toisé Mamie Crocs de pied en cap : des mocassins à glands fatigués (voire franchement éculés) ; un pantalon en toile, beige, à pinces, ringardissime ; une chemise jaune à col boutonné, ouvert sur un tricot de corps ; un visage rondouillard et blafard, et des yeux d'un bleu délavé.

À l'évidence, il avait dû perdre sa virginité (et donc cessé de vieillir) vers trente-cinq ans, voire même un peu plus tard. Et à en croire la façon dont il évitait mon regard tout en rougissant à qui mieux mieux, l'événement remontait à quelques années à peine.

— Quel âge avez-vous ?

— Mille trente-six.

— Je sais que la plupart des jeunes vampires ne se préoccupent pas de l'avenir ni de la perpétuation du lignage, mais... *Quoi ?* Qu'est-ce que vous venez de dire ?

— Mille trente-six.

— *Ans ?* Vous avez mille trente-six ans ?

Il a hoché la tête. J'étais abasourdie. Le train est arrivé dans un grondement, s'est arrêté, puis les portes se sont ouvertes et quelques personnes sont descendues sur le quai. Une femme d'un certain âge, les bras encombrés de sacs de courses, m'a dépassée en claquant des talons. Une odeur capiteuse de laque bon marché a agressé mes narines.

Le battement sourd dans mes tempes s'est atténué, et le choc, en se dissipant, a laissé émerger une idée carrément démente. (Ai-je mentionné que je ne réfléchis jamais mieux que sous l'effet d'un gros stress ? C'est comme si le surcroît de pression lié à une catastrophe imminente – une guerre, une famine, ou la perspective de devoir épingler le badge de Moe's sur ma poitrine – exacerbait ma créativité.) J'ai bien senti que j'étais sur le point de surpasser tous mes précédents records en matière d'idée foireuse, mais en même temps, je ne pouvais me défaire de ce frisson d'excitation qui faisait des aller-retour le long de ma colonne vertébrale.

C'était *ça*. Je le tenais, le filon : le vampire hors d'âge, totalement empoté et déphasé – et dont j'avais le seul et unique spécimen vivant sous la main, car la nature intrinsèque de notre espèce va à l'encontre de ce type de personnage.

Si quelqu'un avait jamais eu besoin de s'offrir une vie après la mort et de se trouver une compagne, c'était bien ce bonhomme.

Et moi, j'étais précisément la fille en mesure de l'aider.

J'ai une passion pour les *happy ends*, après tout. Je suis la championne de l'amour. J'ai une foi inébranlable dans les relations amoureuses, même si ça fait un bon siècle que je n'en ai pas vécu une digne de ce nom.

En tant que romantique incurable, patentée, je me *devais* de l'aider.

Sans compter que – et ça, c'était l'énorme cerise qui flottait dans mon délicieux martini à la pomme verte – il ferait un excellent outil de communication pour ma petite entreprise, en prouvant à l'ensemble de la communauté des suceurs de sang que, quand il s'agissait de déployer mes talents d'entremetteuse, j'assurais comme une bête.

J'ai souri.

— Mille ans, ah oui…

— Mille *trente-six*.

— Eh bien, dites-moi, c'est votre jour de chance… (Mon sourire s'est élargi.) Justement, nous offrons cinquante pour cent de ristourne à tout client de plus de mille trente-cinq ans.

Les deux mammouths laineux qui lui tenaient lieu de sourcils se sont haussés d'un cran.

— Ah bon ?

— Moitié prix pour une consultation intégrale et prospection de quatre candidates, *et* nous réglons l'addition de votre premier rendez-vous officiel. (À ce stade, mon sourire était si grand que j'ai bien cru qu'il allait me déchirer le visage.) Il vous suffit de remplir le questionnaire de personnalité de Vamp'n'Love et de nous indiquer vos souhaits. Cela fait, nous pourrons commencer.

Je l'ai fixé de mon regard le plus persuasif, le plus hypnotique – *vous en avez trèèèès envie* – célèbre pour avoir ensorcelé non seulement des humains mais également la majorité des vampires mâles et hétérosexuels sans attaches sentimentales connues. J'ai même étréci légèrement les yeux, pour ajouter une touche de séduction et de sensualité – *vous en avez très envie parce que vous avez envie de moi.*

Bien évidemment, il était hors de question qu'il pose ne serait-ce qu'un doigt sur moi. Je ne sors pas avec des pauvres types. Bon, *d'accord* – à ce moment-là, je ne sortais avec personne. Mais ça, il n'était pas censé le savoir, et franchement, en certaines circonstances, pour obtenir gain de cause, une femme doit faire feu de tout bois – sortilèges ancestraux, ou flirt éhonté.

Je m'attendais à un hochement de tête reconnaissant. Ou, tout au moins, à voir poindre un filet de bave. Je suis *carrément* sexy.

Mais c'est à peine s'il a cillé, avant de contempler de nouveau le prospectus de ses yeux délavés.

Bon, *d'accord* – je n'avais pas pratiqué mon regard qui tue depuis un certain temps. (Disons cent soixante ans et des poussières... Il combattait les Mexicains au nom de la vérité et de la justice sur les rives du Rio Bravo et, pour moi, un homme en bottes et éperons, c'est du pur nectar – au sens propre.) À l'évidence, j'étais rouillée. Ou alors, ce type était moins benêt qu'il n'y paraissait. Je lui ai lancé une œillade aguicheuse.

— Vous aimez les femmes, n'est-ce pas ?

À mon immense soulagement, il a pris l'air offensé.

— Un peu que j'aime les femmes !

— Alors, à quoi est dû ce retard ? Vous devriez avoir des dizaines de petites... Redites-moi votre nom ?

— Françoise. Mes amis m'appellent Francis.

Logique.

— Écoutez, Frank, un type comme vous doit à l'ensemble de notre communauté de perpétuer l'éminente race des vampires de par le monde. La procréation de notre espèce est un privilège. Un devoir. (J'ai abattu une main sur son épaule chétive et je l'ai regardé comme s'il était la dernière goutte d'AB^{-} de l'open bar d'une fiesta de vamps.) La survie de la race dépend de vous, Frank.

Il a mis un certain temps à répondre.

— Je... euh... je n'avais jamais vu ça comme ça.

— Eh bien, mieux vaut tard que jamais. Chaque jour, il naît de plus en plus d'humains. Ils infestent le monde. Ajoutez à ça quelques centaines de milliers de loups-garous, quelques milliers d'Abominables, un fatras d'Autres et ce qui nous pend au nez, c'est une explosion sans précédent de ces populations. Et pendant ce temps, des vampires forts, virils et fertiles comme vous restent assis à se tourner les pouces.

Il va sans dire qu'il n'y avait pas l'ombre d'un vampire fort, viril et fertile qui se tournait les pouces dans le coin, mais ça, il n'avait pas l'air d'en prendre conscience, et moi j'étais lancée.

— Vous n'aurez pas le temps de dire ouf que notre race sera éteinte, ai-je poursuivi. Et que, de par le monde, des aventuriers avides d'argent déterreront nos carcasses pour vendre nos crocs fossilisés sur eBay.

Je peux vous assurer que mon laïus lui donnait matière à réflexion. J'ai même envisagé de fredonner quelques mesures du tube de Queen, « We Are the Champions », mais je ne voulais pas non plus tomber dans l'exagération, alors je me suis contentée de resserrer ma prise sur son épaule, comme si le destin du monde reposait sur elle, et j'ai attendu sa réponse.

— Ce serait sympa de passer un peu moins de temps seul. Encore que je ne suis pas exactement tout seul. J'ai Britney. Et les jumeaux, mais ils...

— Comment ça? Je croyais qu'il n'y avait pas de petits vampires dans le paysage?

Il était impossible que ce type ait des bébés vampires – et encore moins des jumeaux. Seul un vampire mâle jouissant d'un taux de fertilité à faire exploser les statistiques peut donner naissance à des jumeaux. Si tel avait été le cas de Francis, il aurait été une sorte de légende. Et j'aurais entendu parler de lui bien avant ce jour.

— Les jumeaux sont des chatons; et Britney, c'est mon cocker-caniche.

Tout s'expliquait. Enfin, presque.

— Votre *quoi*?

— Un cocker-caniche. Elle est croisée d'un cocker et d'un caniche. Ça s'appelle un cocker-caniche.

— S'il vous plaît, arrêtez de répéter ce mot.

— Quel mot? Cocker-caniche? Mais c'est sa race. Un...

— C'est bon, j'ai compris!

Il m'a regardée bizarrement.

— C'est une très belle bête. Je l'ai depuis dix ans, et elle a déjà gagné dix concours. Je me fiche un peu des compétitions en elles-mêmes. Je l'ai juste inscrite pour occuper mon temps libre.

— C'est un super passe-temps. Ma mère a au moins une demi-douzaine de copines qui ne vivent que pour les concours canins.

Naturellement, la plupart d'entre elles possèdent également des chiens de race grand format. Des dobermans, des danois, des huskys – le genre de spécimen qui croque un cocker-caniche au petit déj'. Mais le propos n'était pas là.

— Les concours canins, c'est un formidable terrain d'entente, ai-je poursuivi. Vous offrez l'attrait primitif, animal. Et celui de la compétition, par-dessus le marché. Je suis sûre que ça intéresse des ribambelles de vamps du beau sexe.

— Et les albums-souvenir? Vous croyez que ça les intéresse aussi? Voyez-vous, je garde les photos, les rubans, tout ce qui a trait aux concours de Britney et j'ai constitué plusieurs albums. C'est aussi une sorte de passe-temps. C'est pour ça que j'ai acheté ces trucs, a-t-il ajouté en brandissant le sac Moe's, une étincelle dans le regard. J'ai même pris des ciseaux roses pour biseauter les coins des photos.

— Jamais je ne l'aurais deviné si vous ne me l'aviez pas dit, ai-je répondu en lui tapant sur l'épaule.

— Je suppose que faire des albums n'est pas une activité très virile.

— Ni même un peu. Comment gagnez-vous votre vie? Vous travaillez?

Il a haussé les épaules.

— En ce moment, pas vraiment. À une époque, j'étais dans l'immobilier et j'ai réalisé quelques bons investissements mais, ces derniers temps, je ne fais pas grand-chose.

— L'immobilier, ah oui…

— Ma famille possède pas mal de terres au pays de mes ancêtres.

— En France ?

Il a opiné.

— Dans quel coin ?

— Un peu partout. (Sans doute a-t-il remarqué mon regard sidéré.) Vous savez, j'ai connu Napoléon. Le premier du nom. Nous jouions aux échecs ensemble.

— Rappelez-moi votre nom ?

— Deville. Françoise Deville.

Le nom a déclenché une alarme dans ma tête, et mes mains se sont mises à trembler. Je n'étais pas simplement tombée sur un vampire antédiluvien et un peu à l'ouest. J'étais tombée sur *le* vampire antédiluvien et un peu à l'ouest *par excellence*. Descendant de la plus vieille famille française. Qui était aussi la plus riche. Ce qui n'est pas peu dire quand on sait que nous, les vamps, sommes cousus d'or.

— Où sont vos parents ? Vos frères ? Vos sœurs ?

— La majeure partie de ma famille vit encore à Paris. Mes parents, eux, se sont retirés à la campagne.

— Vous les voyez, de temps en temps ?

Il a secoué la tête.

— Ils ne tiennent pas plus que ça à ma compagnie. Je suis comme qui dirait la brebis galeuse.

— Ouais, je connais le problème.

Et pas qu'un peu.

— Vous croyez vraiment pouvoir me trouver une compagne d'éternité ? a-t-il demandé après un long silence.

Sa voix était posée, mais vibrait d'une note d'espoir. Albums et cocker-caniche mis à part, ce type avait plutôt l'air d'une bonne pâte – à sa façon pathétique, désespérée, dysfonctionnelle. Une petite crampe m'a serré la poitrine, et j'ai soudain senti ma détermination redoubler.

— Un peu que je le crois. Évidemment, il faudra d'abord vous relooker un peu.

J'ai écarté une mèche de son front et j'ai essayé de me le représenter en Brad Pitt à la mode troyenne.

Bon, d'accord – on oublie Brad Pitt.

Un jeune George Clooney, peut-être ?

D'accord, d'accord, George, ça n'allait pas le faire non plus. Mais il restait toujours Matt Damon.

J'ai plissé les yeux et laissé l'image de Frank se brouiller. Voilà. Carrément plus Matt Damon.

Enfin… genre.

— Le mini-relooking est un service inclus dans notre Package VIP.

— Vous voulez dire que je dois me couper les cheveux ? a-t-il demandé en portant la main à sa tête.

— Rafraîchir la coupe, ai-je corrigé. Et les colorer.

— Vous voulez me *teindre* ?

À sa mine, on aurait pu croire que je lui avais proposé une orgie sado-masochiste, avec des tonnes d'ail et le premier CD d'*American Idol* au menu.

— Il vous faut absolument un nettoyage de peau. Et peut-être des lentilles de contact.

Il a secoué la tête.

— Je ne sais pas…

— Ça tombe sous le sens. Sinon, ça fait longtemps qu'on vous aurait mis le grappin dessus.

— Vous le croyez vraiment ?

— Oh que oui. (Je lui ai tapoté le bras.) Laissez-moi m'occuper de tout. Vous êtes en de bonnes mains.

Mon regard qui tue était sans conteste un peu rouillé, mais pour ce qui était du contact, je savais encore y faire. Je lui ai tapoté l'épaule une fois de plus – en la caressant avec persuasion du bout des doigts, évidemment – et sur son visage, l'inquiétude a cédé le pas à une légère perplexité. (Bon, d'accord – j'avais aussi un peu perdu la main au niveau tactile. Je m'étais montrée trop décontractée.)

— C'est quoi, déjà, le nom de votre agence ?

— Vamp'n'Love, et nous sommes les meilleurs. (Du moins le serions-nous bientôt, une fois que, grâce à notre aide, Francis aurait abandonné son look passe-partout pour devenir une authentique bombe. Et en attendant...) Ai-je précisé que la moitié des honoraires est due d'avance ?

5

J'ai laissé mon nouvel ami Francis dans le métro, non sans avoir entré ses coordonnées dans mon BlackBerry et empoché un chèque de la moitié de mes honoraires, puis j'ai regagné la rue pour trouver un taxi. J'étais si contente de ma soirée de travail que j'ai décidé de rentrer chez moi sur ce point d'orgue plutôt que de repasser à l'agence et d'affronter le nombre lamentable de nouvelles inscriptions sur notre site.

Je me suis donc mise en quête d'un taxi. Je sais, je sais, je devrais jouer ma carte de vampirette et me transformer en chauve-souris pour rentrer chez moi à tire-d'aile. Mais le noir, ce n'est vraiment pas ma couleur, et une chauve-souris rose, ça ne collerait pas vraiment avec la discrétion que mon peuple prêche depuis trois milliards d'années. J'aurais pu courir également, mais j'avais mal aux pieds. C'est dur d'être une fashionista enragée.

J'ai calé deux doigts bien écartés entre mes lèvres et j'ai lâché un sifflement aigu qui a certainement arraché des gémissements à toute la population canine dans un rayon de dix blocs. Un taxi jaune s'est immobilisé devant moi dans un crissement de pneus.

Sitôt installée sur la banquette, j'ai éprouvé une fois de plus cette déplaisante sensation d'être observée. Je me suis retournée, discrètement. Bien sûr, je n'ai vu personne. Rien qu'un trottoir désert, une boulangerie et un petit drugstore plongés dans le noir. Une puanteur de poubelles, déposées devant quelque immeuble du voisinage, a flotté jusqu'à moi et s'est mêlée à l'odeur âcre de transpiration du chauffeur et... de quelque chose d'autre. Ce n'était pas forcément une odeur déplaisante, elle était juste... différente. Plus forte, légèrement plus musquée et carrément déplacée dans une rue new-yorkaise – comme une eau de toilette masculine rare et très raffinée au beau milieu d'un marché aux puces minable.

Bien malgré moi j'ai senti mes poils se hérisser. Comme si quelqu'un m'épiait.

Quelqu'un, ou quelque chose.

— C'est drôlement tard pour errer dans les rues, quand on est une jolie pépée comme vous.

La voix a attiré mon attention vers le rétroviseur et j'ai croisé le regard perçant du chauffeur.

— Je suis un oiseau de nuit.

— Moi aussi.

C'était un vieux monsieur, avec des cheveux gris acier et un visage tout ridé. Il portait une chemise écossaise, dont les manches retroussées révélaient des avant-bras charnus, parsemés de poils blancs. Il a tourné la tête par-dessus son épaule et il m'a souri ; j'ai aperçu des dents blanches et parfaitement alignées. Puis il a plissé les yeux, et d'autres rides ont creusé ses joues érodées.

— La plupart des autres taxis peuvent pas blairer les services de nuit à cause de tous les dingos qui traînent, mais moi, ça me plaît. Ça rend le boulot intéressant.

Il avait l'air plutôt gentil. Un peu à la façon d'un grand-père. À ce détail près que la force avec laquelle il agrippait son volant me mettait un peu mal à l'aise. Et lorsque nos regards se sont croisés de nouveau dans le rétroviseur, la chair de poule m'a reprise. Je me suis représenté ces mains refermées sur quelque chose de tendre et de mince, j'ai vu les muscles de ses avant-bras se bander tandis qu'il resserrait sa prise...

Ce type bouillait certes d'une rage intérieure ; mais il l'avait toujours contenue. À ce jour.

Je me suis empressée de refermer, dans ma tête, cette fenêtre qui me laissait entrevoir son caractère, un talent propre aux vampires héréditaires. Il nous suffit de plonger les yeux dans ceux, candides, de n'importe quel humain pour découvrir sa véritable personnalité. Celle que la plupart essaient de dissimuler aux autres. Je vois évidemment les avantages d'une telle faculté de pénétration – elle nous évite de nous acoquiner avec un escroc, ou d'engager un réceptionniste qui serait un boucher en puissance, ou encore de monter en voiture avec un membre des SCS (sigle des Snipers de Créatures Superflues, une organisation qui rassemble les quelques rares esprits éclairés qui croient aux vampires et autres créatures surnaturelles, et qui gagnent leur vie en essayant de débarrasser le monde de notre présence). L'inconvénient, c'est que j'en sais plus que je ne le souhaiterais sur la plupart des humains.

À savoir qu'ils peuvent être plus malfaisants que n'importe quel vampire. Et bien plus impitoyables.

J'ai chassé cette pensée profonde et dérangeante, et j'ai sorti mon téléphone du sac. La profondeur, c'est pas mon point fort.

— Alors, on va où, ma p'tite dame ?

Je lui ai indiqué mon adresse et sans lui laisser le temps d'engager une quelconque conversation, j'ai entrepris de consulter ma messagerie vocale. J'avais dix messages.

— Tu ne vas jamais croire ce qui m'est arrivé, ce soir ! s'est écriée une voix familière. Je descendais la 5e Avenue, et c'est en regardant sur ma gauche que je l'ai vu, là, dans la vitrine. Le plus *dément* des sacs Vuitton. Avec une toile de jean imprimée et une anse en serpent. Il me le fallait *absolument*. Il me tarde que tu le voies. Où es-tu ? Ah oui, tu bosses. J'espère que ta nuit a été aussi cool que la mienne ! Je te rappelle plus tard. *Clic.*

Nina Lancaster est la moitié blonde des Ninas, mes deux meilleures amies au monde.

Cela fait plus de trois siècles que nous traînons ensemble. Gamines, nous avons joué à cache-cache ; plus tard, nous nous sommes consolées mutuellement de dizaines de peines de cœur, et nous avons goûté ensemble à notre premier Italien – un vigoureux garçon prénommé Giovanni, qui était encore plus savoureux que beau. Nina Lancaster est la fille de Victor Lancaster, un très vieux vampire, hôtelier de son état qui, à la différence de quelqu'un que je connais, ne force pas sa fille à arborer un badge ou des fringues ringardes. Si Nina I joue les hôtesses au Waldorf Astoria, c'est surtout pour rassasier ses fringales de sacs à main de luxe.

Nina II Wellburton, c'est la brune. Son père a bâti

sa fortune sur les articles d'hygiène féminine – à côté de ça, Moe's, c'est chic, non ? Nina II dirige le service comptable de l'usine paternelle, dans le New Jersey, et ne claquera jamais des sommes obscènes pour un sac à main.

— Un sac à main, ça ne se mange pas, serine-t-elle inlassablement. Ces chaussures ne sont pas comestibles.

Nina II est une pingre.

Ouch.

Mais que voulez-vous ? Nous avons grandi ensemble. Nous sommes inséparables. Sans compter qu'elle est une des rares vampirettes de ma connaissance qui ne passe pas son temps à s'apitoyer sur son sort, ce qui la distingue du lot. On se ressemble, elle et moi.

Sauf en ce qui concerne la chevelure – la sienne est plus quelconque, évidemment.

J'ai effacé ce premier message et attendu le suivant.

— Tu connais la dernière de Nina ? Tu ne vas jamais me croire ! (Pause.) Bon, si, tu vas me croire. Elle a claqué un mois de salaire dans un *sac à main*. Je sais bien que c'est un Vuitton, mais il existe un truc qui s'appelle le self-control. (Soupir inquiet.) Elle n'en a aucun. Elle se débat dans un océan de dépendances, et je pense qu'on doit intervenir. On est ses meilleures amies. Elle est au bord du gouffre, c'est notre devoir de la tirer de là. (Pause pensive.) Je te rappelle quand j'ai trouvé une idée de plan. Ah, sinon j'espère que tout roule, côté boulot. *Clic.*

J'ai détruit le message et attendu le troisième.

— C'est encore Nina. *Où es-tu ?* Il faut absolument que tu voies ce sac ! Je suis passée le montrer à Nina, et elle a flippé, comme d'hab'. À force de contempler des tableurs, elle est incapable d'apprécier une œuvre d'art quand elle en voit une. Si tu veux mon avis, elle refoule un truc. Elle passe ses nuits enfermée à bosser. Je pense qu'on doit la sauver d'elle-même avant qu'il ne soit trop tard. On pourrait peut-être s'introduire en douce dans son bureau, pirater son ordi et lui mettre la dernière pub de Dolce & Gabbana en écran de veille. Celle avec ce top en lamé argent et ce jean taille basse clouté et…

Le taxi s'est arrêté devant mon immeuble à l'instant où je détruisais le dixième message – la feuille de route du complot ourdi par Nina II pour kidnapper Nina I au Waldorf et la traîner de force à une réunion des Consommateurs Anonymes.

Mon appartement se trouvait à Manhattan, dans l'East Side, au quatrième étage d'un vieil immeuble rénové, discret et plutôt sombre. Il n'y avait pas de portier pour m'aider à m'extraire du taxi et régler la course pour moi. Ni réceptionniste prêt à bondir pour porter mes sacs et appeler l'ascenseur. D'ailleurs, il n'y avait pas d'ascenseur. Juste plusieurs volées de marches qui desservaient les différents paliers et débouchaient sur un long couloir flanqué de deux portes seulement, une de chaque côté.

Je n'avais jamais rencontré ma voisine, mais j'avais entendu dire qu'elle était comptable. Célibataire. Sans enfants. Ni animaux de compagnie. Elle laissait dans son sillage un effluve d'eau de toilette bon marché, et se nourrissait de cuisine thaïe.

J'ai marqué une pause devant ma porte et senti des vibrations dans mes oreilles.

« … nouvelles nationales, le nombre de disparitions féminines ne cesse d'augmenter. Il y a trois jours,

Candace Flowers est venue s'ajouter à la liste, portant à neuf le nombre de femmes disparues à Chicago au cours des deux seuls derniers mois. Un bilan accablant, qui surpasse la récente vague de kidnappings survenue à Los Angeles... »

Elle dormait également en laissant la télévision allumée sur CNN, volume baissé pour ne pas déranger les voisins. N'étant pas une voisine ordinaire, j'entendais hélas tout, très distinctement.

Zzzzzzz...

Et en plus, elle ronflait.

J'ai ouvert ma porte et allumé l'interrupteur. Une lumière chaude a dissipé les ténèbres.

L'appartement avait à peu près la superficie de mon dressing dans le penthouse de mes parents, sur Park Avenue – quoique passant désormais le plus clair de leur temps dans leur propriété du Connecticut, ils avaient gardé un pied-à-terre en ville. Mais plutôt que de m'appesantir sur son exiguïté, je préférais le voir comme un nid douillet. Et doté d'un certain cachet.

D'accord, d'accord. Il était *exigu*, mais il était à moi, rien qu'à moi – au moins jusqu'à la fin du mois – et il se trouvait à quelques blocs à peine de Vamp'n'Love.

Évidemment, quand je dis « rien qu'à moi », c'est au sens littéral. Puisque je n'avais pas de compagnon d'éternité pour le partager. Ni de petit ami. Ni de coloc' platonique. Ni même un chat.

Notez bien que je me passais volontiers des uns et des autres. Ma vie me comblait telle qu'elle était. Extrêmement. Fantastiquement. Prodigieusement.

Oui, oui, je sais, je force *un peu* le trait. Mais chaque chose en son temps : d'abord, ma carrière, puis je prendrai ma vie sentimentale en main et me trouverai un compagnon d'éternité qui sera béat d'adoration et me fera une demi-douzaine de petits vamps auxquels j'aurai transmis mon gène du style.

J'ai posé mon sac sur un guéridon ancien que j'avais réussi à extorquer à ma mère lors de mon emménagement, quelques semaines auparavant. En même temps qu'un canapé et deux chaises. Par malchance, le canapé mangeait la moitié du salon et, faute de place, j'avais dû restituer les chaises. Pour rendre mon nid plus douillet, mes parents m'avaient acheté des stores métalliques quasi blindés et – petite folie – je m'étais offert des draps en coton égyptien qui, en cet instant même, susurraient mon nom depuis le lit *king-size* qui occupait toute la superficie de la chambre.

J'étais à moitié déshabillée quand j'ai traversé la pièce en direction du répondeur qui clignotait, par terre, pile à l'endroit où se trouverait bientôt une superbe table de salle à manger en verre et chromes si tout se goupillait au mieux avec Francis et que je commençais à faire rentrer du fric. (Hé, on a toutes le droit de rêver!)

J'ai enclenché la touche lecture du bout de l'orteil et la voix de ma mère a empli la pièce.

— Ton père t'a laissé trois messages, et tu ne l'as pas rappelé.

— Parce que je sais ce qu'il veut, ai-je riposté à voix haute.

— Midnight Moe's nous a rendu de bons et loyaux services, a poursuivi la voix de ma mère. Ce n'est pas un commerce glamour, je sais, mais il est lucratif.

La culpabilité – ah, non! c'était juste la voix de ma mère – m'a poursuivie jusque dans la cuisine, où j'ai ouvert mon mini-frigo pour en inspecter le contenu : un gobelet du Starbucks; quatre briques de jus de fruits ; six cannettes de Coca light ; et, tout au fond, une bouteille, qui ressemblait à s'y méprendre à une bouteille de vin rouge.

L'étiquette portait la mention MIS EN BOUTEILLE POUR GARNIER'S GOURMET, un pâtissier-traiteur haut de gamme de Greenwich Village. Garnier's proposait le plus vaste choix de fromages français de tout New York à sa clientèle humaine et fournissait à sa clientèle de vampires une alternative civilisée, et discrète, au dîner traditionnel.

— ... user la patience de ton père. Il était tellement contrarié qu'hier, il en a oublié de débroussailler le côté est du parc, or tu sais qu'il débroussaille toujours ce côté...

Mon père s'acharnait sur les haies du côté est parce qu'elles étaient mitoyennes de la propriété d'une certaine Viola Hamilton, présidente du chapitre local de la SPA – ou Société des Prédatrices À poil, une communauté exclusivement composée de loups-garous du sexe féminin, nudistes militantes. Du point de vue de mon père, ces « garelles » étaient la plaie du merveilleux état du Connecticut.

Comme Viola organisait chez elle les rencontres communautaires du week-end, elle aimait bien que les haies soient hautes et touffues pour préserver son intimité.

Et mon père prenait un malin plaisir à la contrarier.

— ... il est terriblement chagriné par ton projet. Tout comme moi, d'ailleurs...

J'ai débouché ma bouteille et me suis servi un verre, que j'ai tiédi au micro-ondes. Puis je me suis installée sur le canapé pour le siroter. Ma langue a frémi au contact de la première goutte. Le liquide a chatouillé mes papilles, a glissé le long de ma gorge et s'est faufilé dans mon corps en propageant sa tiédeur jusque dans mes terminaisons nerveuses. La sensation de flash n'était pas la même que lorsqu'on s'abreuve directement à un humain, mais c'était tout aussi satisfaisant.

Enfin, presque...

— ... sais combien cela est embarrassant pour nous? Que tu vives dans cette grotte? Et que tu gagnes ta vie en jouant les rabatteuses de compagnons d'éternité? Quand tu es incapable d'en trouver un pour toi! Comment vas-tu t'y prendre pour en trouver un pour quelqu'un d'autre?

Oubliez la dégustation à petites gorgées. J'ai vidé mon verre d'un trait avant d'entendre ma chère mère me rappeler que je n'avais pas eu un rencard digne de ce nom depuis que mon grand-oncle Gio avait sauté le pas avec sa compagne quatrième du titre – les trois précédentes ayant toutes péri prématurément, l'éternité selon l'oncle Gio durait à peu près un siècle.

Si mes chers géniteurs paraissaient convaincus que notre parent était victime d'une poisse à répétition, moi, en revanche, on ne me la faisait pas. Certes, l'oncle Gio était riche, cultivé et beau gosse, mais il comptait aussi au nombre de ces (rares) vampires dotés d'un sens de l'humour douteux. Je l'avais entendu faire assez de calembours de bas étage pour suspecter que ma tante Jean n'avait pas volé, accidentellement, de la fenêtre du troisième pour finir empalée sur un mât de drapeau[1]. Idem pour tante Gwen, qui avait confondu une bouteille d'eau bénite avec son

1. Certains immeubles arborent la bannière étoilée en façade, tel un étendard.

chardonnay préféré, et tante Monique qui, croyant attraper une savonnette, avait plongé une tête d'ail dans son bain vespéral.

— ... laisse moi te présenter le fils aîné de Stella Burbank. Il s'appelle Paul, et son taux de fertilité est impressionnant. Il est absolument parfait pour toi. Ou du moins, il le sera, si tu renonces à cette idée abracadabrante et acceptes que ton père te donne un travail digne de ce n...

Biiiip. Je venais de museler le répondeur du bout de l'orteil. Dans la foulée, j'ai appuyé sur la touche d'effacement, puis j'ai gagné ma chambre.

J'avais déjà un boulot digne de ce nom, et il me... comblait.

J'étais fatiguée, épuisée même. À force de me triturer les méninges, tout s'embrouillait dans ma tête. J'ai senti naître une ébauche de sourire. Ça m'était déjà arrivé d'être aussi éreintée, et plus de fois que je n'aurais su en compter – après avoir passé la nuit à danser dans un de mes repaires préférés, ou à papoter avec mes amies – mais ce soir-là, c'était différent. J'avais le sentiment d'avoir *accompli* quelque chose.

J'ai vérifié que les volets étaient correctement tirés et que j'étais bien en sécurité. Certes, je ne risquais pas de partir en fumée à cause de quelques rayons de soleil indirects, mais ça m'aurait massacré le teint. Je me suis glissée entre les draps, j'ai tiré les couvertures jusque sous le menton, puis j'ai fermé les yeux et fait apparaître mon fantasme préféré entre tous – moi, une plage, quelques verres de margherita et Orlando Bloom.

Ah oui, et un bikini rose de Donna Karan, orné de coquillages et entièrement cousu main.

Voilà ce qui s'appelle un fantasme.

6

— … C'est ton destin de travailler chez Moe's…

La voix de ma mère était en train d'arracher la couverture de félicité sous laquelle j'étais pelotonnée et de s'insinuer dans mes oreilles.

— … sans parler du fait que c'est aussi ton devoir. Tu es une Marchette. Nous *sommes* Moe's…

Le sommeil a tenté de me rattraper, rechignant à relâcher son étreinte avant le crépuscule. Mon corps était encore moulu de fatigue. C'est une sensation qui ne se dissipe qu'à la nuit tombée.

— … même ton cousin Victor se propose de mettre la main à la pâte. Il a appelé ton père, pas plus tard qu'hier soir. C'est la dernière personne dont je m'attendais à avoir des nouvelles, compte tenu qu'il fréquente toujours cette Machin Chose…

« Machin Chose », c'était Leanne, l'épouse de Victor. Leanne descendait d'une longue lignée d'Abominables. *Qu'est-ce que c'est que ça ?* vous dites-vous. Eh bien, imaginez un hybride du Comte Dracula et du loup du *Petit Chaperon rouge*. Voyez-vous, en des temps très, très reculés, une de mes ancêtres a déserté le navire pour se laisser conter fleurette par un loup-garou. De là, sans que personne ait eu le temps dire ouf, la belle s'est retrouvée enceinte. Qui l'eût cru, hein ? Bref, le reste appartient à l'histoire, et aujourd'hui, toute une colonie d'Abominables peuple la planète. Ou plutôt, comme dirait mon père, la corrompt. Les seuls êtres qu'il hait plus encore que les Abominables, ce sont les Mordus. Ma famille baigne jusqu'au cou dans cette mentalité de caste qui se croit supérieure du seul fait d'appartenir à l'élite de la race.

N'allez pas croire que le scandale familial a dissuadé Victor. Entre lui et Leanne, ça a été un véritable coup de foudre – et c'est la preuve, si besoin en était, que l'Amour existe. Car on parle bien ici d'Amour – pas de désir. Mais bon, j'imagine que le désir n'est pas non plus totalement absent du tableau. Ou même que c'est lui qui a mis le feu aux poudres. Ces Abominables sont absolument irrésistibles (je suis drôlement bien placée pour le savoir). Pour vous la faire courte, Victor s'était maqué avec Leanne cinq ans plus tôt, et la famille l'avait désavoué. Jusqu'à cette date. Que voulez-vous ? Mon père a un faible pour toute personne qui s'habille en vert pomme.

— ... sa loyauté s'est parfois fourvoyée par le passé, mais il sait à l'évidence où est son devoir. Il fait partie de la famille, et une famille, ça se serre les coudes. On ne prend pas ses cliques et ses claques sur un coup de tête pour jouer les entremetteuses...

C'est un rêve, me suis-je dit. Je dormais encore du sommeil des morts et la voix maternelle qui résonnait dans ma tête n'était que le fruit de mon imagination.

Aucun vampire digne de ce nom, respectable et sain d'esprit, ne se lèverait avant le coucher du soleil...

À l'instant même où cette aimable pensée s'est formée dans mon esprit, j'ai ouvert les yeux. *Hé! Tu parles de ta mère, là!*

— ... mais c'est ta vie, et il t'appartient de la vivre comme tu l'entends. Encore que j'aie du mal à comprendre comment tu peux être heureuse dans ce gourbi que tu appelles un appartement. Cependant, si tu veux briser le cœur de ton père, ça te regarde. Je te demande, au moins, de rencontrer son conseiller financier. Il est parfait pour toi, ma très chère. Appelle-moi, et je t'en dirai davantage. *Biiip.*

J'ai plissé les yeux en direction du réveil, posé par terre à côté de la porte de la chambre. Je disposais encore de quinze minutes de béatitude et mes paupières le savaient. Elles refusaient de s'ouvrir définitivement, comme pour m'inciter à retrouver le sommeil.

Luttant contre l'envie d'enfouir ma tête sous l'oreiller, je me suis forcée à m'extraire du lit. Ma petite vacherie à l'égard de ma mère me trottait dans la tête, mais je l'en ai vite chassée. *Moi*, au moins, je ne cassais les pieds de personne.

J'ai titubé jusqu'à l'étroite fenêtre qui se trouvait à gauche de mon lit et, en veillant à ne pas me mettre en face, j'ai relevé les lourds volets pour laisser la lumière déclinante pénétrer dans la chambre. J'ai fait demi-tour et sauté sous les couvertures. Dos calé contre la tête de lit, genoux remontés sous la poitrine et couvertures tirées jusqu'au menton, j'ai contemplé le miroir suspendu au mur.

C'est là toute l'astuce : si sortir et m'exposer à la

lumière directe du jour m'est interdit, en revanche, je peux observer le reflet de cette lumière dans un miroir.

Permettez-moi ici une petite mise au point à propos des vampires et des miroirs – oui, nous pouvons voir notre reflet. Que nous en ayons envie, ça, c'est une tout autre histoire. En ce qui me concerne, jamais je ne me confronte au mien avant d'avoir bu un grand verre d'O +, et mis un peu de rouge à lèvres.

Une lueur orangée flottait sur le toit de l'immeuble voisin, et je l'ai regardée disparaître lentement. Ce n'était pas mon premier coucher de soleil (j'ai cinq cents ans et les miroirs existent depuis la nuit des temps) mais il n'empêche : comme à chaque fois que le soleil se dérobe entièrement, j'ai éprouvé un curieux sentiment de perte.

Bon, il n'y a pas de quoi en faire un drame, et je ne prends pas ça comme un affront personnel. Je ne suis pas n'importe qui – issue de la *crème de la crème*[1], jeunesse éternelle et tout le tintouin – et en ce qui me concerne, la lumière du jour n'est rien de plus qu'un emmerdement.

Donc, pas de risque que je me demande l'effet que ça ferait de sortir et de sentir la caresse tiède du soleil sur mon visage.

Bon, d'accord – peut-être que je me suis déjà posé la question. Mais il m'est aussi arrivé de me demander comment ç'aurait été de jouer en duo avec Mozart, de poser pour Botticelli, d'épouser Bill Clinton (avant le pataquès du *Monicagate*, bien sûr) ou de chanter l'hymne national noyée dans la foule d'un stade en délire. Je vous parle ici de pensées éphémères et

1. En français dans le texte.

chimériques qui sont certes agréables, mais qui ne reflètent en aucune manière ma vraie personnalité.

Je suis parfaitement heureuse et comblée.

Le téléphone a sonné avant que – par chance – je puisse creuser plus avant le sujet. J'ai décroché avec vivacité.

— Allô ?

— Lil ?

Ma mère. Je m'en suis voulu de n'avoir pas regardé le numéro qui s'affichait. À ma décharge, je ruminais des pensées graves, ce qui n'était pas si fréquent.

— Enfin tu daignes répondre !

— Eh non, c'était une blague ! ai-je lâché. En fait, je ne suis pas vraiment là en ce moment, mais laissez-moi un message et je vous rappellerai. Biiiiiiip !

— Lil ?

J'ai retenu ma respiration.

— Lil, c'est ta mère. J'ai oublié de te rappeler d'être ponctuelle dimanche. Ton père déteste que tu sois en retard. À ce propos, il faut que j'aille le réveiller. Il joue au golf au coucher du soleil. *Clic.*

Waouh ! Moins une.

J'ai relâché mon souffle et raccroché le combiné.

Bon sang de bonsoir ! Toute à mon euphorie nouvel appart' nouveau boulot, j'avais complètement zappé le rendez-vous dominical. À l'instar des humains qui, traditionnellement, se réunissent chaque semaine autour d'un bon repas pour se faire tourner mutuellement en bourrique, nous, les Marchette, nous avons la chasse.

En des temps reculés – pré-Versace –, les familles chassaient ensemble, en horde. Mais depuis que nous, les vampires héréditaires, sommes entrés dans un nouvel âge des lumières, le rituel de nos repas s'est civilisé : plutôt que risquer d'être démasqués en battant la campagne pour trouver de quoi nous sustenter, nous achetons notre dîner en bouteille, au rayon gourmet.

Cependant, nous ne devons pas laisser nos instincts s'émousser. C'est du moins la conviction de mon père. Il considère de son devoir de veiller à ce que ses enfants soient aptes à chasser, au cas où les usines de sang pasteurisé disparaîtraient de la surface de la terre et où le chaos régnerait en maître. Pour cette raison, il maintient la tradition de la chasse dominicale.

Sauf que maintenant, nous nous chassons les uns les autres, et chacun endosse tour à tour le rôle de la proie. Le prix à gagner? Des jours de vacances supplémentaires chez Moe's, ce qui arrange drôlement mes frères. Ça fait un bail qu'ils n'ont pas loupé une partie de chasse. Pour ma part, n'étant pas – n'ayant jamais été (du moins, je ne l'avouerai jamais) – employée chez Moe's, je ne suis guère emballée par cette réunion hebdomadaire. Je crois même que j'aurais préféré porter un jean acheté dans un Wal-Mart[1].

D'autant qu'en plus de nous obliger à chasser, mon père, qui est un mordu de golf, insiste en général pour nous faire la démonstration de son swing.

Je me suis extraite de sous les couvertures et, à l'instant où j'allais refermer les volets, j'ai senti ces mêmes fourmillements que la veille au soir.

J'ai scruté la ruelle, en contrebas; ma vision surnaturelle me permettait de percer l'obscurité pour balayer l'étroit passage. Qui était désert, à l'exception

1. Chaîne de supermarchés hard-discount.

de quelques bennes à ordures, d'un chat de gouttière et d'un truc mou et velu dont je préfère taire le nom.

J'ai beau être une citoyenne des ténèbres, j'ai comme qui dirait une véritable phobie des rongeurs.

J'ai fouillé la venelle des yeux quelques secondes de plus avant de chasser cette étrange sensation. Puis j'ai allumé le lecteur de CD et sélectionné le morceau dans lequel Kanye West met en garde le sexe fort contre les croqueuses de diamants. Tandis que le tempo régulier emplissait mon petit appartement et couvrait le JT du soir qui beuglait dans l'appartement voisin, j'ai gagné la cuisine d'un pas guilleret. J'ai descendu un grand verre de sang puis j'ai filé sous la douche en me dandinant. En dépit de cette impression vaguement sinistre et du harcèlement maternel, j'étais plutôt de bonne humeur.

Une demi-heure plus tard, j'étais habillée et prête à attaquer ma soirée. Le ciel était d'un noir dense et velouté, pailleté d'étoiles clignotantes, et j'ai décidé de marcher plutôt que de prendre un taxi.

En chemin, j'ai acheté le dernier *Cosmo* dans un kiosque, puis je suis passée chez Starbucks, si bien que, lorsque je suis arrivée en vue de l'agence, je n'avais plus une main libre.

Fort heureusement.

Parce que vu le canon de la mort qui attendait devant la porte, je l'aurais alpagué d'abord, et j'aurais réfléchi plus tard.

Beaucoup plus tard.

7

C'est un vampire.

Voilà la première pensée qui m'a traversé l'esprit quand j'ai découvert cet homme qui poireautait devant la porte de Vamp'n'Love.

Bon, d'accord, ce n'était pas la toute première.

Vous voulez savoir quelle était la *numero uno*? Mon string en dentelle de chez Victoria's Secret était remonté... – comment dire? un peu trop haut, et je me suis dit que j'aurais été bien inspirée de régler le problème, grâce à mes réflexes surnaturels, un bloc plus tôt au lieu d'attendre d'être arrivée au bureau.

Ma deuxième pensée?

Il est supersexy.

D'une façon sauvage, primitive. Il avait des cheveux bruns mi-longs, une mâchoire carrée ombrée d'une barbe naissante, et des yeux bleus. Mais pas n'importe quel bleu : un bleu fluo, si vif et si intense que, lorsque nos regards se sont croisés, j'aurais pu jurer entendre bourdonner un néon.

Certes, le bourdonnement pouvait provenir de mes

hormones de vampirette frustrée, qui tendent à s'emballer à la vue de trop de testostérone.

Avec son Stetson noir enfoncé bas sur le front, son manteau en cuir noir qui balayait le sol, son jean noir et ses bottes noires patinées, ce mec était sans conteste l'archétype du cow-boy éclatant de virilité.

Malheureusement, il n'était pas seulement un suceur de sang d'une beauté à tomber par terre. Il était aussi un converti.

Je l'ai su à la seconde où mes narines, en se dilatant, n'ont humé que l'odeur discrète de son manteau en cuir. L'homme ne dégageait aucun effluve suave, puissant ou comestible, même s'il me semblait sans conteste être les trois à la fois.

J'ai dégluti avec peine et je me suis concentrée sur mon problème de string. Argh ! L'inconfort était à ce point intolérable que j'aurais dû être totalement décontenancée, et non pas émoustillée. Mon cœur n'aurait pas dû battre à tout rompre, mes mains n'auraient pas dû trembler, et en aucun cas je n'aurais dû avoir envie d'en planter une direct dans ces lèvres fermes et sensuelles.

Pense au string.

À cet insupportable string.

À cet insupportable string qui t'irrite le derrière sous ton jean DKNY de la saison dernière, que tu as enfilé parce que tu n'avais rien d'autre à te mettre (ai-je déjà mentionné que je déteste faire la lessive ?) *et assorti avec un tee-shirt Metallica rose (*mais vintage) *qui ne te vaut rien au teint.*

Pour le jean, je n'avais pas eu le choix. Mais si j'avais pensé à mettre ce mini-pull ivoire à manches ballon et rebrodé de strass que j'avais acheté la semaine précédente, ç'aurait été tout de même bien mieux. Au moins, il aurait mis en valeur ce qui restait de mon bronzage en institut et il m'aurait donné l'air un peu plus sexy...

Hé, hé, minute!

Là tout de suite, un look sexy n'était pas ma priorité absolue. Mr le Vampire Canon et *Mordu* n'entrait pas dans la catégorie de mes partenaires potentiels. En clair : inutile de chercher à lui faire bonne impression; de fantasmer sur le contact de ses lèvres, d'imaginer ses mains rudoyant mes... *Stop!*

Lui-même n'avait rien d'un arbitre des élégances. Le vintage de la tête aux pieds, ce n'est pas *si* branché que ça. L'astuce consiste à marier une pièce maîtresse avec les tendances de la saison. De toute évidence, en plus du handicap d'être un converti, ce type ne captait rien à la mode.

Un double coup du sort, de mon point de vue.

Il n'empêche – je regrettais de ne pas avoir mis mon mini-pull. Ce n'était pas parce que ce type était complètement à côté de ses pompes en matière de mode que je devais me laisser aller moi aussi. D'autant que – toutes classifications vampiresques mises à part – il était tout de même canonissime. Certes, je n'avais aucune envie de le draguer voire plus si affinités, mais ça ne m'empêchait pas d'avoir envie que *lui* en ait envie.

Question de principe.

En trois enjambées, je suis arrivée à sa hauteur.

— Bonsoir.

— Salut, poupée.

Poupée? Ben voyons. C'était quoi, ces manières de rustre suffisant et condescendant, de macho? Il comptait aussi m'arracher ma carte d'électeur et mon libre arbitre dans la foulée ? Je déteste les mecs qui se comportent comme ça, c'est rédhibitoire.

Mon rythme cardiaque a enclenché la vitesse supérieure et mes nerfs ont vibré.

— Mm… Puis-je vous aider ?

— Ça se pourrait, a-t-il lâché sans bouger d'un centimètre.

Il me bloquait l'accès à la porte, sans me quitter des yeux. Une drôle de sensation m'a chatouillé l'échine. Une sensation familière.

Et là, comme si un bus aux freins défaillants m'avait percutée de plein fouet, j'ai compris.

— C'est vous qui me suiviez ! ai-je bafouillé. C'était vous.

Vous croyez qu'il aurait cillé sous le coup de l'accusation ? Qu'un regard penaud et contrit serait venu adoucir sa suffisance de mâle triomphant ? Que nenni : il m'a fait un grand sourire, qui a creusé la commissure de ses lèvres puis révélé une belle rangée de dents blanches à l'alignement irréprochable. Mon cœur s'est mis à palpiter sans la moindre retenue.

— Je plaide coupable, a-t-il répondu d'une belle voix de gorge. (Avant d'enchaîner, avec une froideur toute professionnelle :) Je m'appelle Ty Bonner. Je suis un agent indépendant, qui traque des fugitifs pour procéder à leur arrestation, et j'aimerais m'entretenir avec vous d'une série de kidnappings.

Aussitôt, j'ai repensé aux infos entendues la veille depuis la télé de ma voisine, à propos des disparues de Chicago.

— Pourquoi n'entrerions-nous pas ? a-t-il poursuivi sans me laisser le loisir de me lancer dans quelque spéculation que ce soit. Votre café est en train de refroidir.

Il a désigné mon gobelet Starbucks.

— Quoi ? Oh non, ce n'est pas pour moi, mais pour mon assistante.

Il s'est écarté pour me céder le passage. J'avais l'intention d'entrer avec nonchalance, mais j'étais trop occupée à me demander pourquoi il voulait me parler de ces bonnes femmes, et – bon, j'avoue – pourquoi est-ce que j'avais une telle poisse en ce qui concernait les hommes. *Pour une fois que je rencontre un mec vraiment séduisant, c'est un mordu ? Nom d'un chien !*

Quel était mon problème ? On m'avait jeté un sort ou quoi ?

— Eh bien, dis-moi, tu n'as pas perdu ton temps ! a lancé Evie à notre entrée. Nous ne sommes pas au bout de nos peines, patronne. Si tu continues à les attirer comme ça, on va casser la baraque en moins de deux.

— Ce n'est pas un client. C'est un agent administratif en fuite.

— Agent d'arrestation de fugitifs, a corrigé Ty.

— Un chasseur de primes ? (Tandis que je posais le café sur son bureau, Evie a contemplé notre visiteur avec un sourire étincelant.) C'est un métier super dangereux, non ?

— Ça peut l'être.

— Vous avez un revolver ? (Elle l'a toisé méticuleusement, et son regard a marqué des pauses à différents niveaux.) Beretta ? Glock ? Magnum ?

— Evie est une fan des *Experts*, suis-je intervenue en voyant Ty hausser un sourcil.

— En fait, j'ai un Sig calibre quarante, lui a-t-il

répondu. Qu'il m'arrive de trimballer avec moi. Parfois. Je n'ai pas vraiment besoin d'un revolver.

Forcément, quand on a les forces des ténèbres de son côté...

— Idiote que je suis! s'est exclamée Evie. Vous êtes sans doute ceinture noire, et surentraîné aux combats au corps à corps.

Je la voyais quasiment frissonner d'excitation.

— Je parie que vous êtes un as de la fessée à mains nues, a-t-elle poursuivi.

— Je me défends pas mal.

Evie restait vissée sur sa chaise, à dévisager Ty comme s'il était une génoise dont elle rêvait de croquer le cœur en chocolat.

— Evie, tu peux y aller, ai-je dit. Je suis sûre que tu es fatiguée.

— Pas du tout. (Elle a bu une longue gorgée de son *mocha latte*.) C'est mon sixième de la journée. (Elle a reposé la tasse.) Je serai ravie de rester encore un peu pour m'occuper du téléphone pendant que vous deux euh... discutez.

— C'est bon. Je m'occupe du téléphone. Je suis sûre que nous n'en avons pas pour longtemps.

— Non franchement, ça ne m'embête pas.

— Je ne veux pas t'imposer des heures supplémentaires.

— Non, non, je t'assure! Ce sera avec plaisir.

— Vas-y.

J'ai rameuté toutes mes facultés de médium pour l'obliger à se décoller de sa chaise – sans succès. Ce n'est que lorsque Ty lui a décoché son Regard Qui Tue qu'elle a enfin obtempéré. Elle m'a tendu un petit tas de messages avant d'attraper son sac.

— N'oubliez pas votre café, a lancé Ty.

Elle lui a souri, comme si c'était lui qui s'était tapé vingt minutes de queue pour le lui acheter.

— Merci.

— Avec plaisir, ai-je répondu en cherchant à la pousser dehors *oculi militari*. J'ai senti un petit pincement de culpabilité. Après tout, Evie était mon amie, et j'ai pour principe de ne jamais user de mes sortilèges de vamp sur mes amies. Cela dit, la plupart de mes amies sont elles aussi des vampires et les sortilèges demeurent sans effet sur elles.

Par ailleurs, n'avions-nous pas une urgence sur les bras ? Et puis, je n'agissais que dans son intérêt. Je ne connaissais pas Ty Bonner. Qui me disait qu'il n'allait pas se mettre en tête d'en faire son dîner ? À en juger par son accueil, Evie aurait été une entrée plus que consentante.

— On y va ! ai-je insisté.

Evie a gagné la porte en ligne droite, aussi vite que le lui permettaient ses compensées Jimmy Choo.

Ooooh ! Je ne les avais jamais vues, celles-là. Drôlement sympa !

— ... pour le faire ?

— Quoi ? (Ma tête a pivoté vers Ty.) Excusez-moi, je n'ai pas entendu.

— Où s'installe-t-on pour faire ce qu'on a à faire ?

Une bonne douzaine de possibilités alléchantes ont défilé dans mon esprit, et ma langue était soudain trop ankylosée pour lui répondre. Je lui ai désigné la porte de mon bureau.

— Impressionnant, a-t-il dit lorsque nous y sommes entrés. (Il a embrassé la pièce du regard tandis que, tout en gagnant ma table de travail, j'allumais quelques lampes d'ambiance au passage.) Ça a l'air de marcher, les affaires.

J'ai dégluti en m'évertuant à chasser toutes les pensées obscènes, lubriques, qui dévastaient mon cerveau (enfin, presque toutes).

— Eh bien… disons que, pour l'instant, c'est surtout ma carte de crédit qui bosse dur, mais j'ai l'intention de prendre la relève dès que les affaires démarreront. (Je me suis laissée choir dans mon fauteuil, j'ai posé mon sac par terre et j'ai jaugé mon visiteur.) Alors, à quoi rime ce cirque à la James Bond? Pourquoi n'avoir pas téléphoné pour prendre rendez-vous, comme tout le monde, au lieu de me suivre dans mes allées et venues?

— Vous êtes une vampire.

— Et?

— Et vous êtes une entremetteuse.

— Et?

— Et les deux ne vont pas ensemble. (Il a coulé un regard vers la plaque, fixée au mur, qui proclamait L'AMOUR FAIT TOURNER LE MONDE.) Les vampires ne croient pas à l'amour.

— C'est exact. Mais ils croient à la reproduction. Les vampires héréditaires, du moins. De nos jours, nombre d'entre nous sont trop occupés à amasser des dollars pour consacrer du temps à leur vie sociale. Ils ont besoin de quelqu'un qui fasse le tri à leur place. Qui les mène dans la bonne direction. C'est là que j'interviens. Mais je m'occupe également des humains. (Ou, du moins, ce sera le cas dès que j'aurai ferré quelques spécimens.) Mais ma spécialité, ce sont les vampires héréditaires.

— Vous vous êtes à l'évidence choisi un métier taillé sur mesure.

Son commentaire m'a fait penser à Francis et j'ai compris que, dans la mesure où il me suivait, Ty avait sans aucun doute été témoin de la scène sur le quai du métro.

— Pour votre information, sachez que Francis a du potentiel à revendre. Le tout, c'est de revoir un peu l'emballage.

— L'emballage, et tout le reste. Ce type n'a rien d'un aimant à nanas. Du moins, il a peu de chance d'attirer des vampires. Il n'y a pas une once de séduction maléfique en lui.

— C'est faux !

Du moins, ça pourrait le devenir. En le malmenant un peu.

— Qu'il ait du potentiel dans le rôle d'une grand-mère italienne, je ne le nie pas. Mais dans son propre rôle ?

Il a secoué la tête et m'a clouée de son regard bleu empreint de férocité animale.

Aussitôt, j'ai arrêté de respirer et mon cœur de vampirette s'est mis en mode bégaiement.

Clouer était sans doute un verbe à bannir de mon vocabulaire quand il était question de Ty Bonner. Au même titre que *percer.* Ou *darder.* Ou *embrocher.* Ou tout autre verbe susceptible de me faire penser au sexe.

— Je ne pige toujours pas pourquoi vous me suivez.

— Je devais m'assurer de votre bien-fondé et vérifier que cette agence de rencontres n'était pas le paravent d'un commerce de viande fraîche.

Ty faisait allusion au marché noir qui propose des

humains (la « viande fraîche ») aux vampires qui ne sont pas encore entrés de plain-pied dans le XXIe siècle et n'ont toujours pas appris à boire leur dîner en bouteille, comme nous le faisons tous désormais. Ces (très rares) rétrogrades ne se sustentent pas simplement du sang de leurs victimes, mais également de leur effroi. Aussi, déboucher une bonne bouteille achetée à l'épicerie fine, ou appeler le traiteur le plus proche pour une livraison à domicile ne suffit pas à étancher leur soif.

Toute race a ses brebis galeuses et la nôtre n'échappe pas à la règle. Mais on a beau le savoir, ce n'est jamais agréable de se l'entendre rappeler.

— Je suis une prestataire de service, rien de plus.

— Je le sais, maintenant, car je vous observe depuis quelques jours. (Il m'a regardée bizarrement, avant de secouer la tête.) Il est évident que vous ne faites pas commerce de chair. Vous n'êtes pas assez vicieuse.

Un petit frisson m'a parcourue quand il a soulevé mon presse-papiers et suivi du doigt le LIL gravé dessus. Le point sur le i était représenté par un minuscule cœur. Je me suis raidie.

— Peut-être avais-je conscience que vous m'observiez, et que je suis juste une bonne actrice.

Bon, d'accord, je ne suis pas vicieuse. Je peux me montrer garce, à l'occasion, mais pour ce qui est de ma part d'ombre, je m'aventure rarement au-delà. Pourtant, je brûlais d'envie de me défendre. J'ai beau me lamenter sur certains aspects de mon existence, je suis fière de mon héritage.

Il va de soi que ce soudain appel aux armes n'avait rien à voir avec le fait que Ty Bonner semblait presque déçu.

— Je peux me montrer tout aussi impitoyable et assoiffée de sang que n'importe quel vampire. C'est pour cela que je garde cette dague sur mon bureau, ai-je souligné en tripotant l'arme en argent.

Ty n'a pas eu l'air le moins du monde impressionné.

— Assoiffée de sang, je vous crois sur parole. Vous êtes une vampire. Mais impitoyable ? (Il a secoué la tête.) Ça m'étonnerait.

— Je le suis, pourtant.

Et pour bien insister, j'ai braqué la lame en argent vers lui.

— D'un seul mouvement de poignet, je pourrais vous envoyer au paradis des chasseurs de primes.

— Le paradis, c'est la dernière destination que j'ai en tête, poupée. (Il m'a fait un grand sourire.) Par ailleurs, cet objet n'est pas une dague. Mais un coupe-papier.

— Ça pourrait être une dague. Il suffit de l'utiliser avec suffisamment de force.

— Mais vous ne l'utiliseriez pas, m'a-t-il rétorqué avec un haussement d'épaules. Vous en seriez incapable. (Il a secoué la tête, comme s'il avait encore du mal à le croire.) Vous êtes *sympa*.

Mon cœur a refait cette espèce de salto arrière. Bon sang !

— Je ne suis *pas* sympa !

— Oh que si ! Une vraie barbe à papa. (Il a reniflé.) D'ailleurs, vous sentez la barbe à papa.

— Ce qui ne signifie pas que j'en suis une.

— Vous apportez du café à votre assistante. Votre assistante *humaine*. C'est comme offrir un verre de merlot à votre cheval.

— Qui vous dit que je ne l'assaisonne pas à l'arsenic ?

Il n'a pas eu l'air du tout convaincu.

— Vous offrez des profils de rencontre gratuits.

— Ça n'a rien à voir avec de la sympathie et ça s'explique aisément : j'essaie de lancer ma boîte.

— Vous avez donné cinq dollars au SDF au coin de la rue.

Là, il marquait un point.

J'ai reposé la dague/coupe-papier et replié mes mains pour les empêcher de trembler.

Bon, *d'accord* – je les ai repliées pour en empêcher une d'aller suivre du doigt la cicatrice qui lui barrait la joue. Que voulez-vous ? Les cicatrices me fascinent. Les vampires de naissance n'en ont pas. Si nous sommes blessés, de quelque façon que ce soit, une bonne journée de sommeil nous régénère et efface tout. Vous parlez d'un sommeil réparateur. Cela dit, la recette marche aussi pour les convertis. Une fois qu'ils ont viré leur cuti, évidemment, car avant cela, ils sont aussi vulnérables que n'importe quel humain.

Le téléphone a choisi cet instant pour sonner ; je me suis empressée de décrocher, ravie de cette distraction. « Vamp'n'Love, ou le bonheur ne tient qu'à un profil. » Je sais, je sais, mon slogan ne casse pas trois pattes à un canard. Mais McDonald's n'a pas trouvé la forme de son M en un jour, lui non plus.

— Lilliana Marchette ! a trompeté ma mère d'un ton cassant. Voilà des *siècles* que j'essaie de te joindre ! Aurais-tu oublié le numéro de téléphone de ta propre mère ?

— Je suis désolée. (J'ai fait grimper ma voix de

quelques octaves pour imiter Evie.) J'ai bien peur que Lil, hmm... ne soit pas là pour l'instant. Je suis sa réceptionniste/assistante.

— Je vous demande pardon ?

— Evie. Je m'appelle Evie Dalton.

— Jacqueline Marchette. Je suis la mère de Lilliana.

— Ça alors ! Quel honneur de vous parler. Lil est intarissable d'éloges à votre sujet.

Ma mère a hésité, comme si elle n'en croyait pas un mot.

— Vraiment ?

— Bien sûr ! Je suis navrée que vous l'ayez ratée, mais je suis certaine qu'elle sera heureuse de vous rappeler dès son retour.

Ça a marché. Jamais, au grand jamais, je n'aurais personnellement choisi le terme « heureuse » dans ce contexte.

— Dites-lui de le faire le plus tôt possible. Je dois impérativement lui parler.

— Je n'y manquerai pas. Et permettez-moi de vous dire que vous avez une fille merveilleuse.

— Ah bon... mm, merci.

— Je suis sincère. Elle est tout simplement étourdissante.

— Oui, ça a toujours été une beauté.

— Et elle est intelligente.

— Ah ça, elle le tient de moi.

— C'est évident. C'était un plaisir de bavarder avec vous. (J'ai raccroché en muselant un bref élan de culpabilité, et quand j'ai relevé les yeux, Ty me dévisageait.) Je ne pouvais pas lui dire que j'étais trop occupée pour bavarder. Ça l'aurait vexée.

— J'aurais pu sortir pendant que vous lui parliez.

— Bon, alors, dites-moi tout, ai-je lancé en m'efforçant de prendre l'air agacé. (Je me suis reculée dans mon fauteuil tout en l'invitant à prendre place en face de moi.) Qu'ai-je à voir avec des kidnappings en série ?

— Rien. (Ty a basculé le buste en avant et calé ses coudes sur les genoux.) Pour l'instant.

8

— En somme, vous travaillez pour un cabinet de cautionnement ?

Je lui ai lancé un coup d'œil.

Si je ne regarde pas souvent la télé, je trouve en revanche le temps de lire – chez la pédicure. J'adore les romans de Janet Evanovich et tout particulièrement les aventures de Stephanie Plum[1].

— Ça peut m'arriver, a-t-il répondu en haussant les épaules. Mais la plupart du temps, je bosse à mon compte. Les Fédéraux sont prêts à allonger de gros billets quand vous leur apportez sur un plateau un des criminels les plus recherchés de leur liste.

J'ai remarqué la Tag Heuer en acier qu'il portait au poignet. À ce jour, le seul chasseur de primes – une chasseuse – que j'avais rencontré, par l'entremise de Jack, mon plus jeune frère, était spécialisé dans les chiens perdus (il sortait avec elle et elle était en

1. Stephanie Plum, l'héroïne de ces romans policiers, est une ancienne vendeuse de lingerie reconvertie en chasseur de primes.

adoration devant lui.) Elle portait une combinaison pantalon blanche et sentait la poudre antipuces. Et sa montre était une Timex à l'épreuve de la bave.

— Vous devez assurer, dans votre créneau.

Il a haussé les épaules.

— Je me débrouille.

Une pensée m'a brièvement traversé l'esprit. Peut-être devais-je reconsidérer mes choix professionnels et envisager sérieusement de me lancer aux trousses des sales types. Non pas que j'aurais su par où commencer. Mais disons que j'aurais pu prendre exemple sur Ty. Il aurait été le chasseur de primes viril et inexorable qui mène la danse et moi, j'aurais été son acolyte. Ensemble, nous aurions pu former un tandem de justiciers qui débarrassent le monde des malfrats. Il aurait pu m'enseigner les ficelles du métier. Et en utiliser quelques-unes sur moi…

— Menottes.

— Pardon ?

— Il ne ligote pas ses victimes avec des cordes. Il les menotte. Les kidnappings ont commencé à Los Angeles, a-t-il poursuivi avant que je puisse m'appesantir sur le fait qu'il venait, à l'instant, de lire dans mes pensées.

Or ça, c'était tout simplement impossible.

Un vampire ne peut pas lire dans les pensées de ses congénères. Il peut projeter des pensées et, si son interlocuteur vampire est ouvert d'esprit, on peut s'amuser un peu à communiquer par télépathie. Mais lire dans les pensées de l'autre… Ça, on ne peut pas. N'est-ce pas ?

N'est-ce pas ?

Ou alors, ce qui venait de se produire n'était

qu'un incident isolé. Peut-être que, pour une raison délirante, il pouvait lire dans *mes* pensées. Dans les miennes uniquement.

Et pourquoi donc ?

Aucune idée. Peut-être parce qu'il existait un lien cosmique entre nous. Peut-être étions-nous en osmose, en totale synergie. Peut-être étions-nous des âmes sœurs.

Peut-être aussi n'étais-je qu'une pauvre bécasse romantique et lubrique qui excellait dans l'art de tout dramatiser. Sauf qu'à l'évidence, tout ça ne cadrait pas dans un seul et même profil.

J'ai essayé de me concentrer sur les mots qui sortaient de sa bouche.

— Les autorités locales n'ont guère prêté attention quand on a signalé la disparition de la première victime.

— Alors comme ça, vous êtes de Los Angeles ?

Essayez un peu de vous concentrer, quand vous avez un mec à ce point délicieux à portée de main.

— Du Texas. C'était une célibataire d'une vingtaine d'années, qui avait répondu à une petite annonce passée dans un quotidien local. Elle s'est rendue à son rendez-vous un vendredi soir, et n'est jamais rentrée chez elle. On n'a signalé sa disparition que le mercredi suivant, quand son propriétaire est passé chercher le loyer. Il a d'abord pensé qu'elle avait déménagé à la cloche de bois mais, quand il est entré dans l'appartement, il a vu que toutes ses affaires étaient là, et il a commencé à se poser des questions.

— J'ai de la famille en Louisiane. Chaque fois que je rends visite à ma cousine Charlène, on fait un saut au Texas – à Austin, plus précisément – pour voir ce qui passe sur la 6e Rue.

Il a hoché la tête.

— Grand bien vous fasse. Donc, le propriétaire a appelé le restaurant où la fille travaillait comme serveuse et, quand on lui a appris qu'elle ne s'était pas présentée depuis plusieurs jours et qu'elle n'avait pas téléphoné non plus, il a prévenu les flics et…

— De quel coin du Texas, précisément ?

Il m'a considérée longuement.

— Skull[1] Creek. Un bled paumé, au nord de San Antonio.

— Skull Creek… Je crois bien n'en avoir jamais entendu parler.

— Vous êtes loin d'être la seule dans ce cas. Écoutez, est-ce qu'on peut s'intéresser aux kidnappings ?

— N'est-ce pas ce que nous faisons ?

— Moi, si. Mais vous, vous ne vous intéressez qu'à moi.

— Mais pas du tout ! Je ne m'intéresse pas à vous, je m'informe. Rien à voir. Voyez-vous, je déteste m'entretenir avec des inconnus. Comme vous m'avez filée, vous savez déjà pas mal de choses à mon sujet, mais moi, j'ignore tout de vous – hormis le fait que vous êtes un vampire-chasseur de primes originaire du Texas.

— Parfait. Que voulez-vous savoir ?

Tout. Dès que cette pensée s'est formée dans mon esprit, je l'en ai chassée à coups de pied. Mais le fait est que plus j'en apprenais, plus je voulais en savoir.

1. *Skull* signifie « crâne », « tête de mort ».

Ce qui était dingue, parce que je savais déjà tout ce qu'il y avait à savoir.

Un mordu.

Bon, de là à jeter le bébé avec l'eau du bain…

J'ai muselé ma curiosité pour me concentrer sur l'affaire qui nous occupait.

— Qu'ont dit les flics, quand le propriétaire les a appelés ?

— Dans une ville de cette importance, des gens disparaissent tous les jours. Personne n'y fait vraiment gaffe. C'est quand on leur a signalé la disparition d'une troisième femme que la police a commencé à voir émerger un schéma. La deuxième disparue avait à peu près le même âge, elle était célibataire, sans famille proche. Elle était coursière dans une société d'investissements. La troisième avait une petite trentaine. Célibataire également, et solitaire. Elle bossait au standard d'une agence de pub. Toutes les trois avaient répondu à des petites annonces de rencontre parues dans la presse locale. Et toutes les trois ont disparu le soir où elles étaient censées rencontrer l'homme contacté par petite annonce.

— Ont-elles répondu à des petites annonces différentes ? Ou bien était-ce la même ? Dans le même journal ?

— Différentes annonces. Dans différents journaux. Mais le FBI pense que les trois émanaient du même type, même s'ils n'ont aucune preuve.

— Et vous, qu'en pensez-vous ?

— Je ne pense pas. Je sais. C'est le même homme qui a passé les différentes annonces. Le même homme qui est allé rencontrer chacune de ces trois femmes, qui les a menottées, et tuées.

— Hé, attendez ! Vous avez dit que les femmes avaient disparu, pas qu'elles étaient mortes.

— Parce que, pour l'instant, les fédéraux cherchent un kidnappeur en série. Comme aucun corps n'a encore été découvert, les autorités sont obligées d'envisager qu'il reste une petite chance de les retrouver vivantes.

— Mais vous, vous pensez qu'elles sont mortes ?

— Un kidnappeur traditionnel ne s'intéresse pas vraiment à ses victimes. Son but est ailleurs. L'argent. Le pouvoir. Ou les deux. La victime n'est jamais qu'un instrument. Dont le kidnappeur use pour obtenir ce qu'il veut vraiment. Or ce type n'a rien tenté pour contacter les autorités. Il continue à enlever des femmes et à couvrir ses traces, c'est tout.

J'ai ravalé la boule qui s'était formée dans ma gorge.

— Vous croyez vraiment qu'il les *tue* ?

Il a hoché la tête.

— Je le sens. (En tant que vampire, il avait des facultés de perception surdéveloppées.) Après avoir obtenu d'elles ce qu'il veut.

— Et que veut-il ?

— Ça, j'en sais rien. Je sais juste que nous devons le retrouver.

— Comment savez-vous qu'il est ici, à Manhattan ?

Dans ma tête, j'ai cherché à rassembler des bribes d'infos que j'aurais entendues concernant des personnes disparues. Vu que je mets un point d'honneur à éviter les infos quotidiennes, ça a été vite fait.

— Y a-t-il eu un kidnapping ici ?

— Pas encore. Ils ont commencé à Los Angeles. Ensuite, ils se sont déplacés à Houston. Puis à Chicago. Ce serait simplement logique que New York soit la prochaine ville sur la liste. (Et comme tout ça n'avait pas l'air d'éclairer ma lanterne, il a ajouté :) New York est l'une des quatre villes les plus peuplées du pays.

— Les trois autres étant Houston, Los Angeles et Chicago.

Il a hoché la tête.

— Exactement.

— Je ne comprends toujours pas pourquoi vous vous adressez à moi. S'il recrute ses victimes par petites annonces, ne devriez-vous pas plutôt aller voir au bout de la rue, au *Village Voice*[1] ?

— Le total de ses victimes augmentant, le ravisseur attire davantage l'attention. Il se peut qu'il essaie de modifier son mode opératoire pour semer les autorités. Mais il ne peut pas en changer du tout au tout. Les petites annonces lui offrent un outil de sélection, pour épingler le type exact de femme qu'il recherche. Il a encore besoin de ce processus de sélection.

— Et donc, il pourrait faire appel à une agence de rencontres ?

— C'est une possibilité.

— Qu'attendez-vous de moi ?

— Que vous ouvriez les yeux. Il va chercher vraisemblablement quelqu'un qui correspond au profil que j'ai mentionné. Le ravisseur est rigoureux et méthodique. Le FBI cherche un homme travaillant dans le domaine des technologies. Je suis d'accord avec eux sur ce point, à ce détail près qu'à mon avis il ne travaille pas, il n'en a pas besoin, il est à l'abri financièrement. Les technologies ne sont pour lui qu'un passe-temps.

1. Hebdomadaire new-yorkais, gratuit, fondé en 1955, qui propose, en plus des pages d'actualité culturelle et du guide des sorties, pléthore de petites annonces classées.

— Pourquoi?

— Peu de gens ont le loisir de repartir à zéro et de déménager tous les six mois. En plus, il règle tout en liquide. On n'a retrouvé aucune trace de paiement le concernant.

— Riche et malin.

Le rêve de toutes les femmes de Manhattan.

— Et psychotique. J'ignore comment il s'y prend pour les soumettre – en les droguant, sans doute – mais je sais en revanche qu'il utilise des menottes. La police me conteste ce dernier point. Nous n'avons aucune preuve concrète. Mais il en utilise, c'est sûr.

— Comment le savez-vous?

— Je les sens. Mon flair ne me trompe jamais.

— J'ai flairé bien des choses au cours des siècles, mais je dois avouer que les menottes n'en font pas partie.

Il m'a fait un clin d'œil.

— Une vierge. Voilà qui me plaît.

Mon cœur a fait un gros *pa-poum*.

Mordu, me suis-je rappelé.

Il a extrait une carte de visite de sa poche et l'a fait glisser sur le bureau.

— Je contacte toutes les agences de rencontres du secteur, ainsi que les magazines destinés à un public de célibataires. Appelez-moi si jamais vous repérez un type suspect.

— Est-ce que je ne devrais pas me contenter de prévenir la police?

En espérant tomber sur une jeune recrue hideuse et boutonneuse, qui ne porterait pas de Stetson et ne me sourirait pas comme s'il ne désirait rien tant que me mettre en position horizontale et m'arracher mes fringues de créateur.

Il a secoué la tête.

— Il n'a encore rien tenté ici. Il se peut que je déraille complètement, et qu'il ne tente rien ici.

— Mais, selon vous, il y a des chances qu'il tente quelque chose ?

— Selon moi, ce n'est qu'une question de temps avant qu'on apprenne une autre disparition, a-t-il répondu en se levant. En attendant, la police n'entend pas procéder à des filatures. Ça, c'est mon boulot.

Le spectacle de Ty quittant mon bureau était l'un des plus beaux qui m'avaient été donnés de voir depuis un bon moment. Belle paire de fesses bien fermes. Cuisses puissantes. Large carrure. *Viens voir maman !*

Bien sûr, je n'étais pas sérieusement intéressée. J'ai, quoi qu'on en pense, les pieds sur terre. Je savais – hélas ! – que Ty était intouchable. Mais quel mal y avait-il à profiter du spectacle ?

Sitôt que la porte s'est refermée, une vague de découragement m'a submergée. Sa carte me brûlait la paume tandis que je la rangeais dans mon sac et rassemblais mes affaires. J'avais ma première réunion de travail avec Francis dans moins d'une heure, et je ne voulais pas être en retard. Je devais savoir à quoi je m'attaquais : l'Everest ou les Grandes Plaines ?

Je n'allais pas tarder à le découvrir.

Au cours de sa vie, tout vampire – même une vampirette à la pointe de la mode, optimiste et sociable comme moi – connaît des passages à vide, où il est contraint et forcé de se demander : à quoi bon ? Le monde paraît impénétrable, les humains plus encore, et l'éternité, c'est long – très long.

C'est un de ces passages à vide dont j'ai fait l'expérience, dans un modeste hôtel particulier au cœur de Brooklyn, tandis que je contemplais Francis.

Un Francis dans le plus simple appareil.

Oubliez le fait qu'il avait besoin d'une vie. Mon tout nouveau protégé avait surtout besoin d'un boxer, avec un renfort à l'entrejambe. Et *pronto.*

— Mm... Francis. Ne le prenez pas mal, mais... C'EST QUOI, CE CIRQUE ?

Il s'est retourné en direction de la salle de bains, d'où il venait d'émerger, puis s'est re-retourné vers moi.

— Vous, euh... vous m'avez dit de me déshabiller.

— Oui, et je vous ai donné un sous-vêtement à enfiler.

— Je pensais que c'était une de ces gaines que portent les femmes.

— Pourquoi diable vous aurais-je donné une gaine ?

— Je ne sais pas. (Il a haussé les épaules et son M. Loyal a oscillé.) C'est la première fois qu'on me relooke. Vous auriez pu vouloir l'utiliser pour amincir mon tour de cuisses.

— Il y a le Thigh Master, pour ça.

— Et mon ventre ? J'ai peut-être besoin de quelque chose pour le tenir en respect.

— Pour ce qui est de tenir quelque chose en respect, le problème se situe plus bas. Sans vouloir vous heurter...

— Quoi ? (Il a baissé les yeux.) Oh !

Ses joues ont viré au cramoisi, il a posé les mains en coupe sur ses parties intimes et a regagné dare-dare la salle de bains.

J'ai eu le temps d'entrer plusieurs notes sur mon BlackBerry avant que Francis ne réapparaisse, son service trois pièces élégamment emballé dans le boxer Calvin Klein que je lui avais acheté en chemin.

— Pourquoi au juste dois-je m'exhiber en slip ?

— Pour commencer, ce n'est pas un slip. Et personne n'emploie plus ce mot. Deuxièmement, j'ai besoin de savoir à quoi on s'attaque.

J'ai tourné autour de lui en prenant bonne note de ce que je voyais – bras, torse. Un torse qui n'avait rien de chétif, d'ailleurs, et était doté de jolis pecs.

— Pas mal.

— Quoi ? a fait Francis, l'air ébahi, comme s'il avait autant de mal à en croire ses oreilles que moi à en croire mes yeux.

— Je disais, physiquement, vous n'êtes pas mal. Vous avez même une bonne définition musculaire.

Merci, merci, merci mille fois !

— C'est vrai ?

— Bon, évidemment, tout ça est un peu blafard – sauf quand vous piquez un fard – mais la puissance de votre aura peut faire oublier ce teint de cachet d'aspirine. Elle vous rendra troublant, magnétique, même si vous avez l'air d'un figurant tout droit sorti de *La Nuit des Morts Vivants*.

— J'ai une aura ?

— À vrai dire, non. Pas encore. C'est un point sur lequel nous allons devoir travailler. Ça, et votre tendance à piquer des fards. Écoutez, Francis, je sais que ça vous en bouche un coin d'être là, en boxer, devant une fille vraiment sexy, mais vous êtes un vampire, pour l'amour de Dieu !

— Qu'est-ce que vous venez de dire ?

— Du diable, ai-je bafouillé. Je voulais dire pour l'amour du diable. Bref. Et un vampire devrait se comporter comme tel. (Il a vu que je m'apprêtais à lui toucher le bras, et ses joues ont viré au rouge tomate.) À savoir, multiplier les échanges de regards sans avoir envie de filer vous cacher dans un trou de souris.

— Mais les échanges de regards, c'est pas mon point fort.

— Eh bien, ça va le devenir. Prenez le taureau par les cornes et regardez-moi droit dans les yeux.

Je me suis rapprochée, j'ai accroché son regard et je ne l'ai plus lâché.

— Ne faites pas ça.

— Je vous regarde, c'est tout.

— Ça me met mal à l'aise.

— Eh bien, ça ne devrait pas. (Nous étions à présent quasiment nez à nez.) Vous devriez aimer ça.

— J'ai la tête qui tourne.

— Tenez bon. Faites appel à votre esprit. Être sexy relève avant tout du mental.

— Je ne sais pas...

— Laissez tomber les incertitudes.

— Je ne suis vraiment pas sûr...

— Et les doutes.

— Peut-être ne suis-je pas fait pour ça.

Francis venait de dire tout haut la pensée qui trottait dans un recoin de ma tête depuis que je lui avais tendu ma carte dans le métro.

— Peut-être suis-je une cause désespérée.

Si j'étais tombée de la dernière pluie – et ignorais donc qu'un vampire ne pleure pas – j'aurais volontiers juré avoir aperçu des larmes danser dans les profondeurs de ses yeux bleu délavé.

Cela dit, avec Francis, il fallait s'attendre à tout.

Je lui ai tendu un mouchoir en papier et lui ai tapoté l'épaule.

— Allons, allons. Vous pouvez y arriver.

Je pouvais y arriver. Certes, c'était l'Everest. Mais pourquoi pas ? Je possédais une paire de chaussures de marche. Des Gucci, au demeurant. Je pouvais en faire, du chemin.

— Vous croyez ?

— J'en suis sûre ! (Enfin – plus ou moins.) On va juste prendre les problèmes l'un après l'autre. Tout d'abord, l'apparence. Physiquement, vous êtes plutôt en forme, mais vous cachez votre corps sous des vêtements informes. Ce qui signifie qu'on va sortir les cartes de crédit et aller faire les magasins.

Bien que rongée de doutes, je lui ai souri : à titre d'experte, c'était mon boulot de rester sereine, et de me montrer rassurante.

Et puis, s'il y avait une chose qui m'éclatait plus encore que d'essayer de caser les causes désespérées, c'était bien le shopping.

Avec un S majuscule.

9

Là où la plupart des filles auraient considéré cette rencontre avec Ty Bonner (canonissime et intouchable – vous parlez d'un double coup dur) comme une raison suffisante pour passer le week-end sous la couette à se lamenter sur leur vie pathétique, je ne me suis pas laissé gagner par le cafard. L'heure que j'avais passée avec Francis m'avait remonté le moral et redonné espoir, et donc, le samedi soir, j'étais impatiente de me lever.

En sortant de chez moi, et puisque Vamp'n'Love était fermé pour le week-end, j'ai gagné le salon de Dirkst, sur la 5e Avenue, pour mon rendez-vous de bronzage au pistolet de dix-huit heures trente – rendez-vous, pourrais-je ajouter, que j'avais dû prendre un mois à l'avance parce que c'est *Dirkst* : un pur génie du pistolet brumisateur.

— Comment ça, je n'ai plus de séance ? Ça veut dire quoi ?

Je dévisageais la blonde en corsaire et minidébardeur blancs, hâle doré *à mourir*, qui se tenait derrière le comptoir de l'accueil.

— Ça veut dire qu'il ne vous reste plus de séance. Zéro. Que dalle. *Nada*, a-t-elle insisté en brandissant la carte cadeau que les Ninas m'avaient offerte pour mon dernier anniversaire.

— La carte est valable un an. Douze mois. Mon anniversaire remonte à huit mois à peine, en février. Ça signifie qu'il devrait rester au moins quatre mois.

— La carte était valable douze mois, ou pour douze séances. Et elle expire à la première échéance qui se présente.

Son agacement a laissé place à un grand sourire avenant. J'ai senti qu'elle basculait sur le mode commercial et qu'elle allait me baratiner. *Cause toujours. Ce n'est vraiment pas le moment.*

— Nous avons justement une offre spéciale, en ce moment, a poursuivi Miss Baratin. Douze séances pour huit cents dollars.

Mon cerveau surnaturel a divisé la somme à la vitesse de la lumière.

— Ce qui fait une économie de deux cent cinquante dollars, ai-je annoncé avec le sourire.

Que voulez-vous que je vous dise ? *J'adore* les bonnes affaires.

— Vous souhaitez régler comment ? Par carte ?

— Je… (Le crédit disponible sur ma Visa – auquel je me refusais de toucher, sauf cas d'extrême urgence – se montait très exactement à cinq dollars et vingt-huit cents.) Je, euh… non, je ne crois pas.

— Chèque ?

— Ah non, les chèques, c'est pas trop mon truc.

— Espèces ? a-t-elle hasardé, une étincelle avide dans les yeux.

J'ai secoué la tête.

— Reconnaissance de dette. J'espérais que vous pourriez me faire crédit pour aujourd'hui, et reporter le règlement à mon prochain rendez-vous.

Tu vas me faire crédit. Tu vas être ravie de me faire crédit. Et tu vas même m'offrir un massage en prime, parce que je suis une excellente cliente.

J'ai rameuté chaque once de mon énergie surnaturelle dans cette injonction muette. Mes mains tremblaient imperceptiblement – signe d'une *énorme* concentration. Tout mon corps vibrait de cette énergie vampirique qui fait fi des contingences. Ma faculté de persuasion médiumnique n'ayant pas donné grand-chose avec Francis, certains ici pourraient être tentés de croire que je me la raconte, mais je vous assure que je suis une vraie vampirette en possession de tous ses moyens.

L'employée a cillé, rien de plus, puis une ride de contrariété a creusé son front, comme si elle était importunée par une mouche qu'elle n'allait pas tarder à écrabouiller d'un grand coup sec.

— J'ai bien peur que nous ne fassions pas crédit. (*Et pan !*) Soit vous payez à l'unité, ou vous achetez le package.

Pan, pan !

— C'est mon intention. Dès que je le pourrai. Mais il se trouve que là, tout de suite, ça tombe un peu mal. C'est pourquoi j'ai besoin que vous fassiez une exception. Juste pour cette fois.

Tu vas faire une exception. Tu veux la faire. Tu te feras une joie sans égal de me donner tout ce que je demande.

La fille m'a toisée.

— Ça fera quatre-vingt-cinq dollars pour la séance d'aujourd'hui, plus trente pour cent de pourboire.

Comme vous pouvez le constater, ça ne marche pas à tous les coups.

Le fait est qu'il s'agissait là d'un cas spécifique.

Car, certes, je n'ai pas mon petit staff perso de larbins recrutés chez les mortels mais, si je le voulais, je pourrais. Simplement, l'art d'assujettir avec succès les masses à mon bon vouloir obéit à certains critères. Tout le truc est là, voyez-vous : nous, les vampires, pouvons subjuguer un humain par la seule force du regard et l'envoûter par notre charisme, tant que l'humain en question appartient au sexe opposé. Donc, je peux parfaitement emballer un mec avec deux, trois pensées puissantes et quelques battements de paupières – et, naturellement, un petit décolleté (ou même un grand) ne peut pas nuire. Mais mes efforts demeurent nuls et non avenus en face d'une femme.

Nous, les vampires héréditaires, sommes par essence des créatures extrêmement sexuelles. Nous sommes le fruit d'un acte sexuel. Nous cessons de vieillir lorsque nous perdons notre virginité. Nous nous reproduisons. Chez nous, ce sont les femmes qui nourrissent les petits mâles, tandis que les hommes nourrissent les filles (du moins en allait-il ainsi autrefois, avant que les progrès de la civilisation ne nous offrent l'alternative des dîners en bouteille). Notre nature profonde est centrée autour de l'attraction pour le sexe opposé.

Voilà ce dont je me suis souvenue tandis que j'étais plantée devant ce comptoir en marbre.

Alors – comme on dit – à situation désespérée, mesure désespérée. J'attendais cette séance avec Dirkst depuis trois semaines, et je n'allais pas laisser quelques règles vampiriques totalement archaïques m'empêcher d'obtenir un teint d'une perfection digne de Photoshop. Je me devais au moins d'essayer.

— Alors ? Comment *comptez-vous* régler la séance d'aujourd'hui ? s'est impatientée l'employée.

Avec ma carte. Celle que tu es sur le point d'enregistrer dans ton fichier et qui me donnera droit à une année supplémentaire de séances.

Une bouffée de chaleur m'est montée au visage. J'ai vu le scintillement intense de mes pupilles se refléter dans le regard de l'employée. Normalement, cette concentration soutenue de mon énergie vampirique aurait dû colorer mes iris bleus en rouge vif. Mais grâce à ma nouvelle paire de lentilles, ils viraient simplement au violet et brillaient juste avec plus d'éclat.

N'allez pas croire que j'aie honte de mon héritage. Mais des yeux rouges ? C'est un truc à vous attirer des ennuis. Je sais pertinemment que tous les aspirants vampires déboursent des fortunes pour une paire de lentilles écarlates, mais si les vrais vampires ont réussi à traverser les siècles, ce n'est pas en faisant étalage de leurs signes distinctifs.

Bon, d'accord, quelques-uns l'ont fait. Grâce à nos facultés médiumniques, nous pouvons graver dans les esprits une explication plausible à tout incident dont pourrait être témoin un humain. Mais l'exercice en soi est épuisant, et je passerais mon temps à contrôler ce qui se passe à droite, à gauche. Mieux vaut opter pour un profil bas. D'ailleurs, à cet instant, je me serais volontiers allongée pour piquer un petit somme.

La fille a secoué la tête et pianoté sur son ordinateur.

— À l'évidence, vous n'avez pas de quoi payer. Je crains que Dirkst ne puisse vous recevoir aujourd'hui.

— Mais je suis sa meilleure cliente !

Elle m'a décoché un regard qui signifiait : *Ouais, c'est ça.*

— Il a beaucoup de clientes, mademoiselle. Et une liste d'attente de plus de six semaines. À ce propos, si vous prenez rendez-vous, je vous demanderai de régler par avance votre prochaine séance – par carte de crédit ; sans quoi nous ne serons pas en mesure de vous réserver un créneau. Dirkst est bien trop sollicité pour se permettre d'avoir des clientes dans l'incapacité de payer.

— Mais je...

— *Demandez à parler à Janice*, ai-je entendu.

Quelle était cette voix féminine inconnue qui résonnait dans ma tête ? Je me suis retournée pour examiner les clientes qui patientaient sur les canapés beige clair alignés contre le mur. J'ai passé en revue les visages. Humaine. Humaine. Pas si humaine (mais là, c'était une autre histoire). Humaine. Humaine. Humaine snobinarde et prétentieuse. Humaine. Vamp...

On lui aurait donné trente ou trente-cinq ans (en années humaines, bien sûr). Elle avait des cheveux châtains, et sa queue-de-cheval lui aurait conféré une certaine allure si son visage avait bénéficié d'une bonne structure osseuse. Mais il était mou et rond, hâlé à la poudre bronzante, et rehaussé d'une ombre à paupières scintillante à la Nicole Richie. Mais la fille n'était pas aussi à la page que Nicole. Ni aussi mal nourrie.

C'est comme ça que j'ai su, avant même de percevoir son parfum Chanel, qu'elle était une convertie. Jamais vous ne rencontrerez de vampire héréditaire affublé d'un problème de surpoids. Notre régime alimentaire frugal et austère ne nous donne pas l'occasion d'ingérer beaucoup de calories et de graisses. Mais pour les convertis, il en va différemment. Ils sont humains. À la base, du moins. Et si jamais ils étaient gros ou maigres, grands ou petits, s'ils avaient les cheveux teints d'un rouge ridicule ou une coupe au bol quand ils ont été mordus, ils demeurent ainsi pour l'éternité.

Dur-dur.

Et cette fille, d'après les standards d'aujourd'hui, était sans conteste grassouillette. Cela dit, d'après les standards d'aujourd'hui, toutes les filles ou presque sont grassouillettes.

Nos regards se sont brièvement croisés, et j'ai entendu, une nouvelle fois :

— *Demandez à parler à Janice.*

Je me suis retournée vers l'employée, avec un sourire ensorceleur.

— Pourrais-je, mm... parler à Janice, s'il vous plaît?

— Vous pouvez parler à qui vous voulez, mais elle ne pourra rien pour vous. Nous avons des règles strictes.

— Naturellement, mais j'aimerais tout de même lui parler. Pour la saluer. C'est une amie de longue date d'une de mes amies, et je ne voudrais pas qu'elle s'imagine que je suis passée sans même lui dire bonjour.

La fille m'a décoché un regard suspicieux, puis a haussé les épaules. Elle a disparu et, quelques secondes plus tard, j'ai vu arriver une autre employée, vêtue à l'identique. Elle avait un visage délicat, des cheveux blonds coupés court, et des yeux noisette pétillants de vivacité. Nos regards se sont croisés, et j'ai vu fuser dans le sien une étincelle de convoitise.

— Oui? Que puis-je pour vous? a-t-elle demandé, le souffle court, le ton avenant.

J'ai compris immédiatement que Janice était lesbienne, ou au moins bisexuelle. Parce qu'elle me désirait. Très fort.

Personnellement, je suis on ne peut plus hétéro, mais je ne suis pas non plus du genre à gâcher une opportunité.

Cette fois encore, j'ai projeté mes pensées et recommencé mon laïus carte cadeau.

Au lieu de me lancer un regard de fille aux prises avec le syndrome prémenstruel, elle a souri et a sorti d'un tiroir une carte dorée et flambant neuve, qu'elle a initialisée par ordinateur. Avant de me la tendre quelques secondes plus tard, valable pour douze autres séances.

J'ai ressenti un léger pincement de culpabilité. Mais bon, ce n'était pas comme si je volais. J'avais la ferme intention de payer mes séances, sitôt que j'aurais engrangé mes premiers gros bénéfices. En attendant…

Et puis, à quoi bon être une vampirette, si on ne peut pas tirer avantage de ses pouvoirs de temps en temps ?

J'ai pris la carte en remerciant Janice de mon sourire le plus éblouissant, et j'ai glissé le trésor dans mon sac.

— Je vais prévenir Dirkst que vous êtes arrivée, a-t-elle dit.

— Merci.

— Je suis sûre qu'il va vous prendre tout de suite, a-t-elle poursuivi tandis que je commençais à tourner les talons.

— Très bien.

— Il est toujours à l'heure, mais je vais le faire presser, juste au cas où, a-t-elle insisté en me faisant un clin d'œil. Pour vous.

— Merci encore.

— Avec plaisir. Je reviens tout de suite.

Elle m'a fait un petit geste de la main.

— Je ne bouge pas.

Je lui ai rendu son signe amical et, pour couper court à cet échange, je suis vite allée m'asseoir à côté de la convertie.

— Merci. Enfin, je crois que je vous dois des remerciements.

Elle a souri.

— Elle peut se montrer pot de colle, mais quand on est une femme et qu'on est à sec, c'est la personne à voir.

— Je ne sais pas ce que j'aurais fait, si j'avais raté ma brumisation avec Dirkst.

— Il est si bon que ça ?

— Il a le plus gros pistolet de New York et à la différence de la plupart des hommes, il sait comment s'en servir.

Elle a souri.

— Ravie d'avoir pu me rendre utile.

— Je m'appelle Lil. Lil Marchette.

— Esther. Esther Crutch[1].

Hou là là ! Et c'est *moi* qui me plaignais de mon nom ?

— Vous êtes là pour quoi, Esther ? Massage ? Bain de vapeur ? Masque à l'avoine ?

— Enveloppement des cuisses.

Il n'y a pas grand-chose qui réussit à me désarçonner, mais ça...

— Mais vous êtes une vampire, ai-je souligné.

1. Soit « béquille » ou « entrejambe ».

— Je sais.

— *Mordue.*

— Je sais.

— Esther… Ne le prenez pas mal, mais vous resterez telle que vous êtes. À jamais.

Elle a soupiré.

— Je le sais aussi. Mais je ne perds pas espoir. Avec tous ces nouveaux traitements, toutes ces innovations… Quelque chose va finir par marcher, non ?

Faux.

— Je ne peux pas être condamnée aux grosses cuisses et à la cellulite pour le restant de l'éternité, non ?

J'avais un *si* sur le bout de la langue mais sa voix vibrait de tant d'espoir que je l'ai ravalé. À quoi bon briser ses rêves et faire d'elle une cynique froide et acerbe comme la plupart des autres convertis de par le monde ?

J'ai repensé à Ty Bonner (*waouh, bébé !*) et, bien malgré moi, à l'étincelle qui avait brillé au plus profond de ses yeux lorsque j'avais mentionné, dans une seule et même phrase, les rencontres, l'amour et les vampires. Avait-ce été une lueur d'espoir ? Peut-être. Probablement.

Bon, soyons honnête – de l'espoir mâtiné d'une bonne dose de scepticisme. Mais quelque part dans le mélange, j'avais aperçu, indubitablement, de l'espoir.

Après tout, les mordus eux aussi ont droit d'éprouver des émotions, même si leur situation est tout sauf rose. Car si les vampires héréditaires sont, pour la plupart, des êtres séduisants et charismatiques, c'est loin d'être le cas des mordus.

Comme je l'ai déjà dit, ils ont autrefois été humains. Avec des défauts humains. Et leurs imperfections

– quelles qu'elles soient, acné, eczéma… – leur colleront à la peau. Ty avait conservé ses cicatrices et Esther sa cellulite.

— Un enveloppement des cuisses, ah oui… Peut-être devrais-je essayer moi aussi.

Esther m'a regardée comme s'il m'avait poussé une auréole.

— Vous n'en avez pas besoin. Vous êtes toute menue. Vous faites quelle taille ? 36 ?

— 34.

Elle a soupiré.

— Je ne me souviens même pas si je suis jamais entrée dans une taille 34. À l'époque où j'ai été mordue, les tailles de vêtements n'existaient pas. Le prêt-à-porter lui-même n'existait pas. Il fallait coudre ses vêtements soi-même.

— C'était il y a combien de temps ?

— Une centaine d'années. J'avais trente-six ans, à l'époque.

J'assure, non ?

— D'où êtes-vous originaire ?

— Du Texas. Barron's Bluff. Un hameau au sud de San Antonio. Il n'en reste plus grand-chose aujourd'hui. Juste quelques maisons en ruine. Mais à l'époque, c'était un endroit agréable à vivre. (Elle a souri.) Et pour ce qui était de sortir avec des garçons… Mazette ! Ils poussaient autour de moi comme du chiendent, quand j'étais dans la fleur de l'âge. Mais ensuite, ma maman est tombée malade, et j'ai dû rester à la maison pour m'occuper d'elle. Donc, le mariage était hors de question. Je suis devenue vieille fille. Et puis ce mineur fou – du moins ai-je cru qu'il travaillait à la mine – a débarqué et m'a enlevée, au beau milieu de la nuit. En même temps que deux autres femmes des environs. Et il nous a vendues à l'homme qui nous a vidées de notre sang… Les deux autres femmes lui ont fait l'entrée et le dessert. Moi, comme j'étais gironde, j'ai été son plat de résistance.

— Et vous n'êtes jamais ressortie avec un homme depuis ?

Elle a secoué la tête.

— J'avais arrêté bien avant, à cause de ma mère. Et maintenant… Le monde a changé. Les hommes ne cherchent plus un corps douillet contre lequel se blottir. Ils veulent de longues jambes toutes fines. (Elle a grimacé en repositionnant son sac sur ses genoux.) Des petits derrières bien fermes. Et des décolletés pigeonnants. (Elle a baissé les yeux.) Bon, côté poitrine, j'ai ce qu'il faut. Mais elle n'a plus rien de pigeonnant depuis belle lurette.

— Tous les hommes ne sont pas intéressés par les poitrines pigeonnantes.

— C'est vrai, mais je ne veux pas d'un humain. J'ai enterré tout un tas de parents ; je me suis refusée à les mordre et à les condamner au même destin. (Elle a secoué la tête et son regard s'est empli de tristesse.) Quand je me rapprocherai d'un homme – *si jamais* cela arrive un jour – il sera comme moi. Mais pourquoi un mordu voudrait d'une vampire tout sauf parfaite, quand il peut séduire toutes les humaines qu'il veut ? C'est ça, le problème.

C'était bien vu. Un vampire héréditaire doit impérativement choisir une de ses congénères, afin de perpétuer la race. Mais les mordus, eux, n'ont rien qui, génétiquement, les contraigne à une telle loyauté. Leur instinct de survie relève de la pure autosuffisance, et il en va de même pour ce qui est de se nourrir. Et puisque tous les hommes – humains et vampires confondus – sont des êtres visuels, il coule de source qu'en guise de dîner, ils préféreront un joli tendron plutôt qu'un laideron.

— Je sais que ça semble sans espoir, mais je suis certaine que *quelqu'un* vous attend quelque part. (Qu'est-ce que je racontais ?) Mais si vous ne vous donnez pas au moins la peine d'essayer, vous n'en saurez jamais rien. Waouh ! Un siècle entier sans un seul amoureux !

En vérité, j'étais moins sidérée que ne le laissait entendre le ton de ma voix, puisque moi-même je n'avais pas d'amoureux en titre depuis autant de temps. Et pourtant, j'étais tout ce qu'il y a de plus menu.

— On appelait ça faire la cour, à l'époque, a repris Esther. Je ne me suis jamais mariée, mais ce n'est pas faute d'opportunités. J'ai eu trois propositions. *Trois.* (Elle a secoué la tête.) Mais je ne pouvais pas abandonner ma mère. Elle avait la maladie d'Alzheimer. Je le comprends aujourd'hui, car évidemment, à l'époque, je ne le savais pas ; personne n'en savait rien. Dans son cas, ça a été une bénédiction, parce que, quand je suis revenue à la maison pour m'occuper d'elle, elle ne s'est pas rendu compte que quelque chose clochait. Elle n'a même pas cillé quand j'ai commencé à lui servir le petit déjeuner le soir.

Si je n'avais pas su que c'était impossible, j'aurais juré voir un voile humide et brillant troubler son regard.

Mais les mordus ne pleurent pas. N'est-ce pas ?

Si je peux me targuer d'une bonne expérience en ce qui concerne les vampires héréditaires, je dois reconnaître que j'ai mené une vie plutôt protégée. Mes parents, à l'instar des leurs, n'ont jamais trop

« fréquenté » de convertis, car ils les considèrent comme une menace pour notre race.

En fait, ils les considèrent même comme la plaie de notre civilisation, et je commençais à trouver que c'était là un jugement quelque peu excessif : lorsque Ty était entré à l'agence, il n'avait pas mis mon bureau à sac. Il n'avait même pas menacé ma très humaine, et donc très vulnérable, réceptionniste. Si menace de sa part il y avait eu, elle n'avait concerné que mes hormones.

Quant à Esther… Sans doute pouvait-elle faire passer un très mauvais quart d'heure à un appareil de musculation, mais pour le reste, elle paraissait parfaitement inoffensive.

— J'ai enterré mon dernier parent, un cousin au troisième degré, il y a quelques semaines à peine. Je n'ai plus personne, maintenant. Il ne reste que moi. (Elle a haussé les épaules.) Et puis, à quoi bon? Même si je me débrouillais pour rencontrer un brave mordu que ne rebute pas une silhouette enveloppée, je ne pourrais pas pour autant perpétuer le nom des Crutch.

Merci aux autorités constituées pour cette insigne faveur.

— Et que faites-vous, quand vous ne vous faites pas envelopper les cuisses?

— Je regarde *Bonanza*. Et *Le Justicier solitaire*. Et *Les Desperados*. J'ai une énorme collection de DVD. C'est un des aspects positifs du monde contemporain – la technologie. Sinon, j'ai du temps libre à ne savoir qu'en faire.

J'ai souri.

— Il se pourrait que ce soit votre jour de chance, Esther.

Son regard s'est allumé.

— Vous auriez des informations que j'ignore concernant les enveloppements de cuisses ?

— Non, j'en ai bien peur. Mais si vous en avez ras le bol de regarder des westerns toute seule, peut-être pourrais-je vous aider.

Je lui ai tendu une carte de visite.

— Une agence de rencontres pour vampires ? a-t-elle dit en l'examinant. Mais ça n'existe pas !

— Maintenant, si. Appelez-moi et on prendra date pour constituer votre dossier.

— C'est vrai ?

— Tout ce qu'il y a de plus vrai. Ma réceptionniste s'appelle Evie. Si je ne suis pas là, vous pouvez convenir d'un rendez-vous avec elle. Elle est absolument délicieuse. Non, non, pas dans ce sens-là, me suis-je empressée d'ajouter en voyant une lueur affamée s'allumer dans le regard d'Esther. Délicieuse en ce sens qu'elle est adorable, et compréhensive. Nous avons une relation platonique. Elle ne fait pas d'heures sup' au noir, et elle ne me sert pas d'en-cas à minuit. Appelez-moi, d'accord ? ai-je conclu en lui tapotant la main.

— D'accord.

En entendant un glapissement aigu ponctuer sa réponse, j'ai tourné la tête et découvert Dirkst qui m'observait, l'air offusqué.

Avec son bon mètre quatre-vingt-cinq, son corps musclé et ses traits réguliers, Dirkst aurait donné des complexes à tout un bataillon de statues grecques. Il portait un pantalon blanc et un tee-shirt moulant, et embaumait un mélange de noix de coco, d'ananas et d'Obsession pour homme.

— Tu ne ressembles à rien, a-t-il déclaré, assez fort pour être entendu de tout le monde.

— Merci, ai-je répondu en me levant. Moi aussi je suis contente de te revoir.

— Pire que rien. (Son froncement de sourcils s'est accentué tandis que je m'approchais.) Un rien livide.

J'ai braqué mon regard sur lui, et je me suis concentrée, aussi intensément que je pouvais.

Je suis une vision enchanteresse et tu te sens outrageusement privilégié de cette opportunité de contempler ma beauté.

Dirkst a froncé les sourcils et secoué la tête.

— Je suis un artiste, pas un faiseur de miracles. Je ne suis pas assez bien payé pour rattraper un tel désastre.

Bon, d'accord – je savais bien que ça n'allait pas marcher. Je connais bien Dirkst, ainsi que son concubin, Ben (quand ils ont acheté leur appartement à SoHo, je leur ai offert un cadeau pour leur pendaison de crémaillère). Mais comme je l'ai déjà dit, qui ne tente rien n'a rien.

— Magne-toi, m'a-t-il dit en me poussant devant lui, comme si j'étais en flammes et qu'il possédait le seul extincteur de la ville. Je te vois pâlir à vue d'œil.

10

Mon intention première était de passer le reste de la nuit du samedi à l'agence, afin de tracer les grandes lignes d'un programme shopping à l'intention de Francis. Mais en sortant de chez Dirkst, j'ai finalement opté pour un petit intermède de clubbing. J'étais dorée, brillante de mille feux – ne devais-je pas à la population masculine de faire parade de tant de séduction ? D'autant que je n'avais pas encore renoncé à l'idée de trouver mon propre compagnon d'éternité.

En plus, si je voulais mener à bien le Projet Francis, il me fallait également attirer la clientèle. Je comptais sur le coup de téléphone d'Esther, et je voulais qu'elle n'ait que l'embarras du choix.

— Tu m'as tellement manqué !

Le cri strident a couvert la musique qui filtrait jusqu'à l'extérieur de ce célèbre night-club new-yorkais. Je me suis retournée et j'ai vu les Ninas accourir vers moi.

— Je suis trop contente que tu aies appelé !

Nina I est arrivée la première à ma hauteur, vêtue

d'une robe rouge ondoyante; elle embaumait un parfum très sucré, limite écœurant, comme de la crème brûlée. Ses cheveux blonds flottaient sur les épaules et des pendants rouges étincelaient à ses oreilles.

— Moi aussi.

Nina II s'était, elle, concocté un de ses looks la-frivolité-ne-passera-pas-par-moi : cardigan noir basique, jean et bottes noires toutes simples. L'odeur entêtante du sorbet à la mangue collait à elle comme une seconde peau.

— Ça fait une éternité qu'on n'a pas passé une soirée comme ça, a déclaré Nina I, les pendants bringuebalant autour de son visage.

Une éternité, c'était un peu exagéré, mais plusieurs années, ça oui. C'est bien simple : lors de notre dernière immersion en bande dans la vie nocturne, les bars branchés n'existaient pas, on n'avait pas encore inventé les martinis à la pomme et les Pussycat Dolls n'étaient même pas nées. Je me souviens que nous avions bu des cocktails multicolores à la gélatine au Studio 54 et ondulé des hanches au son de « Disco Inferno ».

Nina I a décoché un coup d'œil à l'enseigne néon au-dessus de la porte.

— C'est *là* qu'on va ? a-t-elle demandé, avec autant de dégoût que si elle avait découvert quelque magma infâme collé à sa chaussure de créateur.

Je ne pouvais guère l'en blâmer. À la grande époque du clubbing, nous fréquentions les lieux les plus branchés de la ville, pas ceux réputés pour accueillir toute une faune de convertis.

— On n'est pas là pour s'amuser, a observé Nina II. Mais pour aider Lil à faire décoller sa boîte. Encore que je ne voie pas comment cet endroit peut aider à quoi que ce soit.

— Je pratique la non-discrimination. Ce qui signifie qu'il me faut promouvoir mes services auprès de tous les vampires, ainsi que des humains.

Nina I a contemplé de nouveau l'enseigne et froncé le nez.

— Tout s'explique. Enfin… presque. Mais qui a dit qu'on ne pouvait pas s'amuser en travaillant? a-t-elle ajouté avec un sourire. Franchement, voilà une semaine que je n'ai pas eu une bonne petite aventure.

Elle a tourné les yeux vers le trio de mâles qui passait à côté d'elle. À la seconde où ils ont senti l'intensité de son regard dardé sur eux, ils se sont retournés et l'ont contemplée, comme hypnotisés, envoûtés, et ont trébuché les uns sur les autres.

— Arrête tes âneries, ai-je grondé tout en fouillant dans mon sac. (J'en ai sorti un petit tas de cartes de visite, que j'ai divisé entre nous trois.) Au moins jusqu'à ce que nous entrions. Ensuite, je veux que vous détectiez tous ceux qui sont vraiment seuls. Vous engagez la conversation, vous lui donnez un tour personnel et puis vous leur glissez la carte.

— Et ceux qui sont mignons? a demandé Nina I tandis que nous franchissions la porte du club.

L'antre sombre nous a avalées tout entières dans ses odeurs de corps en sueur et de bière éventée. Les Black Eyed Peas vociféraient dans les enceintes et les murs semblaient vibrer autour de nous.

— S'ils sont eux aussi des âmes en peine, n'hésite pas. Donne-leur une carte. Mais s'ils sont juste mignons, tu oublies. S'ils ne sont pas seuls, ou au bas mot désabusés par le marché des célibataires, ce n'est pas de la clientèle viable.

— Moi, je ne m'occupe que des mignons.

— Je suis entremetteuse, pas rabatteuse de top models pour Elite.

— Mais ce ne serait pas plus marrant? Tiens, regarde celui-là. (Elle a pointé son index laqué de rouge vers un type, à deux pas du bar.) Il porte du Armani.

Je l'ai fixé. Quand il s'est retourné, nos regards se sont croisés et tout un tas d'images a afflué vers moi.

— Il est marié. Et c'est un don Juan.

Nina I n'a jamais été du genre à se décourager facilement.

— Oui, mais il s'habille chez Armani. (Elle a pioché une carte dans ma main.) Il en mérite une, juste pour son bon goût.

— C'est un cas désespéré, a soupiré Nina II en voyant décamper son alter ego blond.

— Elle est surtout facile à impressionner.

Mais comment aurais-je pu la blâmer? On parlait d'Armani.

— Eh bien pas moi. Je suis ici pour t'aider et c'est exactement ce que je vais f…

Sa phrase est restée en suspens car un homme avait attiré son attention. Elle s'est retournée pour mieux l'examiner. C'était un Asiatique aux yeux d'un noir profond, avec des cheveux bruns bouclés. Il était vêtu avec simplicité, portait des lunettes et arborait un air sérieux.

— Tu crois que les jeunes courtiers en Bourse ont besoin d'aide pour draguer? (Elle l'a fixé quelques instants de plus.) D'autant que c'est un de ces petits génies de la finance qui vient tout juste de faire des profits exceptionnels avec BEA Inc., qu'il a l'intention de placer sur un compte à terme à huit pour cent.

— Il n'a pas une vie sociale très active, n'est-ce pas ?

— Parce qu'il prend son boulot trop au sérieux. Les hommes comme lui sont difficiles à attraper. (Ses narines se sont dilatées.) Et ils sont délicieux, aussi. Attention ! J'ai pas dit que j'avais l'intention d'y goûter. C'est un fait, c'est tout, et c'est toujours bon à savoir, dans notre boulot.

— Depuis quand mon boulot est-il devenu le *nôtre* ?

Nina II, dont l'attention était entièrement concentrée sur le jeune financier, a ignoré la question.

— Quand tu essaies de trouver un rencard à quelqu'un, la moindre information peut avoir son importance, a-t-elle poursuivi. Je crois que je vais aller lui donner une carte, et voir s'il n'a pas quelques bons tuyaux boursiers. Je cherche justement à placer quelques économies...

Cartes en main, elle s'est dirigée vers le courtier.

J'ai jeté un coup d'œil en direction de Nina I. Le type en costume Armani était captivé bien plus par mon amie que par la carte de visite, qu'il avait posée, et oubliée, sur le comptoir.

Ma conclusion : quand on veut que quelque chose soit bien fait, mieux vaut le faire soi-même.

J'ai décliné plusieurs invitations à danser et stimulé mes talents de médium. Une demi-heure plus tard, j'avais repéré et abordé toutes les âmes esseulées des lieux et distribué un stock de cartes. Mon nouveau hâle m'avait également valu quelques milliers de compliments, et j'avais refusé deux bonnes douzaines d'offres d'esclavage. Que voulez-vous que je vous dise ?

Quand vous êtes une vampire sexy ultracharismatique, c'est dans l'ordre des choses que les hommes tombent à genoux devant vous.

Normalement, ce succès aurait dû réjouir mon ego et me conférer un sentiment de plénitude, et d'invincibilité. Mais je n'arrivais pas à chasser Esther de mes pensées. Moi qui en temps normal fuis carrément dans la direction opposée quand je croise un converti, je me trouvais dans leur repaire.

Enfin – disons qu'en des temps immémoriaux (soit quelques semaines plus tôt selon le calendrier new-yorkais), ce rade était connu pour sa clientèle de convertis. Mais manifestement, de l'eau avait coulé sous les ponts.

J'en ai repéré trois. Trois hommes. Vaguement séduisants, à condition d'aimer le genre – ou d'avoir récemment rencontré un Ty Bonner et de ne pas pouvoir s'empêcher d'établir une comparaison, qui n'avait franchement pas lieu d'être parce que Ty, avec ses œillades farouches, ses yeux perçants et… Aaaah.

Ttt… Terrain glissant. Revenons-en à nos moutons.

Trois d'un coup sous la main, c'était pas mal. C'était même génial, compte tenu que je ne croisais que rarement – pour ne pas dire jamais – des convertis. Parce qu'ils ont tendance à fréquenter d'autres cercles. Voire même à n'en fréquenter aucun. Donc, en dégoter trois dans un seul et même lieu, c'était un rêve devenu réalité.

Ou qui, du moins, *aurait pu* le devenir si j'étais tombée sur des spécimens en proie au tourment de la solitude, ou un tant soit peu intéressés par le concept des rencards. Malheureusement, ces trois-là étaient des jeunots – ils avaient vingt ans, trente peut-être – et ils cherchaient encore à étancher la fringale qu'avait éveillée en eux leur transformation. En clair, ils n'étaient venus dans ce club qu'avec une seule idée en tête : y trouver des tapas potentiels.

Or Esther avait besoin de rencontrer un converti capable de comprendre ce que c'était de vieillir et de contempler l'éternité sans personne à ses côtés. Le candidat n'avait pas besoin d'être d'une beauté exceptionnelle, mais il devait posséder une certaine maturité et être endurci par l'expérience, pour contrebalancer la fragilité d'Esther. En somme, il fallait un homme qui ait été mordu longtemps, très longtemps auparavant, qui ait vu la mort et la destruction à l'œuvre, et soit susceptible d'apprécier son goût nostalgique pour les westerns.

Un vampire comme Ty Bonner.

Ty ?

L'idée a fait son chemin dans ma tête, et il me semblait presque sentir sa carte vibrer dans le sac en métal de Fernanda Niven glissé à mon épaule.

Ty et Esther ?

Bon, d'accord – à l'oreille, ça sonnait moins bien que, disons, Ty et Lil. Mais ça pouvait marcher. Ty et Esther. Ty et Esther. Ty et Esther…

Sans me laisser le temps de me raviser, j'ai sorti mon téléphone et la carte de Ty. J'ai composé le numéro, et je suis tombée sur sa messagerie.

— Ici Ty. Vous savez quoi faire. *Biiip.*

— Ty, c'est Lil. Lil Marchette. J'espérais que vous pourriez passer à l'agence la semaine prochaine. J'aimerais vous parler de quelque chose. Disons dix-neuf heures ? Mardi ?

J'ai raccroché et rangé le téléphone. J'avais failli

dire « lundi », mais je ne voulais pas paraître trop impatiente.

Cela dit, quelle importance ? Puisque ce n'était pas moi qui m'intéressais à lui.

Il ne m'intéressait pas.

— Si tu veux que je me tienne bien, on ferait mieux de lever le camp tout de suite.

C'était Nina II. Les yeux plus brillants que jamais, la voix plus grave que d'habitude. J'ai immédiatement reconnu les symptômes d'une fringale aiguë et mon cœur a bondi.

— Je croyais que tu avais dîné avant de venir !

— J'ai dîné, mais à force de parler d'économies et de PEA aux dividendes mirobolants, j'ai vraiment besoin de boire un coup.

— Cette obsession de la thésaurisation n'est pas saine, a décrété Nina I en nous rejoignant, ses pendants rouges se balançant à chaque mouvement. Économies, économies, économies. Bon sang ! Ça sape toute notre culture.

— Ce qui n'est pas sain, c'est ton obsession de dépenser jusqu'au dernier centime sans te soucier des conséquences.

— Parce que c'est sans conséquences.

— Comment sais-tu de quoi demain sera fait ? Que dirais-tu d'un bas de laine ?

— Un bas de laine ? Pour quoi faire ? J'ai une rente.

— Mais c'est l'argent de ton père. Pas le tien.

— Toi, ma vieille, tu as besoin d'urgence d'un remontant. Tu es complètement à la masse !

— Hé, hé ! Pourriez-vous faire une trêve ? J'essaie de bosser, là.

J'ai distribué ma dernière carte, tout en suggérant

silencieusement à son heureux bénéficiaire qu'il ferait bien de se magner de m'appeler avant que mon affaire ait un tel succès que j'arrête d'accepter des clients.

On peut rêver, non ?

— On va aller boire un verre chez moi, ai-je annoncé aux Ninas.

Un quart d'heure plus tard, je leur faisais les honneurs de mon nouveau chez-moi.

— C'est vachement petit, a observé Nina I.

— C'est drôlement bien agencé, a dit Nina II.

— Merci, moi aussi ça me plaît.

J'ai ignoré le voyant du répondeur qui clignotait et je me suis dirigée vers le réfrigérateur. À l'instant où je capturais une bouteille de O$^+$, on a frappé à la porte.

— Jimmy's Diner, a annoncé une voix masculine dans la foulée. Votre commande, mesdames.

— Dieu merci, tu nous as fait livrer ! s'est exclamée Nina I.

— Je n'ai rien fait du tout.

— C'est moi, a expliqué Nina II. (En voyant l'autre Nina la dévisager d'un air choqué, elle a haussé les épaules.) Je t'ai dit que j'avais soif et, après une telle soirée, je ne pouvais pas me contenter d'un truc en bouteille.

— Tu veux dire « après Monsieur Placements en Bourse » ?

Nina II lui a lancé un regard mauvais.

— Quelqu'un va se décider à ouvrir, ou bien va-t-on passer la soirée à ergoter ?

— Tout de suite !

Nina I a gagné la porte avec une telle célérité qu'on aurait dit qu'elle glissait sur ses talons Prada de huit centimètres. Elle a ouvert et toisé le jeune homme, un séduisant Asiatique, qui tenait dans ses bras un sac rempli de cartons. Il avait des cheveux bruns, des yeux noirs iridescents, et une carrure qui suggérait qu'à ses heures perdues, il soulevait autre chose que des rouleaux de printemps.

— Ben quoi? a lâché Nina II en haussant les épaules lorsque tous les yeux se sont tournés vers elle. J'avais envie de chinoiseries.

— Je vois ça, ai-je dit en attrapant un verre à pied.

— Par ici, jeune homme, semblait dire le mouvement d'index que Nina I a adressé au livreur, dont les yeux se sont soudain illuminés d'une intense lueur.

— Je crois que je vais m'en tenir à la version pasteurisée, ai-je annoncé, dans le vide, apparemment.

Pendant que mes deux vamps coinçaient le petit livreur en sandwich contre le mur et se penchaient vers lui, je me suis servi un verre, puis j'ai siroté mon O^+ en faisant de mon mieux pour me concentrer sur le premier bulletin d'infos de la journée que diffusait la télé de ma voisine.

— ... les Yankees ont failli remporter ce dernier championnat mais...

Comme le sport m'intéresse aussi peu que les actualités, mon attention ne cessait d'être divertie par la scène qui se déroulait devant moi.

Un quart d'heure plus tard, après un concert de gémissements et de halètements (dont certains émanaient de moi, car cela faisait une éternité que je ne m'étais pas *nourrie*, et c'est une expérience presque aussi orgasmique que le sexe, auquel je n'avais pas goûté depuis une éternité non plus – du moins pas avec un vrai partenaire), mes deux meilleures amies se sont écartées du beau jeune homme.

Des filets de sang suintaient des traces de morsure et coulaient le long de son cou. L'espace de quelques secondes, il a semblé tout étourdi et subjugué (en langage masculin, cela signifiait qu'il était prêt à rouler dans son coin et à s'endormir), puis il s'est réveillé comme en sursaut de cette brume de béatitude. Il a sorti les barquettes de nourriture de son sac, s'est assis par terre et s'est attaqué aux rouleaux de printemps pour reprendre des forces. Les serveurs de Jimmy's Diner ne se contentaient pas de livrer de la nourriture. C'étaient eux, pour ainsi dire, la nourriture. Aussi, les plats qu'ils apportaient dans leur sac, quels qu'ils soient, servaient à les sustenter – après qu'eux-mêmes avaient sustenté le client.

Pendant ce temps, mes deux Ninas se sont laissées choir sur le canapé et se sont débarrassées de leurs chaussures.

— Tu devrais vraiment te laisser aller une fois de temps en temps, a observé Nina I en me regardant. Depuis quand t'as pas mangé chinois ?

— Depuis que j'ai décidé de monter ma boîte.

— Il n'empêche… Tu dois te nourrir.

— Certes, mais pour l'instant, je m'en tiens à un régime simple et frugal. Je dois rester concentrée sur mon objectif.

Et se nourrir – dans les règles de l'art, s'entend – était, sans conteste, une distraction. Qui plus est, je n'avais pas envie de chinoiseries. Évidemment, si le livreur s'était pointé en bottes et chapeau de cow-boy, ç'aurait été une tout autre histoire.

J'étais concentrée, pas morte.

Enfin, techniquement parlant, du moins.

11

— Tu es pile à l'heure, a souligné ma mère en m'ouvrant la porte le dimanche soir. Ton père vient juste de sortir ses clubs. Ah, au fait... Ne fais pas de commentaire sur sa main. Un peu plus tôt dans la soirée, pendant qu'il taillait les haies, il s'est pris de bec avec cette maudite bonne femme et il s'est légèrement blessé. Rien n'y paraîtra plus après une bonne journée de sommeil mais, pour l'heure, il devra faire avec jusqu'au matin.

Je n'en avais pas envie, mais j'étais là. Je n'avais pas eu le choix. Si je m'étais défilée, mes parents m'auraient désavouée. Pis, ils auraient raconté à tous leurs amis que j'étais une fille ingrate, et j'aurais pu faire une croix sur les quelques clientes que ma mère m'avait adressées.

Donc, je n'étais là que pour des raisons strictement professionnelles.

— Vous n'avez pas un jardinier qui s'occupe de tailler les haies ?

— Ton père sait comment Viola peut se mettre

en boule, et il ne veut faire courir aucun danger à Mr Wellsprings. Les bons jardiniers, ça ne court pas les rues.

— C'est surtout que papa adore faire tourner Viola en bourrique.

— Ton père déteste simplement lâcher le morceau, ma chérie. Viola Hamilton est une bête, et ton père entend bien ne pas se laisser marcher sur les pieds par une garelle. Ces haies sont sur notre propriété, et plus tôt elle le comprendra, mieux ce sera.

Cela faisait quatre-vingts ans que mes parents et Viola étaient voisins. Si elle ne l'avait pas compris à l'heure qu'il était, il y avait peu de chances qu'elle le comprenne un jour. Quand j'ai fait valoir cet argument auprès de ma mère, elle s'est contentée de me lancer un regard qui signifiait « Boucle-la et entre ».

Raisons strictement professionnelles.

Je n'ai eu de cesse de me rappeler ce mantra au cours de l'heure qui a suivi, tandis que mes frères arrivaient au compte-gouttes et que mon père nous faisait la démonstration de sa dernière technique de putt, avec une main droite bandée.

Et quand je dis une heure, c'est une heure *montre en main*. Pour un coup qui s'exécute en trois secondes. Autant dire que je commençais à loucher et que j'étais à deux doigts de sauter du balcon le plus proche pour regagner Manhattan ventre à terre – maudite soit ma paire préférée de Manolo Blahnik – quand mon plus jeune frère est enfin arrivé.

Comme tous mes autres frères, Jack possède la beauté typique des Marchette – des cheveux bruns, des yeux d'un marron profond et une aura sexy qui précipite toutes les femmes à ses pieds, pour lui vouer un culte éternel.

Ou lui porter son sac.

— Où puis-je le poser, Jack?

Celle-ci était rousse, humaine, et elle contemplait Jack comme s'il était le gâteau au chocolat le plus gros, le plus décadent du chariot de desserts.

Notez bien que Jack est le seul de mes frères qui débarque toujours avec un petit extra.

Ma mère a eu un froncement de sourcils désapprobateur. Mon père, lui, a secoué la tête et a souri, comme pour dire « Ah, les garçons… on ne les changera pas ». À croire que c'est là un dogme qui dépasse les barrières raciales et culturelles.

— Maman est prête à t'étriper, et moi aussi.

J'ai serré Jack dans mes bras, en réprimant à grand-peine mon envie de l'étreindre très fort et de broyer quelques côtes au passage. Mais il n'aurait pas résisté à l'envie de me rendre la pareille, et on aurait fini par se battre comme deux sales gosses. Il y aurait eu des fractures, des organes transpercés, qu'il aurait fallu soigner dare-dare par un sommeil réparateur, et tout ça aurait gâché la chasse dominicale.

Cela dit, que représentaient une douleur un peu insoutenable et quelques heures de sommeil en rabe si cela pouvait me faire louper la chasse?

— Quoi? a fait Jack. Tu n'aimes pas Tammy?

Il a regardé la fille qui, à l'autre bout de la pièce, le dévorait des yeux tout en se débarrassant de son manteau. Il lui a souri et, ni une ni deux, elle a carrément eu un orgasme.

— Je me fiche pas mal de Tammy, ai-je pesté à mi-voix. Tu es en retard.

— C'est huit heures et demie !
— On était censés être tous là à sept heures et demie.
— Ah bon ? J'aurais juré que c'était huit et demie.
— On se retrouve toujours à sept heures et demie.
— Depuis quand ?
— Oh, depuis cinq cents ans.
— Tu es sûre ?

Tout vampire archisexy qu'il est, mon petit frère n'est pas la branche la plus acérée de notre arbre généalogique. Il est encore prisonnier de sa phase « Je ne vois pas plus loin que le bout de ma queue », que traversent tous les hommes. Chez les humains, elle commence en général à la puberté et, passé vingt ans, se prolonge tout au plus quelques années. Chez les vampires, cette phase dure environ six siècles, et on la désigne aussi par l'expression « Peaufiner le Bolide ».

Je sais. On dirait qu'on parle d'une compétition automobile. Et d'une certaine façon, c'est un peu le cas. Les vampires mâles consacrent cette période à perfectionner leurs techniques sexuelles et à se livrer à une course contre la montre pour tester la fréquence de leurs érections.

— Jack est arrivé, ai-je souligné avec un sourire. On peut commencer.

— Pas encore, a rétorqué mon père en se mettant en position pour refaire une démonstration de son swing. Il manque encore quelqu'un.

Rapidement, j'ai vérifié les effectifs. Mes frères avaient fait cercle autour de Jack pour examiner sa dernière esclave en date. Ma mère était en train de se servir un verre – de vin, parce que mon père interdit formellement qu'on boive *pour de vrai* avant une chasse. Selon lui, ça endort l'instinct et ça tue cet appétit impérieux qui fait de nous des prédateurs-nés. Une paire de parents. Cinq gamins. Et une Tammy. Qui pouvait-il manquer ?

— Ton père a un invité.

Ma mère a éclusé la moitié de son verre d'une traite, avant de couler un regard désapprobateur en direction de Tammy.

J'ai senti un gouffre se creuser dans mon estomac.

— S'il te plaît, dis-moi que c'est une femme.

Mon père s'est tétanisé en pleine action et a jeté un regard affolé à ma mère.

— Tu aimes les femmes ?

— Moi non, mais eux, oui, ai-je répondu en désignant mes frères. Ton invité surprise est pour l'un d'eux, c'est ça ?

— Allons ! Pourquoi essaierions-nous de caser tes frères ?

En d'autres termes, mes parents trouvaient que mes frères se débrouillaient parfaitement bien tout seuls.

J'ai haussé les sourcils et regardé Tammy, qui tenait un verre de vin près des lèvres de Jack afin que celui-ci puisse se désaltérer tout en s'épargnant d'avoir les mains occupées.

— Ça lui passera, a lâché ma mère en croisant mon regard. C'est pour toi que nous nous faisons du souci, ma chérie.

— Ne me dis pas que tu as invité quelqu'un pour moi.

— Il s'appelle Wilson Harvey.

— Autrefois Wilson Harveaux, est intervenu mon père. Ses parents ont simplifié la graphie lorsqu'ils ont créé leur cabinet d'audit.

— Un auditeur ? Tu veux me caser avec un *auditeur* ?

— Un expert-comptable agréé, a précisé ma mère. (Comme si ça changeait quelque chose.) Et il a très bien réussi, pourrais-je ajouter.

— Oui, il vient de franchiser le cabinet, a rebondi mon père. (Mon père a toujours été un grand fan des franchises – voyez Moe's.) Il a la tête bien faite, et bien en place sur les épaules.

— Et il est très désireux de se fixer. (Ma mère a souri.) Il était sur le point de le faire, il y a quelque temps – quatre-vingt-dix ans environ – quand sa promise a eu un accident de voiture. La colonne de direction lui a transpercé son tu-sais-quoi, a-t-elle soufflé, la main sur le cœur. Depuis, il vit plus ou moins en reclus. Et comme ce n'est pas loin d'être également ton cas, on s'est dit que vous deux pourriez joindre vos forces et sortir ensemble.

— C'est un rencard arrangé.

Ma mère a froncé les sourcils.

— Notre race ne donne pas dans les *rencards*, ma très chère. Mais dans l'art de la conversation. Une bonne discussion, bien nourrie, et tu sauras tout ce dont tu as besoin pour déterminer s'il fera un compagnon d'éternité convenable. Tu lui poses les questions qui comptent – combien il gagne et quel est son taux de fertilité – et il t'interrogera sur les détails pertinents, et c'est tout.

Pas de baisers. Ni de promenades main dans la main. Ni de flirt, de jeux de séduction, de moments passés à savourer la compagnie de l'autre. Juste deux personnes qui discutent taux de fertilité et autres « détails pertinents ».

Bon, d'accord, l'usage le veut ainsi, c'est mon héritage, la tradition… Mais parfois, je trouve qu'être née vampirette, c'est vraiment la poisse.

Comme en ce moment, par exemple.

— Je ne suis pas prête à me caser, maman.

— Parce que tu n'as jamais rencontré celui qui fera un compagnon viable. Ce soir, tout ça va changer.

— Sûrement pas. Et je n'ai pas besoin de toi pour me caser.

— Mais bien sûr que si, ma très chère. Sinon, j'aurais déjà des petits-enfants à l'heure qu'il est. Regarde Loralee Hoffmeyer : elle en a vingt-neuf. Et elle a soixante-huit arrière-petits-enfants, cent trois arrière-arrière-petits-enfants et cent soixante-deux…

Tandis que ma mère poursuivait son énumération, son teint de porcelaine s'est empourpré – localement, sur les joues et le nez.

— … n'en veux qu'un. Un petit-fils ou une petite-fille pour faire perdurer la lignée des Marchette. Est-ce trop demander ?

— Pourquoi ne pas demander à l'un d'eux ? ai-je contré en désignant mes frères, qui étaient fort occupés à débattre de l'obstacle que pouvaient constituer de gros nichons (Tammy avait été, de ce point de vue, généreusement dotée) quand on essayait de percer la jugulaire lors d'agapes érotico-dînatoires.

— Tes frères se caseront en temps voulu.

Le ton était empreint d'une telle foi que je n'ai pas pu m'empêcher de regretter de ne pas être née avec un pénis.

— C'est à ton sujet que nous sommes inquiets, ma chérie. Eux au moins, a-t-elle ajouté en désignant le beau trio, ils essaient différentes femmes et ils cherchent. Mais *toi*... (Elle a secoué la tête.) Tu n'as pas trouvé un seul prétendant décent.

Je voulais souligner le fait que Tammy était *humaine*, et que la seule chose décente chez elle, c'était son sac Antonio Melani, mais à quoi bon? Ma mère inventerait une autre excuse. *Jack est jeune. Jack est encore un gamin. Jack perfectionne ses compétences.*

Jack La Barbe.

— Tu dois commencer à te préoccuper de l'avenir. De *notre* avenir. Notre espèce serait éteinte depuis des siècles, si toutes ses représentantes étaient aussi chipoteuses que toi, très chère.

— Je ne suis pas chipoteuse. J'ai juste des critères sélectifs.

— En ce cas, tu vas adorer Wilson. (Un coup de sonnette a ponctué son affirmation.) C'est lui, m'a-t-elle prévenue avec un regard appuyé. Tu vas faire sa connaissance, t'informer de son taux de fertilité, et cela me rapprochera un peu de la petite Annabella Jacqueline Marchette.

Ma grand-mère se prénomme Annabella, et ma mère Jacqueline – c'est ce qui s'appelle ne pas avoir de pot.

— Ce serait plutôt Annabella Jacqueline Marchette Harvey, non?

— Ne compte pas te défiler en pinaillant sur des nuances sémantiques, Lilliana.

Elle a prononcé mon nom avec un regard sévère qui m'a cloué le bec avant qu'un autre argument ait pu en sortir.

Wilson Harvey était grand, beau, ténébreux; le vert de ses yeux était éclatant et son nez, digne d'une statue, trahissait une bonne ascendance (ne comptons-nous pas, nous qui sommes de la race des Seigneurs, quelques rois parmi nos ancêtres ?) Avec ses cheveux bruns et courts, sa coupe soignée et ses pommettes saillantes, il avait le physique des mannequins qu'on voit dans *GQ*. Cette allure irréprochable était mise en valeur par un costume trois-pièces. Et il embaumait une sauce au rhum décadente. Une odeur riche, sucrée, puissante.

De la sauce au rhum *avec* de la barbe à papa ?

Ça ne le fera jamais.

J'ai souri pendant que ma mère procédait aux présentations, puis j'ai servi un verre de vin à Wilson.

— Alors comme ça, ma mère m'a dit que vous étiez auditeur ? ai-je commencé, tout sourires, en résistant à l'envie de prendre mes jambes à mon cou.

— Oui. J'ai un taux de fertilité de quarante-deux.

Bon – au temps pour mes efforts de menue conversation.

— C'est, euh… impressionnant, Wil.

— Wilson. Combien d'orgasmes pouvez-vous avoir au cours d'un rapport ?

C'étaient là les fameux « détails pertinents » évoqués précédemment par ma mère. Deux facteurs déterminants président au choix d'un compagnon d'éternité : le taux de fertilité pour les hommes, et le quotient orgasmique pour les femmes. Tout le problème, voyez-vous, tient au fait que les vampires héréditaires femmes ne peuvent pas faire semblant. Elles doivent avoir un vrai orgasme pour libérer un ovule et avoir une chance de procréer. Donc, plus on a d'orgasmes, mieux c'est.

— Je me défends.

Il m'a dévisagée avec gravité.

— Il me faut un chiffre.

— Deux, peut-être. (Il a froncé les sourcils.) Ou trois. Ou quatre.

Je ne cherchais pas à l'encourager. Mais en même temps, j'avais ma fierté, et il va de soi que mon aptitude à grimper au septième ciel entrait en ligne de compte.

— Dites-moi, vous jouez au golf? Mon père a appris un nouveau coup génial…

J'ai efficacement détourné l'attention de Wilson et passé un quart d'heure de plus à contempler mon père manier ses clubs.

Mais hé! C'était toujours mieux que parler orgasmes multiples avec Wil… *son*.

— Bien, je crois que nous pouvons commencer, a enfin annoncé mon père en rangeant son club dans le sac en cuir rouge.

Dans le groupe, des murmures d'assentiment – dont le mien – ont fait écho à sa déclaration. J'étais déterminée à ce que cette soirée se termine le plus vite possible. J'allais, comme chaque fois, économiser mes forces, laisser mes frères faire du zèle, et, en moins de deux, je serais sur le chemin du retour.

— Je pensais que nous pourrions varier un peu les plaisirs ce soir, a repris mon père en faisant rouler le sac dans un coin de la pièce. Ces derniers mois, Jack a fait huit fois la proie.

Mon jeune frère a haussé les épaules et tourné le visage vers Tammy afin qu'elle puisse lui éponger une goutte de vin à la commissure des lèvres.

— Exact. Pourquoi faut-il que ce soit toujours moi?

— Parce que tu es nul à la courte paille, lui a répondu Max.

— Tirer la courte paille ne réclame aucune compétence particulière. C'est une question de chance.

— Et c'est toi qui en as le moins, dans la famille.

— Ttt ttt, les garçons. (Mon père les a fait taire d'un regard.) C'est injuste de priver Jack du plaisir de la chasse, aussi j'ai pensé que nous devrions établir une rotation. Ainsi, tout le monde pourra chasser régulièrement, à tour de rôle. (J'ai senti mon estomac se nouer avant même que mon père ne reporte son attention sur moi.) Et comme ça fait une éternité que Lil n'a pas été désignée, je me suis dit que nous pourrions commencer par elle, a-t-il conclu avec un sourire, tandis que je priais pour qu'un éclair – la foudre même – me frappe de plein fouet. C'est ton tour, ma très chère.

12

Je détestais faire la proie.

Et encore, détester... – le mot est faible. Je déteste les contrefaçons Fendi, les ouvriers du bâtiment qui sifflent une fille qui passe devant leur chantier, et je déteste vraiment Angelina Jolie. Bon, d'accord – dans ce dernier cas, il serait plus exact de dire que je l'*envie*. (Ai-je déjà mentionné que j'ai vu *Troie* huit fois, et que j'ai la carte du fan-club de Brad ?) Bref. Ce que je veux souligner, c'est que détester est encore trop faible pour décrire ce que je ressentais. Dans la liste de mes pires cauchemars, être la proie arrive ex aequo avec un emploi chez Moe's. La dernière fois que j'avais tiré la courte paille, ça s'était terminé avec trois ongles cassés, une commotion et un chemisier Dior bon pour la poubelle.

Je vous explique : la proie est celui d'entre nous à qui échoit la chance de porter le sifflet autour du cou. C'est celui ou celle qui aura tous les autres à ses trousses. Qui se fera tacler à la vitesse de la lumière par des frères assoiffés de sang, et avides de gagner les jours de vacances offerts par Moe's-La Maison de l'Ennui.

Certes, la contusion avait disparu après un bon petit sommeil réparateur. Mais le chemisier, lui… Il y avait laissé sa peau, définitivement, et il avait aussi laissé un énorme trou dans mon compte en banque parce que, bien entendu, j'avais dû le remplacer.

Je suis sortie et j'ai contourné la maison, pendant que les autres piétinaient sur le perron, point de départ de la chasse, pour me laisser une longueur d'avance. J'ai embrassé du regard l'épaisse futaie qui s'étirait à l'arrière de la maison et je me suis élancée. J'ai traversé la vaste pelouse (décorée de quelques nains de jardin monstrueux que ma mère a rapportés de la terre de nos ancêtres), en direction des bois.

Sitôt entrée dans cette végétation touffue, je me suis déplacée en zigzag, en veillant à toucher chaque branche sur mon passage pour laisser des traces olfactives susceptibles de leurrer mes frères. Je venais tout juste de m'interrompre un instant dans ma course pour vérifier l'état de mes talons hauts (exempts de boue pour l'instant) quand j'ai entendu, au loin, le tintement feutré de la cloche qui donnait le signal du départ.

J'ai pris une profonde inspiration et me suis propulsée, d'un bel élan, sur une très haute branche d'où je dominais la pelouse qui entourait la maison. Une fois sur mon arbre perchée, j'ai retenu mon souffle. J'ai senti, plus que je ne l'ai vue, la meute s'élancer à mes trousses, foncer à bride abattue dans le bois, et passer droit devant mon perchoir.

On fonce d'abord et on réfléchit après. Ma famille tout craché

Ils s'attendaient certainement à ce que je cherche à les distancer et ils m'imaginaient sans doute en train de courir comme une dératée pour sauver ma peau. Mais j'étais plus maligne que ça.

Et bien moins courageuse.

J'ai compté les foulées de six paires de pieds avant de me laisser choir de ma branche et de me diriger vers l'arrière de la maison. J'étais sur le point de me barricader dans la cabane de la piscine, pour faire quelques parties de solitaire sur mon BlackBerry, quand j'ai humé une discrète odeur de sauce au rhum.

J'ai contourné la piscine en direction du patio, et là, je me suis arrêtée net quand j'ai découvert notre invité assis sur une des chaises en fer forgé.

Le fait est que je n'ai jamais été un crack en calcul mental, et là, à l'évidence, j'avais mal fait mes comptes. Plutôt que d'emboîter le pas à la meute, Wilson avait préféré s'absorber dans la contemplation du ciel, comme pour recenser les étoiles.

— Pris ! ai-je lancé en me postant derrière lui et en lui tapant sur l'épaule.

Il a bondi et a fait volte-face, lèvres retroussées, canines dehors.

J'ai reculé précipitamment.

— Lilliana ? (Les crocs se sont rétractés.) Que faites-vous là ?

— C'est plutôt à moi de vous poser la question. En tous les cas, je sais ce que vous ne faites pas. J'étais perchée sur un arbre, à attendre que vous détectiez mon odeur, mais je pouvais toujours poireauter…

Je sais : je suis une comédienne-née.

Il a haussé les épaules et enfoncé les mains dans ses poches.

— Je ne suis pas venu pour la chasse.

— Je suis au courant. Vous êtes venu pour rencontrer une vampire à orgasmes multiples.

Il a hoché la tête.

— Voilà plus de cent ans que mes deux frères sont casés. Ma première belle-sœur a un Quotient Orgasmique de onze. La seconde, de dix. Je suis le seul de la famille à n'avoir aucune compagne décente en vue.

C'est là que j'ai commencé à comprendre que si Wilson était célibataire, ce n'était pas faute de ne pas sortir assez souvent de chez lui. Et ma mère trouvait que je chipotais ?

— Je ne corresponds pas vraiment au profil que vous cherchez, n'est-ce pas ?

— En matière de QO, il me faut au moins un dix, sinon, je vais être la risée du clan Harvey.

Sa déception semblait si cuisante que soudain j'ai failli lui avouer que j'avais menti, que je pouvais aisément monter jusqu'à douze (cf. *supra*, mes talents de comédienne) et même donner dans du treize à la douzaine les jours de grande forme – ou ceux où il y avait eu, en guise de hors-d'œuvre, de la crème fouettée et un léchage d'orteils dans les règles de l'art.

Ouais, a murmuré une voix. *Mais tout ça, ça remonte à une tripotée d'années.*

J'ai ignoré cette voix. Le temps n'avait en aucune manière transformé, réformé ou altéré mon niveau orgasmique.

Du moins aimais-je à le penser.

— Écoutez, Wilson, si vous êtes fixé sur un QO de dix et ne voulez pas en démordre, je crois pouvoir vous aider. Je ne sais pas si ma mère vous l'a dit, mais j'ai monté une agence de rencontres. (J'ai extrait une carte de ma poche.) Je pourrais vous aider à trouver une compagne d'éternité qui satisfasse à vos critères.

Il a étudié la carte que je venais de lui tendre.

— Votre mère m'a dit que vous dirigiez l'antenne de Midnight Moe's qui se trouve à Washington Square.

— Ça, c'est dans ma prochaine vie. (Les arbres alentour ont frissonné et j'ai distingué, au loin, des bruits de pas qui rebroussaient chemin à travers bois, en direction de la maison.) Pour l'instant, je m'occupe exclusivement de caser les gens, me suis-je empressée d'ajouter. Et je serai heureuse de vous aider à trouver votre âme sœur. Moyennant rémunération, cela va de soi.

Les bruits de pas devenaient de plus en plus distincts. Mon cœur s'est accéléré. La sécurité promise par la cabane de la piscine me semblait à des kilomètres. Je sentais quasiment les perles brodées sur mon cardigan trembler de frousse.

— Mais je suis disposée à vous accorder une jolie ristourne en échange d'un service.

— Jolie comment?

Au regard qu'il a lancé en direction du bois, j'ai compris que lui aussi sentait la présence de la meute.

— Dix pour cent.

— Quarante.

— Vous délirez? Et comment je vais payer mes séances d'autobronzant?

— Trente. Et vous feriez bien de vous décider vite, parce qu'ils approchent.

Ça, pour approcher… Mais on parlait d'autobronzant, là.

— Vingt-cinq, ai-je proposé d'une voix ferme, les

orteils grelottant dans ma paire d'escarpins préférée. C'est mon dernier prix.

Il a souri et glissé la carte dans sa poche.

— Qu'attendez-vous de moi ?

— Explique-moi encore une fois ce qui s'est passé, a demandé mon père, dont le regard me transperçait telle une mèche de perceuse.

J'étais assise sur le canapé, à côté de Wilson ; mes trois frères étaient dispersés dans divers coins du salon, sur des fauteuils. Tammy, agenouillée devant Jack, lui massait les pieds – beurk. Ma mère, postée devant la cheminée, tenait un verre à la main – et pas de vin, cette fois, car la chasse terminée, le dîner était officiellement servi. Tous les yeux étaient rivés sur moi.

— Eh bien. (J'ai humecté mes lèvres. Mes géniaux talents de comédienne mis à part, je n'ai pas pour habitude de mentir. Du moins, pas effrontément.) Je fonçais à travers bois pour sauver la vie de mon chemisier quand tout d'un coup, Wilson a surgi devant moi, de nulle part. Je n'ai pas eu le temps de dire ouf qu'il a bondi sur moi et s'est emparé du sifflet pour sonner la victoire. C'est tout. Fin de la chasse. Félicitations, ai-je ajouté en me tournant vers Wilson pour lui serrer la main. Bien joué.

— Merci.

— Tu fonçais, ah oui ?

Mon père a posé un regard suspicieux sur mes chaussures immaculées.

— J'allais même si vite que mes pieds ne touchaient plus terre. J'effleurais à peine le sol. Un peu comme quand toi, tu vas de tee en tee. Ou que tu cherches à échapper à Viola.

— Je ne cherche pas à échapper à cette harpie. (En voyant, dans son regard, la suspicion laisser place à l'agacement, je me suis autocongratulée.) Je veille à mettre une certaine distance entre elle et moi. Ce qui est entièrement différent. C'est moi, la créature supérieure. Je suis plus rapide. Plus rusé. Si je le voulais, je pourrais l'écraser comme un insecte.

— Elle peut devenir vraiment féroce à la pleine lune, a observé ma mère. Avec ces dents, ces griffes, et cette force surnaturelle... Pour ce qui est de l'*écraser comme un insecte*, tu exagères peut-être un peu.

Mon père s'est tourné vers elle.

— Serais-tu en train d'insinuer que mes dents ne sont pas sauvages, Jacqueline ?

— Loin de moi cette idée, très cher.

— Ou que mes griffes ne sont pas aussi tranchantes que des rasoirs ?

— Bien sûr que non.

— Ou que ma force – qui fait honneur à l'ancienneté et à la toute-puissance de ma race conquérante – n'est pas, et de loin, plus précieuse et magique que celle d'une garelle ?

— Je disais juste que quand l'envie lui en prend, Viola peut se montrer une sacrée enquiquineuse. Une vraie nuisance. Comme un moustique. Ou une humaine trop zélée, a-t-elle ajouté en coulant un regard vers Jack et son humaine trop zélée. Ne te mets donc pas dans tous tes états, très cher. Elle n'en vaut pas la peine.

— C'est certain. (Le regard de mon père est revenu se poser sur moi – mon sursis venait de prendre fin.) Alors comme ça, il a surgi devant toi de nulle part ? Et tu n'as rien entendu venir ?

— Je respirais très fort, après avoir tant galopé, et Wilson a le pas vraiment léger.

— Nous avons tous le pas léger. Et nous avons aussi une ouïe très fine.

— Oui, mais il faut croire que Wilson surpasse ces standards déjà élevés. Il a fondu sur moi et, privée de force, je n'ai pas pu résister.

— Privée de force, ah ouais ? a relevé Rob. La dernière fois que j'ai essayé de te tacler à la chasse, tu m'as filé un coup de pied dans les roustons et je n'ai plus pu marcher de la nuit.

Je lui ai décoché un regard agacé.

— Ouais, eh bien, c'est que tu n'es ni aussi rapide, ni aussi déterminé que Wilson.

— C'est peut-être toi qui deviens longue à la détente.

— Et toi, tu es peut-être jaloux parce que ce soir, Wilson t'a battu.

— Pfff !

— À d'autres !

— Les enfants, allons, allons, est intervenue ma mère en allant se poster derrière son époux. (Elle a posé la main sur son épaule, à l'évidence parce qu'elle voulait le rasséréner et se faire pardonner sa remarque à propos de Viola.) Assez de chamailleries. Wilson a gagné, en toute régularité, et c'est tout.

— Oui, mais ce qui m'échappe, tout de même..., a insisté mon père.

Ma mère a resserré sa prise sur son épaule.

— Rien ne t'échappe, très cher. Tu as toi aussi été jeune, et tu étais tout aussi rapide et déterminé, à l'époque où nous nous sommes rencontrés. Dans le château de ma famille. Tu t'en souviens ?

— Oui, a-t-il acquiescé, sans se départir de son air dérouté.

— Tu as posé les yeux sur moi, sur ce balcon, et d'un bond d'un seul, tu as fait fi des quatre étages pour te poser près de moi. Tu as été si rapide que j'en ai eu le souffle coupé, et je n'ai pas pu battre en retraite. Non pas que je l'aurais fait ! Je voulais te rencontrer.

Mon père s'est rengorgé.

— Oui, j'*étais* vraiment rapide. N'est-ce pas ?

— Le plus rapide. Cela dit, je me défendais pas mal, moi aussi. Si je l'avais voulu, j'aurais pu me retirer à l'intérieur et te claquer la porte au nez.

— Mais tu n'en avais pas envie.

— Exactement. Raison pour laquelle nous allons briser là cette conversation, a-t-elle conclu en inclinant la tête dans ma direction.

— Ah bon ? a fait mon père, l'air perdu. (Et puis, il a enfin compris.) Oui, parfaitement. Bien... (Il s'est frotté les mains, et avec un grand sourire qui a retroussé les lèvres sur ses canines, il a lancé :) Qui a un petit creux ?

— Attends ! a fait Max. Qui a gagné les jours de congé, en ce cas ? Je comptais vraiment sur eux le mois prochain. J'ai prévu un petit voyage à Venise avec des potes.

— Il me sera difficile de donner des jours de congé à Wilson, dans la mesure où il n'est pas mon employé.

— Nous pourrions les offrir à Lilliana, à la place, a suggéré ma mère.

— Mais c'était elle la proie ! a objecté Max. La récompense va au meilleur chasseur, pas à la proie. Je propose qu'on la donne à celui qui se trouvait le plus près de Wilson lorsqu'il a sifflé.

— En ce cas, c'est moi, a annoncé Rob.

— Des clous ! J'étais plus près que toi ! a protesté Jack.

— Dans tes rêves ! (C'était au tour de Max de s'en mêler.) C'est moi qui étais le plus près, bande de nases !

— Inutile de vous battre. Je ne peux pas profiter de ces congés. Je ne travaille pas chez Moe's, ai-je souligné.

— Bon, on fait comme ça, a tranché mon père, comme si je n'avais rien dit. Lil gagne les jours de congé, à utiliser à la date, et de la façon qu'il lui plaira. Et avec qui il lui plaira, a-t-il ajouté en souriant à Wilson.

— À présent que c'est réglé, si nous passions à table ? a proposé ma mère, l'air satisfaite. Les boissons sont servies.

13

— … combien d’orgasmes, au cours d’un même rapport ?

La voix d’Evie s’est faufilée par la porte de mon bureau, restée entrouverte.

Nous étions lundi, il était dix-huit heures trente, et je passais en coup de vent à l’agence pour prendre un stock de cartes de visite avant de rejoindre les Ninas dans un autre repaire à la mode fréquenté par des célibataires.

— Je ne sais pas, ai-je répondu en fourrant les cartes dans mon sac. Quelques-uns.

J’avais réussi à maintenir Evie dans l’ignorance pour tout ce qui concernait les particularités de notre race, et je n’étais pas disposée à titiller sa curiosité en admettant la vérité.

— La question ne s’adressait pas à *toi*, a précisé Evie. Mais à la cliente qui se trouve dans la salle 1, et elle veut savoir pourquoi nous avons besoin de cette info.

Je m'apprêtais à enfourner d'autres cartes dans mon sac, mais mon geste est resté en suspens.

— Nous avons une cliente dans la salle 1 ?

— Oui, notre quatrième de la journée, s'est rengorgée Evie. Les prospectus que tu as distribués chez Moe's ont marché du feu de Dieu.

— *La quatrième ?*

Evie a confirmé d'un hochement de tête et j'ai souri. Bon, d'accord – on était encore loin d'une queue qui s'étende jusqu'au coin de la rue, mais c'était un début. Dans peu de temps, la salle 1 battrait le hall de Grand Central, en terme d'affluence.

Hé ! Minute...

— On a une salle 1 ?

— Je me suis dit que nous avions besoin d'un espace où les clients pourraient se détendre et remplir leur profil en privé. Alors j'ai briqué le placard et apporté quelques trucs de chez moi pour le rendre plus cosy.

Certes, j'avais su au premier coup d'œil qu'Evie était une fonceuse, mais je n'avais pas saisi que sa conscience professionnelle rivalisait avec son sens du style.

— Très impressionnant.

— Assez pour mériter une augmentation ? a-t-elle répondu avec un regard plein d'espoir. J'en crève d'avoir dû renoncer au câble, et aussi aux accessoires en tout genre, au prétexte que je me serre la ceinture.

Le câble, je pourrais vivre sans, mais les bracelets de créateurs ?

— C'est affreux. Ne t'inquiète pas. Je vais trouver une solution. Dis-moi, le fait d'avoir une salle 1 n'implique-t-il pas d'avoir une salle 2 ?

— Logiquement, oui. Mais cela peut aussi vouloir dire que nous sommes optimistes, et tournées vers l'avenir.

Elle a agité son bloc à pince vers moi.

— Bon alors dis-moi, pourquoi avons-nous besoin de ces renseignements concernant les orgasmes ? Et c'est quoi, le taux de fertilité ? Une cliente m'a posé la question, et je lui ai répondu que c'est un nouveau barème qui vient tout juste d'être inventé. Qui sert à évaluer la fertilité du sperme, un peu comme on mesure la masse graisseuse. Le type ouvre les vannes et *bam* ! On lui indique combien de balles il a dans son chargeur.

— Pas con. (J'ai fait le tour de mon bureau en moins de deux pour lui arracher le bloc-notes des mains et lui tendre à la place une liasse de questionnaires que je venais de mettre au point spécialement à l'intention des humains.) Ce n'est pas le bon questionnaire, ai-je expliqué. C'est celui-là que tu aurais dû donner. L'autre, c'est juste... une blague. Ouais – avec mes copines, hier soir, on a inventé toutes ces questions farfelues. Je crois qu'on s'était un peu lâchées sur le martini pomme.

— Ça roule, a dit Evie. Au fait, ta mère est en attente sur la ligne une.

— Dis-lui que je ne suis pas là.

— Je lui ai déjà dit que tu étais là.

— Dis-lui que tu t'es trompée.

— Tu exagères. Elle a l'air vraiment sympa. Elle a dit qu'elle voulait vous inviter, Wilson et toi, à boire l'apéritif samedi soir.

— Dis-lui que je ne suis pas libre.

— Et Wilson ?

— Qu'il n'est pas libre non plus.
— Non, je voulais dire : qui est Wilson ?
— Un client.
— Ta mère dit que c'est ton fiancé.
— C'est un client.
Et drôlement impatient, pour le coup. Notre contrat datait de la veille et il m'avait déjà appelée deux fois pour savoir si je lui avais trouvé des candidates.
— Dis-lui juste que nous ne pouvons pas venir parce que... je ne sais pas. Nous avons déjà un engagement, ou n'importe quoi d'autre.
— Et si je lui disais qu'il ne boit pas ?
— À mon avis, elle n'en croira pas un mot.
— Bien sûr que si. Il y a des tas de gens qui ne boivent pas.
Les gens. Oui, c'était bien là la clé de tout. Les vampires ne sont pas des *gens* comme les autres.
— Dis-lui qu'il m'a trompée et que nous avons rompu. Dis-lui que ça a été épouvantable, que je suis trop bouleversée pour en discuter et que je la rappelle plus tard. (J'ai bien vu qu'Evie doutait de l'efficacité de mon argument.) S'il te plaît ! Je ne peux vraiment pas lui parler maintenant. Je suis en retard, et elle me rend dingue.
— Bon d'accord, mais je n'accepte que parce que moi aussi j'ai une mère, et que pour ce qui est de devenir dingo, je te reçois cinq sur cinq. Mais la prochaine fois, tu feras le sale boulot toi-même.
— Promis. Ah..., ai-je ajouté en lui tendant un bout de papier. Pourrais-tu appeler Nina pour lui indiquer cette adresse.
— Laquelle ?
— N'importe laquelle. Elles se feront passer l'info.

Dis juste à celle que tu auras en ligne de se trouver à cette adresse dans une demi-heure. Sans faute.

En passant devant Evie, j'ai manqué d'entrer en collision avec la petite rousse qui venait de sortir du placard – ou plutôt de la salle 1.

— C'est vous, la patronne ?

— Lil, me suis-je présentée en rassemblant mon sac et mon cabas Gucci sur un seul bras pour lui tendre la main. Lil Marchette.

— Melissa.

Comme si je ne le savais pas déjà. Ses yeux marron foncé ne dissimulaient pas grand-chose : Melissa Thomas. Née le 27 décembre 1978. Capricorne. Allergique aux arachides. Prédisposée aux relations sentimentales foireuses. Parties de son corps qu'elle déteste le plus, dans l'ordre : un, les hanches ; deux, les cuisses ; trois, les bras ; quatre…

J'ai battu des paupières et concentré mon attention sur un grain de beauté, sur sa tempe gauche.

— Merci d'être venue nous voir, Melissa. J'adorerais bavarder avec vous, mais j'ai un rendez-vous de la plus haute importance. Détendez-vous, et soyez aussi précise que possible dans vos réponses. Quand vous aurez terminé, on entrera vos informations dans notre fichier et on verra si on peut vous trouver un partenaire.

— Cela prendra combien de temps ? J'ai besoin d'un cavalier pour samedi soir. Ma sœur aînée se marie, dans le New Jersey, et si j'arrive sans cavalier, ma mère – qui vient spécialement de Philadelphie – va se mettre martel en tête. Et ça, c'est la dernière chose dont j'aie besoin. Déjà qu'elle ne voulait pas que je vienne à New York. Elle souhaitait me voir m'installer dans le

New Jersey, près de ma sœur aînée, ce qui était hors de question dans la mesure où ma sœur, Marjorie, est aussi pénible qu'elle.

— Je comprends complètement.

Max, mon frère aîné, a beau être plus jeune et plus branché que notre père, quand il s'agit de Moe's, il peut se montrer tout aussi maniaque que lui.

— Quand Katie, ma sœur cadette, est partie vivre en Californie, a poursuivi Melissa, ma mère était tellement inquiète qu'elle s'est mise à lui rendre visite tous les mois « pour lui tenir compagnie ». Elle n'a réussi qu'à anéantir sa vie sociale et sexuelle, et a failli la faire virer de son boulot parce que, quand Katie a vu une promotion lui passer sous le nez, ma mère a tenu à aller dire sa façon de penser au patron. Katie est revenue à Philadelphie, aujourd'hui. Elle travaille au rayon chaussures d'un hypermarché, et elle a pris quinze kilos. Je crois très sérieusement qu'elle se goinfre en espérant tomber dans le coma pour échapper à sa vie misérable.

— Inutile de m'en dire davantage. Je suis passée par là, je connais ça par cœur.

Ben oui, quoi? Moi aussi, j'ai une mère qui fourre son nez partout. Au-delà de ça, j'ai une aversion féroce pour les chaussures en similicuir, or je ne me trouvais moi-même qu'à un salaire de marge de ce scénario de misère.

— Je vais faire tout mon possible pour vous trouver le partenaire idéal.

— Oh, il n'a pas besoin d'être parfait. Je veux dire que la perfection, ce serait un homme qui aime les chiens et se fiche pas mal que je n'aie toujours pas fait carrière – je suis serveuse dans un petit restau du Village, en attendant de me trouver un emploi fixe.

— De serveuse ?

Elle a haussé les épaules.

— Pourquoi pas ? J'ai de bons pourboires – Daisy et moi ne sommes pas près de mourir de faim – mais je n'ai toujours pas décidé si ça me plaisait ou non. Pour l'instant, j'essaie différents trucs.

— Qui est Daisy ?

— Mon chien. C'est tout ce que j'ai emporté avec moi en quittant Philadelphie. Bref, pour l'instant, je me moque de rencontrer un homme avec qui je pourrais envisager une relation sérieuse. Je me contenterai avec joie d'un corps douillet. Juste pour éviter d'aller seule à la noce et éviter, par la même occasion, que ma mère s'imagine que j'erre dans cette grande ville comme une âme en peine, ce qui est le cas. Enfin, mis à part Daisy.

— Pigé, ai-je dit avec un sourire en lui tapotant l'épaule. C'était un plaisir de vous rencontrer. Evie va vous aider à remplir le questionnaire. Et n'oubliez pas : Avec Vamp'n'Love, vous serez bientôt comblée jusqu'à la nuit des temps !

Slogan un peu lamentable, je vous l'accorde, mais j'avais tant de choses à penser que mon cerveau se trouvait momentanément à sec, et je n'avais pas eu le loisir de concocter une accroche plus brillante.

— Evie, tu fermeras en partant ? ai-je lancé en gagnant la porte. Après mon rendez-vous avec les Ninas, je dois retrouver Francis à SoHo et je doute d'avoir le temps de repasser par ici.

— Francis ? L'empoté ?

Evie avait eu droit à une fiche détaillée sur Francis :

riche, excentrique, ringard. Naturellement, j'avais passé sous silence son appartenance à la race des suceurs de sang. Non que ça ait une quelconque importance. Un pauvre mec reste un pauvre mec.

— Bonne chance, m'a répondu Evie. S'il est ne serait-ce qu'à moitié aussi nase que tu le dis, tu vas en avoir besoin.

— On est à la bibliothèque, a observé Nina I lorsque je l'ai rejointe devant la New York Public Library.

Dix-neuf heures venaient tout juste de sonner. Nous disposions donc très exactement de trente minutes pour travailler avant la fermeture des portes.

— *La bibliothèque.*

— Et… ?

— Et je croyais qu'on allait distribuer des cartes aux célibataires, comme samedi soir.

— C'est ce qu'on va faire.

— *Ici ?*

— Cet endroit fourmille de gens seuls. Des tas de célibataires intelligents, qui ont réussi dans la vie. (J'ai regardé l'homme en costume trois-pièces qui nous a dépassées, un épais volume de droit fiscal dans une main, une mallette en cuir dans l'autre.) Exemple : tu as là un juriste célibataire qui a réussi.

— Comment sais-tu qu'il a réussi ?

— Allôôôôô ? Il porte une montre Cartier. Sans compter que tu as l'air d'oublier que je suis une vamp et que, par conséquent, je sais ce qui lui occupe l'esprit en ce moment. Un dossier à cinq millions de dollars, qu'il est *à deux doigts* de gagner.

— Bon, d'accord, il a réussi. Mais les bibliothèques, c'est trop chiant.

— Une demi-heure dans notre existence infinie. (Je lui ai tendu un stock de cartes.) Tu t'occupes du quatrième étage.

— Quand je pense que j'ai annulé une soirée avec Adrian pour ça, a pesté Nina en glissant les cartes dans son sac Fendi.

— Adrian est un connard pontifiant et égocentrique.

— C'est certain. Mais au lit, il est génial. En ce moment même, je pourrais avoir un orgasme.

L'image de Wilson, l'expert-comptable, m'a traversé l'esprit. J'ai dévisagé mon amie.

— Combien d'orgasmes ?

— Six.

— Minimum ou maximum ?

— Minimum. Les soirs de grand faste, je peux monter jusqu'à onze.

J'ai souri.

— Tu sais quoi ? Je crois bien que je t'aime d'amour.

— Alors Francis, quel genre de femme cherchez-vous ?

J'avais abandonné les Ninas à la bibliothèque avec plusieurs dizaines de cartes de visite.

Nous étions chez Pierre Claude (une boutique réservée à une clientèle masculine friquée), noyés dans un océan de chemises en soie et de vestes entièrement cousues main. Pierre était l'un des jeunes créateurs les plus en vogue de Manhattan (et un converti ultra-sexy) qui restait ouvert bien plus tard que ses concurrents. Il avait disparu dans sa réserve pour nous exhumer quelques basics décontractés de la saison dernière pendant que nous explorions les trésors de l'élégante boutique qui sentait bon le champagne, le fric et les vêtements neufs. J'ai inspiré à pleins poumons ces effluves régénérants. Ahhhh...

— Quel est votre idéal ? ai-je insisté.

— Eh bien... (Francis a contourné un portant de vestes, que Pierre venait tout juste de terminer pour son défilé, prévu dans quelques jours.) J'aimerais trouver quelqu'un de gentil.

Francis était peut-être un nigaud, mais c'était un nigaud sympa. Malheureusement, sympa n'est pas une qualité très prisée chez les vampires du sexe fort.

— Je pensais davantage en termes de score orgasmique. Vous cherchez quoi ? Un trois ? Un quatre ? Cinq ? Dix ? N'ayez pas peur de voir grand.

— Je ne sais pas.

Il a haussé les épaules et son regard a volontairement évité un spencer orange vif.

Ben voyons. Au motif qu'il avait un vrai talent pour la coupe, Pierre s'imaginait qu'il allait remettre les épaulettes au goût du jour. Dans ses rêves !

— Un, ça ferait l'affaire.

— *Un ?* Vous ne croyez pas que vous vous sous-estimez ? D'accord, pour l'instant, vous ne ressemblez pas à grand-chose. (Je lui ai tendu un blazer en soie bleu marine à fines rayures.) Mais une fois que nous en aurons terminé ici, vous serez un prétendant de premier choix.

— Peut-être, mais ça ne changera rien à mon taux de fertilité. Qui est plutôt bas.

— Bas comment ? Non, non, ai-je ajouté en secouant la tête. Tout bien pesé, je préfère ne pas savoir.

Cette entreprise m'avait tout l'air d'un combat perdu d'avance, alors, à quoi bon me donner un autre sujet d'inquiétude? Je lui ai tendu un pantalon bleu marine, un ton plus sombre que la veste, et une chemise cintrée pourpre, à col boutonné, avant de poursuivre :

— Votre taux de fertilité ne fait pas des étincelles? Et alors? Raison de plus pour viser haut. Si nous pouvons vous dégoter un huit ou un neuf, elle pourra contrebalancer cette petite faiblesse.

— Si vous tenez à contrebalancer, il va falloir viser encore un peu plus haut.

Au regard qu'il a posé sur ma sélection vestimentaire, on aurait pu croire que je lui tendais une gaine et des bas de contention.

— C'est-à-dire?

— Autour de quinze.

Quinze? Non, je n'allais pas flipper. Dès le départ, j'avais su que je m'attaquais à un cas particulièrement ardu. C'est même la raison qui m'avait poussée à m'en occuper. Plus je partais de loin, plus le résultat serait spectaculaire une fois que je lui aurais trouvé sa compagne d'éternité.

— D'accord, ai-je dit en lui indiquant la cabine d'essayage. Un QO de quinze. On part là-dessus.

— Quinze, ou plus, a-t-il lancé par-dessus son épaule.

— Ou plus, ai-je acquiescé, en faisant de mon mieux pour masquer le tremblement de ma voix.

— Et elle doit aimer les chiens, a-t-il ajouté de derrière les rideaux. Tout particulièrement les petits chiens aux aboiements aigus. Il est hors de question que je ramène chez moi quelqu'un qui ne peut pas s'entendre avec Britney. (Il s'est tu quelques instants, puis sa voix m'est parvenue de nouveau.) Franchement, je ne suis pas convaincu… Ça ne me ressemble vraiment pas…

— C'est très précisément l'objectif. Sortez de là. Arrêtez de faire votre chochotte et montrez-moi.

— D'accord. (Quelques secondes de plus ont passé.) Je me sens bizarre.

— Un vampire ne se sent pas bizarre. Il contrôle la situation. À ce propos… (En parlant de contrôle, j'ai tiré d'autorité le rideau)… un vampire ne se recroqueville pas non plus derrière le rideau d'une cabine d'essayage. Il saute sur toute opportunité de parader et…

Tandis que je contemplais Francis, bouche bée, il a relevé la tête et croisé mon regard.

— Alors, vous en pensez quoi ?

— J'en pense…

En fait, j'étais incapable de penser. Le choc que j'avais éprouvé en voyant Francis en tenue d'Adam n'était rien, comparé à celui qui était le mien en cet instant.

La veste épousait à la perfection sa carrure modeste mais parfaitement dessinée. Le pantalon soulignait sa taille fine et ses cuisses sveltes. Le bleu marine des étoffes faisait ressortir la couleur de ses yeux, l'accentuait, la rendait plus pénétrante. Quant à la chemise rouge, elle était juste… rouge. Éclatante. Stimulante.

J'ai senti un poids en moins sur mon estomac, et j'ai souri.

— Vous êtes superbe.

Il a baissé les yeux, l'air penaud.

— Vous le pensez vraiment ?

— Oui, mais peu importe ce que je pense, ce qui compte, c'est ce que *vous* pensez. Aucun costume au monde ne vous donnera fière allure, si vous n'êtes pas convaincu que vous le portez bien. Vous en êtes convaincu, n'est-ce pas ?

Il s'est contemplé de nouveau et a replié les bras pour vérifier l'aisance de la veste.

— Oui, je crois que ça me va pas mal.

— Mieux que pas mal, Francis.

Je me suis reculée pour mieux l'étudier, de la racine des cheveux à la pointe des orteils – à ce propos, il nous fallait impérativement ajouter une pédicure à notre liste, en même temps qu'une belle paire de mocassins italiens et des chaussettes tendance.

— Vous êtes *canon*. Matt Damon, avec un petit quelque chose de Brad Pitt.

— Et rien de Bob Barker ?

— Qui ça ?

— Le type qui présente *Le Juste Prix*. C'est mon animateur préféré.

— Il est vieux.

— Il ne l'a pas toujours été. À l'époque, il était drôlement beau. Je l'ai regardé pendant des années. Toujours bien fringué. C'était mon idole.

Eh bien, voilà qui expliquait bien des choses.

— Écoutez, tout ce qui vous branche fera l'affaire. Si vous voulez ressembler à Bob, c'est votre affaire. Mais en général, les femmes sont séduites par des hommes plus jeunes, et un peu plus dans le coup, donc, lorsque vous bavarderez avec une compagne potentielle, je vous conseillerais de ne pas mentionner qu'il est votre idole.

— Mais je peux tout de même parler de l'émission en elle-même ? Je ne la rate jamais. Je ne l'ai pas loupée une seule fois en vingt-cinq ans.

— Non.

— De quoi suis-je supposé parler, alors ?
— On va vous construire l'image d'un mec fort et taciturne, comme ça, vous n'aurez pas à parler beaucoup. Vous les séduirez avec vos yeux, et vous les emballerez avec votre prestance.
— Ma prestance ? Je n'en ai aucune.
J'ai souri.
— Lil est là pour vous tirer d'affaire.

14

Ty n'était pas juste un vampire archi-sexy, il était également extrêmement ponctuel.

Deux détails m'ont alertée sur ce dernier point lorsque j'ai poussé la porte de Vamp'n'Love le mardi soir à dix-huit heures trente (au fait, un immense bravo au génie qui a inventé l'heure d'hiver).

Le premier, c'est la tête que faisait Evie : elle avait un sourire rêveur, et un filet de bave au coin des lèvres. Bon, d'accord, j'exagère un peu. Elle ne bavait pas vraiment – mais elle n'en était pas loin. Le second – et c'était là tout le truc : je le *sentais*.

Tandis que je posais un grand *mocha latte* sur le bureau de mon assistante, j'ai senti ma peau se hérisser. Mes cuisses se sont mises à trembler. J'avais les genoux en coton. Mes tétons sont passés en mode alerte rouge. Et mon… Bon – on va s'arrêter là.

Mordu. Héréditaire. Pas touche.

Je le savais, mais savoir et garder présent à l'esprit sont deux choses distinctes, et j'en ai fait l'expérience ce soir-là en entrant dans mon bureau. Ty était affalé dans le fauteuil en chrome, en face de ma table, et me tournait le dos.

— Vous êtes drôlement en avance.

— J'habite à deux pas d'ici.

— Alors j'imagine que le mythe est faux.

— Quel mythe ?

Il s'est levé et retourné. Son regard bleu a croisé et soutenu le mien, et j'ai carrément oublié de respirer. Notez bien, je n'en avais pas besoin. Mais au bout de cinq cents ans, c'est devenu une sorte d'habitude. Alors le fait de l'oublier, comme ça, ça m'a fichu un sacré coup.

Mordu. Héréditaire. Méga-NON.

— Quel mythe ?

— Pardon ?

— Vous venez de dire un truc à propos d'un mythe.

— Ah bon ? Ah oui, oui.

— Et donc ?

— Le mythe qui veut qu'à la nuit tombée, les convertis soient plus lents au démarrage que les vampires héréditaires.

— C'est vrai, pour certains. Mais tout dépend du converti. Personnellement, je n'ai aucun problème d'allumage.

Je n'en doutais pas une seconde.

— Vous m'avez dit que vous vouliez me parler. Alors parlons.

Il m'a observée contourner mon bureau et m'asseoir du bout des fesses sur mon fauteuil. Et ce n'est que quand elles ont touché l'assise que lui s'est carré de nouveau dans le sien.

— Que se passe-t-il ?

J'ai rangé mon sac dans le tiroir du bas, croisé les mains devant moi et je l'ai dévisagé.

— Alors, tout se passe bien ? La ville vous plaît ?

— Ce n'est pas mon premier séjour à New York. Je suis déjà venu plusieurs fois.

— Vous trouvez facilement ce qu'il vous faut ? Les monuments, les commissariats, les boutiques ?

Il m'a considérée d'un regard bizarre.

— Oui.

— Alors, vous n'avez pas besoin d'aide.

— Vous me proposez vos services ?

J'ai souri.

— Oui, c'est exactement ça.

— Donc le mythe n'est pas vrai ?

— Quel mythe ?

— Celui qui prétend que les vampires héréditaires sont d'effroyables snobs qui ne se fréquentent qu'entre eux. (Il m'a fait un large sourire.) Vous voulez qu'on se balade ensemble. Me faire visiter la ville. Me prendre sous votre aile.

— Vous trouver une cavalière, ai-je corrigé avec précipitation.

Évidemment que je voulais le prendre sous mon aile, et bien plus même. Mais je ne tenais pas à ce qu'il le sache.

— À quand remonte votre dernier rencard ? ai-je poursuivi.

Mieux valait que mes lèvres restent occupées à parler, sinon, elles auraient pu être tentées d'agir de leur propre initiative.

— Je vous demande pardon ?

— Un rencard. Vous savez : deux personnes qui se

retrouvent en un même lieu pour partager une même activité. Un rencard, quoi.

— Je sais ce qu'est un rencard. Ce qui m'échappe, c'est en quoi ça me concerne.

— En rien.

— Alors pourquoi m'avoir demandé de venir?

— Vous devriez songer à vous adoucir un peu, franchement. Vous ouvrir à de nouvelles expériences. J'ai une cliente, voyez-vous – une convertie – qui serait parfaite pour vous...

— Vous m'avez fait venir ici pour me maquer?

— Je me suis dit que vous ne crouliez pas sous les occasions – vu votre attitude... – et que, comme apparemment c'est plutôt calme sur le front des kidnappings, vous aviez peut-être du temps à tuer.

— Je comprends maintenant pourquoi nous gardons nos distances.

— Je vous demande pardon?

— Nos distances avec vous, les vampires héréditaires. Vous n'êtes pas simplement une bande de snobs élitistes, vous êtes aussi des frappadingues.

J'ai pensé à ma famille. Pour ce qui était de la frappadinguerie, je me voyais mal réfuter l'argument.

— Pour votre info, c'est *nous* qui gardons nos distances avec *vous*.

— Mon ange, si vous étiez si distants, *nous* n'existerions pas. Les convertis ne naissent pas dans les choux.

— Il y a quelques brebis galeuses dans le troupeau.

— N'est-ce pas là notre lot commun?

— Non, je voulais dire qu'il y a eu quelques brebis galeuses dans *notre* troupeau, et que c'est à cause d'elles que vous êtes là.

Il continuait à me dévisager intensément et comme mes lèvres continuaient, elles, à être parcourues de mouvements convulsifs, je me suis hâtée de leur trouver une occupation.

— Je ne sous-entendais pas que j'en suis une. Or, votre commentaire laissait entendre que, selon vous, je disais que j'étais une brebis galeuse et que vous...

— Je le savais déjà, m'a-t-il coupée avec un grand sourire avenant et dangereux pour la paix de mon esprit. Les brebis galeuses ne sentent pas la barbe à papa.

Ces mots m'ont saisie, j'ai senti ma peau frissonner, comme s'il était en train de me caresser.

Ce qui n'était pas le cas. Ce qui ne pouvait en aucun cas l'être.

Mordu. Héréditaire. Un NON gargantuesque.

Et merde!

— Comment savez-vous que je sens la barbe à papa?

— Parce que je vous sens. C'est fou, non?

Carrément dingue, même. Les convertis ne peuvent pas sentir les vampires héréditaires. Cette « odeur » est strictement liée aux histoires d'accouplement, et Ty était d'une race entièrement différente.

Tandis que son regard s'insinuait en moi, j'ai vu ses narines se dilater, et j'ai presque eu la sensation qu'il s'imprégnait de moi.

— Une odeur tiède. Aérienne. Sucrée, a-t-il observé, l'air à la fois surpris et ravi.

J'étais à *ça* de plonger par-dessus mon bureau pour sentir ses lèvres se mouvoir contre les miennes.

Mais il a secoué la tête et j'ai vu réapparaître son expression habituelle, celle qui semblait dire « Amène-toi, poupée, et fais-moi plaisir. » Il s'est levé.

— Si jamais vous tombez sur une *véritable* information, appelez-moi.

— Elle est vraiment sympa, ai-je bafouillé tandis qu'il se dirigeait vers la porte. (Sympa ? Qu'est-ce que je racontais.) Son quotient orgasmique est carrément exceptionnel.

C'est en voyant son air interloqué que je me suis souvenue que 1) les convertis ne peuvent pas procréer, 2) ils se fichent du QO comme d'une guigne.

— Elle a un sang-froid d'enfer, et c'est une sanguinaire.

Voilà qui est mieux, Lil. Bien mieux.

Que voulez-vous que je vous dise ? J'étais fébrile. Nerveuse. Je cherchais mes mots. *Moi.*

À cause de Ty Bonner.

Absolument pas. Tout ça, me suis-je souvenue, c'était à cause d'Esther. Je voulais vraiment lui trouver quelqu'un, et pour l'heure, Ty était mon seul espoir. On pouvait donc comprendre que je perde un peu les pédales et me comporte en dépit du bon sens en voyant mon seul prétendant potentiel sur le point de passer la porte, non ?

— Attendez. (J'ai été si rapide que je lui ai empoigné le bras avant que sa main ne touche la poignée.) On doit se sentir drôlement seul, à vivre comme ça dans sa valise.

— Ça me plaît bien de vivre dans une valise. J'aime être seul. (Il a refermé sa main sur la mienne.) Et je n'aime pas qu'on interfère dans ma vie.

— Je n'appellerais pas ça interférer.

— Et vous appelleriez ça comment ?

— Déformation professionnelle. Je ne fais que mon boulot. Je m'occupe d'une agence matrimoniale.

— Vous êtes une *vampire.*

— Dites-moi une chose que j'ignore.

S'il te plaît, a chuchoté une voix dans ma tête tandis que je fixais sa minuscule cicatrice.

— Vous êtes cinglée. Mignonne, certes, mais cinglée, a-t-il ajouté avec un grand sourire.

— Ça aussi, je le savais déjà. Que je suis mignonne, je veux dire.

Mignonne ?

Les chatons sont mignons. Un tee-shirt de base-ball avec des chaussettes assorties, c'est mignon. En ce qui me concerne, j'étais une vampirette de très haut lignage, irrésistiblement sexy et au top des tendances.

J'ai souri. Bon, d'accord, ce n'était pas vraiment le genre de compliment auquel j'étais habituée, mais c'était... sympa. Enfin... plus ou moins.

— Ta mère sur la une, a annoncé la voix d'Evie dans l'interphone.

Mon sourire s'est évanoui.

Tandis que je rebroussais chemin jusqu'à ma table, j'ai envisagé plusieurs options. Je pouvais ne pas décrocher et la laisser en attente jusqu'à ce qu'elle se décourage et raccroche. Je pouvais décrocher et raccrocher aussitôt, puis jurer que la communication avait été mystérieusement interrompue. Je pouvais encore me poignarder avec le coupe-papier et en finir avec les excuses pitoyables. Ou alors, je pouvais me comporter en adulte et lui exposer le fond de ma pensée – à savoir que ma vie me plaisait telle qu'elle était, que je n'avais pas besoin d'un compagnon d'éternité (pas un, du moins, choisi par ses soins) et qu'elle devrait juste se mêler de ses oignons.

Tout en prenant une grande inspiration, je me

suis laissée choir sur mon fauteuil et j'ai plaqué mon expression la plus radieuse (au cas où Big Brother n'aurait rien d'une fable et que ma mère serait son grand patron), j'ai décroché et lancé tout de go :

— Nous ne pourrons pas venir prendre l'apéritif. Parce qu'il n'y a pas de nous qui tienne.

Soupir théâtral à l'autre bout du fil. Sans doute attendait-elle que je développe. *Il ne me plaît pas. Vas-y, dis-le!*

— Il ne me plaît pas.

Voilà. C'était dit. Ça n'avait rien de si terrible. Sauf qu'à l'autre bout de la ligne, le silence a perduré, lourd, angoissant. Avant d'avoir pu me retenir, j'ai ajouté :

— Il ne me plaît pas parce que c'est un menteur, et un infidèle. Il voit quelqu'un d'autre.

— Wilson? s'est étranglée ma mère. Mais depuis quand?

Depuis demain soir.

— Ça dure depuis un bout de temps.

— Ma très chère, tu sais très bien que certains hommes aiment à s'entourer d'un troupeau.

— Elle n'a rien d'une brebis, maman. Elle est sa... Elle a un quotient orgasmique phénoménal. Je ne peux même pas prétendre lui faire concurrence.

— J'imagine que le dicton dit vrai. Si tu ne l'entretiens pas, ça s'émousse.

— Je l'entretiens, maman. De ce côté-là, tout va bien. (Mais qu'est-ce que je racontais? À ma mère! *Pouah.*) Nous n'étions simplement pas faits l'un pour l'autre.

— Ah, bien.

— Désolée de refuser ton invitation. On se reparle plus tard, d'accord?

— En fait, je ne t'appelais pas au sujet de Wilson.

— Ah bon ?

— Mais à propos de Louisa. Elle commence à s'inquiéter pour le Grand Gala de Minuit. Je l'ai assurée que tu ne la laisserais pas tomber, mais comme tu ne lui as toujours pas trouvé de cavalier convenable, elle envisage sérieusement de demander un remboursement.

— Impossible.

Pour la simple et bonne raison que j'avais déjà consacré cet argent à diverses dépenses de première nécessité. Fournitures de bureau. Note de téléphone. Nouveau carré Hermès.

— Je vais lui trouver quelqu'un.

— Elle n'aime pas attendre.

— Je vais lui trouver quelqu'un avant la fin de la semaine. Je l'amènerai avec moi à la chasse de dimanche. Elle pourra faire connaissance à ce moment-là.

— C'est parfait, très chère. À dimanche.

— Je file, a annoncé Evie en passant la tête à la porte de mon bureau.

Voyant que j'étais soudain très pâle, elle a froncé les sourcils.

— Ça va ?

— Oui.

— Ça a l'air. Qu'est-ce qu'il te faudrait ? Un pétage de plombs ? Une boîte de Godiva ?

— Un martini pomme.

— En ce cas, a-t-elle répondu avec un grand sourire et en me faisant signe de l'index, suis-moi.

— Tu devrais être contente. Ça commence à décoller. Lentement, mais sûrement.

Evie et moi étions installées depuis une heure dans

un bar du coin. Plusieurs verres vides de martini encombraient notre table.

— Je sais. (J'ai porté mon verre à mes lèvres et bu une gorgée.) Le problème, c'est que « lentement mais sûrement » ne fait pas partie du vocabulaire de Louisa Wilhelm.

— J'ai un grand-oncle célibataire – Bernie Kopecki, a dit Evie en glissant la cerise dans sa bouche. Gestionnaire de crédit à la retraite. Veuf. Il ne met pas souvent le nez dehors, parce qu'il a la mémoire qui flanche et qu'il lui arrive souvent de ne plus se souvenir du chemin pour rentrer chez lui.

En dépit de la brume de martini pomme dans laquelle je flottais, j'ai dressé l'oreille.

— Quel âge a-t-il, exactement?

— Dans les quatre-vingt-dix ans. Mais il pète la forme. Pour un homme de cet âge, évidemment. Tu as dit que Louisa Wilhelm était vieille. Ça pourrait le faire, tous les deux.

Deux détails clochaient dans le scénario qui se mettait en place dans ma tête : 1) le grand-oncle était humain, ce qui n'était pas le cas de Louisa Wilhelm; 2) ils avaient certes à peu près le même âge (Louisa était une jeunette qui venait de fêter ses cent dix-neuf ans), mais question apparence, là où l'un devait accuser ses quatre-vingt-dix printemps, on aurait donné à l'autre vingt-neuf ans.

Le problème, c'est que je ne croulais pas sous les options.

— Tu crois qu'il serait intéressé par un rencard?

Attention : je n'étais pas en train de donner ma bénédiction au projet. Mais vu le peu de temps dont je disposais, ça valait le coup d'en discuter.

— Je pense arriver à le convaincre. Il est vraiment adorable et ça fait une éternité qu'il n'a pas partagé son tapioca avec quelqu'un. Tu crois que Louisa Wilhelm aime le tapioca ?

— Franchement, j'en doute.

C'était de la folie. Ces deux-là n'avaient rien en commun, sinon leur âge. Le tonton avait l'air vieux, pas elle. Il se comportait comme un vieux ; pas elle. Tout les séparait.

— C'est la nourriture préférée d'oncle Bernie, a poursuivi Evie en sirotant son nouveau martini pomme. Comme il a un peu maigri, ses dentiers ont pris du jeu, et quand il mord dans un aliment solide, il les perd. Alors il s'en tient à ce qui est mou, ou liquide. Il adore tout ce qui est liquide. Mrs Wilhelm n'a-t-elle pas mentionné quelque chose à propos d'un régime liquide ?

J'ai souri. Ce n'était pas gagné, mais pourquoi pas tenter le coup ?

— Présentons-les.

— Pour la dernière fois, c'est non. Je n'irai pas, s'est exclamée Nina I.

J'étais chez elle, dans le penthouse qu'elle occupait au Waldorf, et je la regardais se pomponner devant le miroir.

— Mais j'ai déjà tout organisé ! Vous avez rendez-vous dans deux heures.

— Sans moi. (Elle a appliqué au pinceau un nuage de poudre iridescente sur sa peau impeccable.) Ce soir, je vais dîner chez Alain Ducasse.

Elle a souri en dévoilant une dentition blanche et régulière, et deux canines discrètement protubérantes.

— J'ai envie de cuisine française.

— Ce dont tu as surtout envie, c'est d'un joli serveur français prénommé Jacques, l'a contrée Nina II, installée sur un canapé avec un verre de vin. C'est lui qui la nourrit depuis quelques semaines. Si tu ne fais pas gaffe, ce pauvre garçon va finir exsangue.

— Jamais je ne ferais un truc pareil! a protesté Nina I en s'humectant les lèvres. Mais le fait est qu'il est délicieux.

— Oublie le serveur pour ce soir. Tu sors avec Wilson. (Je me suis levée d'un bond et j'ai commencé à faire les cent pas autour de la table basse.) Je lui ai déjà annoncé que tu serais là.

— Ça, c'est pas mon problème. Je t'ai dit que je ne voulais pas y aller. Pour l'instant, je ne cherche pas à me caser. (Elle a frissonné.) Je m'éclate trop pour me vouer à un seul homme.

— Rien ne t'oblige à passer l'éternité avec lui. Juste quelques heures. Tu le rencontres et tu feins un vague intérêt. Ça me laissera du temps pour lui trouver une vraie compagne.

— Non.

— S'il te plaît.

— Non.

— Je t'en supplie.

— Moi, je veux bien le rencontrer.

Je me suis retournée pour regarder Nina II, qui souriait. Elle a haussé les épaules.

— Il a l'air sympa, et ça fait un bail que je ne suis pas sortie avec un vrai vamp.

— Parce qu'ils sont tous obtus, narcissiques et irrécupérables, a tranché Nina I.

Nina II a haussé les épaules.

— Qui ne l'est pas ?

— Je suis peut-être narcissique, mais, vampire ou pas, je crois à l'égalité des droits entre les sexes.

— Raison pour laquelle tu es encore célibataire, lui ai-je assené.

— J'ai un problème avec l'engagement. (Elle a fait bouffer ses cheveux blonds.) Voilà pourquoi je suis encore célibataire. Pourquoi me consacrer à un seul homme, quand il y a en tant d'autres partout ?

— Pour procréer, voilà pourquoi. Tu as entendu parler de la survie de l'espèce ? À ce propos, quel est ton quotient orgasmique ? ai-je enchaîné en me tournant vers Nina II.

Dix, me suis-je dit à moi-même. *Dis-moi, au moins dix et on va faire affaire.*

— Cinq.

— On y est presque.

15

— Frank?

J'en suis restée sans voix lorsque, en arrivant à l'agence le samedi soir, je me suis trouvée nez à nez avec mon tout dernier casé en date, qui menaçait de trouer mon tapis persan préféré à force de faire les cent pas.

Bon, d'accord, c'était mon seul et unique tapis persan, cadeau des Ninas pour me souhaiter bonne chance dans ma nouvelle aventure professionnelle. Quoi qu'il en soit, je l'adorais et je n'étais nullement pressée de devoir le remplacer.

— Que faites-vous là ?

Francis s'est figé, puis il a relevé la tête brusquement et j'ai croisé son regard bleu humide.

— Et si je ne lui plais pas ? a-t-il demandé, avec un pauvre filet de voix qui m'a serré la poitrine.

Ou qui me l'aurait serrée, si je n'étais pas une vampire impitoyable au cœur de pierre.

— Vous n'êtes pas censé lui plaire, lui ai-je rétorqué. (J'avais beau être une vampire impitoyable au cœur de pierre, ma voix s'était radoucie.) Vous serez, comment dire... sa bouillotte, et elle, elle sera votre galop d'essai.

Je m'étais mis en tête de guérir Francis de sa manie de rougir, et persuadée que le meilleur remède consistait à l'obliger à sortir pour l'accoutumer aux relations sociales. D'où mon idée géniale de lui faire rencontrer Melissa Thomas, l'humaine qui cherchait un cavalier pour le mariage de sa sœur.

— Personne n'a besoin de plaire à personne. Soyez assez charmant pour que tout le monde croie que vous l'aimez bien, et qu'elle vous aime bien, mais il n'y a aucune sincérité impliquée là-dedans. (Je me suis rapprochée de lui et j'ai étréci mes yeux.) Pourquoi n'avez-vous pas mis vos lentilles ?

— Elles me donnent des démangeaisons. Vous voulez que je sois détendu, et si j'ai des démangeaisons dans les yeux, c'est impossible.

Bon, d'accord, une chose après l'autre. Il portait une des tenues que nous avions choisies ensemble et sa coiffure était stylée – ou, du moins, l'avait été avant qu'il ne se passe un milliard de fois la main dans les cheveux tout en labourant mon tapis. À présent qu'il avait quelques mèches en bataille, il avait un petit côté décontracté. *Désinvolte.*

J'ai souri et posé mon sac sur le bureau, en même temps que le café que j'avais acheté pour Evie. J'avais oublié qu'elle partirait de bonne heure ce soir-là – son décodeur-enregistreur faisait des caprices et elle ne voulait pas rater la rediffusion d'un épisode des *Disparus*. Elle avait loupé la première diffusion, qui avait eu lieu avant que je l'augmente suffisamment pour se réabonner au câble.

La désinvolture était sans conteste un des traits de caractère vampiriques les plus fascinants.

— Quoi ? a lancé Francis, tandis que je continuais à le fixer.

— Rien, rien, j'admire mon travail. Même sans les lentilles, vous avez fière allure. Un peu chiffonné, mais l'ensemble rend bien. (Je venais de remarquer que sa nouvelle cravate Dior était froissée et toute flasque, tant il avait dû tirer dessus.) Comment vous sentez-vous ?

— Barbouillé.

— Un vampire n'est jamais barbouillé. Nous avons une constitution de fer.

Sauf quand on plante accidentellement les crocs dans un loup-garou, mais ça, c'est une autre histoire.

— Vous avez dîné ? ai-je poursuivi.

Il a secoué la tête et s'est remis à marcher de long en large.

— Je ne pouvais rien avaler. J'ai la nausée.

— Frank. Frank. Frank. (Je lui ai empoigné le bras pour épargner un surcroît de torture à mon tapis.) Ne perdez pas de vue notre objectif : on essaie de vous caser, pas de vous faire coffrer pour avoir molesté une pauvre innocente parce que la nervosité vous avait creusé l'estomac.

— Mais vous avez dit que c'était juste un galop d'essai, a-t-il objecté, de la détresse dans le regard.

Bien joué, Lil. Maintenant, il a l'air barbouillé *et* paniqué.

— Absolument. Je parlais ici de vous caser au sens figuré. Ce soir, il s'agit juste de faire admirer votre nouveau look, de pratiquer l'art du contact oculaire, de vous habituer à être une denrée sexy.

Je lui ai tapoté l'épaule pour le réconforter et ma paume s'est réjouie du contact divin de sa nouvelle chemise. Que voulez-vous que je vous dise ? J'ai toujours eu un faible pour la soie.

— Cependant, vous ne devez pas partir le ventre vide, ai-je précisé. Sinon, pendant que les invités dégusteront le gâteau, vous serez dans la buanderie en train de saigner la demoiselle d'honneur. (J'ai secoué la tête.) Règle numéro un de Vamp'n'Love : on ne mord pas. Pas ce soir, du moins. *Nada*. Ceinture.

Je suis allée chercher dans mon mini-réfrigérateur une bouteille du breuvage importé que je gardais à portée de main pour les moments de grand abattement – Evie avait ses Godiva, et moi mon O^{+}. J'ai extrait le bouchon et je lui ai tendu la bouteille.

— Ne soyez pas timide. Buvez.

Il s'est exécuté après une hésitation. Aussitôt, ses joues ont retrouvé des couleurs et sa respiration est devenue plus régulière.

— Bien, ai-je dit avant de boire une gorgée de *caffè latte*. Vous vous sentez mieux ?

— Un peu.

— Parfait. Buvez encore un peu, et arrêtez de vous faire du mouron. Vous allez très bien vous en sortir. Soyez juste vous-même.

Il a bu une autre rasade et a hoché la tête.

— J'en suis capable.

— Évidemment. Mais quoi que vous fassiez, n'oubliez pas d'établir un contact oculaire avec toutes les femmes, et essayez de perdre cette note geignarde que vous avez dans la voix quand vous êtes nerveux. Et aussi : ne parlez pas de Bob Barker, ni du *Juste Prix*. Ni de Britney. Ou des jumeaux. Et quoi qu'il arrive, pas un mot sur les albums. (Je lui ai lancé un regard.) Tout bien pesé, mieux vaut oublier l'idée d'être vous-même.

— Comment ça ?

— Que diriez-vous d'un jeu de rôle. Quel est votre acteur préféré ? (À l'instant où il ouvrait la bouche, j'ai ajouté :) Non, c'est un présentateur de jeu télévisé, pas un acteur.

Il a refermé aussi sec la bouche et a semblé réfléchir.

— John Wayne.

— Trop vieux.

— Jerry Lewis.

— Trop drôle.

— Rock Hudson.

— Trop gay.

Je l'ai invité à se resservir à boire tandis que j'essayais d'étancher ma propre soif d'une généreuse rasade de *latte*. Comme j'étais encore à jeun, ce que j'avais sous les yeux me donnait des picotements dans le ventre. Francis était réellement délicieux, ce soir.

Francis et délicieux dans la même phrase ?

J'ai chassé cette pensée dérangeante.

— Songez à un acteur qui n'a pas connu la Grande Dépression, ai-je repris. Un acteur populaire de la dernière décennie. Qui incarne la beauté, la réussite, la séduction. Un mâle dans toute sa splendeur.

Il a haussé les épaules.

— Je ne vois pas. Je ne regarde pas beaucoup de films d'action. (Il a semblé réfléchir, puis son regard s'est éclairé.) Cela dit, j'ai vu *Blade*.

— Lequel ?

— Tous.

— Parfait. Wesley Snipes fera l'affaire. Ce soir, vous

n'êtes pas Frank. Vous êtes Blade. Montrez-moi un peu votre côté Blade.

Il a pris une expression qui tenait à la fois du sourire et du ricanement, et j'ai commencé à me sentir moi-même un peu barbouillée.

— Bon, d'accord, on oublie le visage. Concentrons-nous sur la démarche. Vous êtes un type dangereux, froid, distant. Un vrai méchant. Vous faites trembler les hommes. Fantasmer les femmes. Allez-y.

Je l'ai regardé se pavaner sur le tapis et j'ai fait de mon mieux pour réprimer un mouvement de recul.

— C'était comment ?

— Oublions la démarche. Concentrons-nous sur votre voix. Obligez-vous à parler à voix basse, et ne dites que le strict nécessaire. Vous pouvez y arriver ?

— Je vais essayer, mais je…

— Le *strict nécessaire.* Moins vous en direz, mieux ce sera. (Il a souri et hoché la tête.) Bon, on y va, ai-je lancé en le poussant vers la sortie.

Une fois sur le trottoir, j'ai hélé un taxi et me suis retournée vers Blade.

Il semblait à deux doigts de vomir.

— Arrêtez de vous ronger les sangs, lui ai-je intimé en le chargeant dans le taxi. Vous allez lui plaire.

Oui, je sais : pour ce qui était de mon projet de grand méchant vampire, j'avais sauté du train en marche. Allez-y, intentez-moi un procès.

Je lui ai serré l'épaule, dans un geste d'encouragement, et il a réussi à sourire.

— Détendez-vous et essayez de vous amuser. Allez, filez ! ai-je ajouté en agitant la main. Règle numéro deux de Vamp'n'Love : ne jamais faire attendre une femme.

Ce n'était pas une règle en bonne et due forme – disons que j'improvisais au fur et à mesure, mais ça sonnait plutôt bien.

J'ai soupiré, adressé une prière muette à Notre Grand et Tout-Puissant Vampire qui êtes aux Cieux, et fait demi-tour pour regagner mon bureau.

Je n'étais plus qu'à quelques pas de ma porte quand j'ai senti la présence de l'homme derrière moi. Le type me fixait – hé, je n'avais pas mis pour rien mon débardeur en chenille rose et mon jean taille basse Fornarina.

Le bémol, c'est qu'il ne pensait pas à moi, ni à ce qu'il aimerait me faire. Il ne pensait à rien, sinon à un hot dog. Plus précisément, un hot dog pimenté au fromage, et généreusement garni d'oignons et de choucroute – beurk. Pas étonnant que ce type soit infichu de se dégoter un rencard.

— Bienvenue à Vamp'n'Love. (Je lui ai tenu la porte et il m'a suivie à l'intérieur.) Je suis Lil Marchette, la Reine des rencards, votre diva de Vamp'n'Love.

En visionnant des vidéos consacrées aux techniques marketing, j'avais appris qu'il était payant de mentionner aussi souvent que possible le nom de l'entreprise.

— Et bienvenue au siège de Vamp'n'Love.

— Je m'appelle Jerry. Jerry Dormfeld.

— Eh bien, Jerry, je suis ravie que vous soyez venu remplir un profil. C'est bien pour ça que vous êtes là, n'est-ce pas ?

Jamais, en temps normal, je n'aurais posé cette question, mais les pensées de ce type étaient impénétrables. Sauf celle concernant le hot dog. Je le voyais dévorer son sandwich d'une bonne trentaine de centimètres, le menton dégoulinant de sauce pimentée…

J'ai fermé cette fenêtre – « claqué » serait peut-être plus exact.

— Alors comme ça, vous cherchez l'élue de votre cœur ?

Il a hoché la tête.

— Oui, j'aimerais vraiment rencontrer quelqu'un qui compte pour moi.

— Et vous avez incontestablement frappé à la bonne porte. Je vais vous installer dans notre salle 1, où vous allez pouvoir remplir notre questionnaire de personnalité.

Je l'ai introduit dans la pièce, je suis allée chercher un bloc à pince et un formulaire ; ses fesses n'avaient pas encore touché le fauteuil que j'étais de retour auprès de lui.

— Dites donc, vous avez fait vite.

— Que voulez-vous que je vous dise ? Je suis au sommet de mon art. Alors dites-moi, Jerry, que recherchez-vous chez une femme ?

Question superflue, je sais. Pour Jerry et ses congénères – les types pas très dégourdis et solitaires qui ne vivent que pour les hot dogs – un seul critère fait loi quand il s'agit du sexe opposé : la pulsion.

Il a haussé les épaules.

— Je ne sais pas trop…

— Une fille sympa ?

Il a hoché la tête.

— Oui, sympa, ce serait bien.

Il a pris le crayon et s'est attaqué au formulaire avec la même détermination que celle avec laquelle je l'avais vu mordre dans son hot dog au piment.

— Et rousse. Avec des cheveux mi-longs. Raides – pas bouclés. Et des yeux noisette. Une fille qui n'a jamais été mariée, et sans enfants. Je ne veux pas de quelqu'un qui se trimballe un surpoids de bagages. Et d'ailleurs, je préférerais aussi qu'elle n'ait pas trop de famille dans le paysage. La famille, ça peut vite taper sur les nerfs, ça appelle à tout bout de champ, ça débarque à l'improviste et ça met son grain de sel partout. Je n'aime pas qu'on fourre son nez dans mes affaires.

Boooon, d'accord, j'étais moins perspicace que je ne le pensais. Jerry : un. La Reine des rencards : zéro.

— Notez tout ça dans la section des « Incontournables », et je m'emploierai à vous dénicher votre moitié dans les meilleurs délais.

— Parfait. Le temps, c'est précieux, vous savez.

C'est ça. *Va plutôt dire ça à quelqu'un qui n'a pas plusieurs siècles à tuer.*

16

— Il est humain. (Ma mère a bu une longue gorgée de son chardonnay pré-chasse en dévisageant le vieillard assis aux côtés de Louisa Wilhelm sur le canapé (importé de Belgique).) Humain, a-t-elle répété.

— Mrs Wilhelm n'avait pas spécifié qu'elle voulait un vampire.

— Ça coulait de source, non ?

— Pas nécessairement. Pour ce que j'en sais, elle pourrait manger à tous les râteliers. Sans compter qu'elle ne cherche pas un compagnon d'éternité, simplement un cavalier pour le gala.

J'ai expiré un peu de l'air que je retenais. Elle n'avait pas fait de commentaire sur son âge, c'était déjà ça.

— Certes, mais le terme « cavalier » implique généralement d'accompagner quelqu'un quelque part. Est-ce que tu n'as pas été obligée de l'aider à s'installer sur le canapé ?

— Il était un peu raide à cause de la durée du trajet pour arriver jusqu'ici.

— Très chère, il est raide parce qu'il est à deux doigts de la rigidité cadavérique.

— Il n'est pas vieux *à ce point* !

— Il est humain. Passé trente ans, puissent-ils tous reposer en paix. (Elle a secoué la tête et bu une autre rasade de vin.) Où avais-tu la tête ? Louisa préside le gala, cette année. Elle ne peut pas y assister avec un tel débris à son bras.

— Elle ne le fera pas. Ça fait partie de la procédure. Trouver l'association idéale comporte une période d'essais et d'erreurs. (Ce qui était faux, mais ma mère l'ignorait.) C'est pourquoi j'offre trois rencontres gratuites. La troisième est un enchantement garanti.

— Ce n'est pas un mordu, c'est déjà ça. T'ai-je dit que Kendra St-Claire s'est mise à la colle avec l'un d'eux ? Elle n'en rate jamais une.

Ce genre d'association est rédhibitoire chez la crème des vampires héréditaires, du moins en ce qui concerne mes parents et leurs bêcheurs d'amis. Le problème, voyez-vous, c'est que les mordus sont de vrais boulets pour notre race en ce qu'ils tombent dans le panneau de tous les stéréotypes du vampire.

Qui a inspiré le personnage de Dracula ? Un mordu. Et *Blade I, II et III* ? Un mordu. *Vampire, passion* ? Mor-du.

— Je ne la comprends franchement pas. Les mordus sont tous des traîne-savates. Pitoyables, tous autant qu'ils sont. Et ils n'ont jamais compris ce que voulait dire *faire profil bas*. Ils seront la cause de notre perte. Souviens-toi de ce que je te dis.

— Si tu veux mon avis, je trouve ce discours un poil hypocrite. Les mordus n'existeraient pas sans nous. Ce n'est pas leur faute.

Je sais, je sais. Je devais avoir perdu le sens commun pour tenir de tels propos à ma mère. À la femme qui m'avait donné la vie ! Qui avait enduré des heures et des heures de travail, de douleur, de souffrance et tout ça pour quoi ? Pour que l'objet de toute cette douleur et de toute cette souffrance la traite d'hypocrite.

Que voulez-vous que je vous dise ? J'ai élevé ces histoires de culpabilité au rang d'art.

J'ai vu ma mère étrécir le regard.

— Que viens-tu de dire ?

— Que je t'adore et te vénère et apprécie ton sacrifice à sa juste valeur. Mrs Wilhelm ! me suis-je écriée, sans laisser à ma mère le temps d'ajouter autre chose, et en adressant un sourire éclatant à la femme qui s'avançait gracieusement vers moi sur ses escarpins noirs Dolce & Gabbana. Quel plaisir de vous voir.

Louisa Wilhelm était une pin-up bonne à encarter en poster dans un magazine de charme pour vampires. De longs cheveux noirs ; des yeux d'un noir aussi profond que de l'obsidienne ; des lèvres rouge écarlate. De mon point de vue, elle avait besoin d'une bonne dose d'autobronzant et elle aurait mieux fait de calmer le jeu avec un gloss incolore, mais franchement, je crois qu'elle se fichait pas mal de l'opinion des autres, la mienne y compris. Elle était moulée dans une robe noire, arborait un collier de chien diamanté, et ce regard qui indiquait qu'elle était très très agacée.

— C'est quoi ? Une blague ? Parce que, si tel est le cas, je dois vous prévenir que je n'ai pas une once d'humour.

Tiens donc. Je ne m'en serais jamais doutée.

— C'est le candidat destiné à vous aider à briser la glace. Voyez-vous, bien des clientes qui s'adressent à moi n'ont pas de goût pour les mondanités. Je sais que cela ne vous concerne pas, ai-je ajouté en la voyant froncer les sourcils. Mais chez Vamp'n'Love, nous avons une méthode infaillible pour assortir au mieux nos clients et clientes.

J'ai répété mon baratin sur la période d'essais et d'erreurs en l'enrichissant d'un nouvel argument : le premier prospect avait pour vocation d'aider le client ou la cliente à se détendre.

— Ce soir, ai-je ajouté, il s'agit de baisser votre garde et de prendre du bon temps. De bavarder. D'évoquer des souvenirs. Bernie était stationné en Europe pendant la Première Guerre mondiale. Et vous adorez l'Europe.

— C'est vrai, a-t-elle acquiescé, le regard vague. Mais je peux difficilement lui demander de m'accompagner au gala. (Elle a coulé un regard vers le vieillard installé sur le canapé. Tête rejetée en arrière, bouche ouverte, il ronflait doucement.) Il grince quand il marche, donc je vois mal comment nous pourrions danser ensemble. Quant à le mordre, il n'en est pas question. Le sang rassis me donne des aigreurs d'estomac. (Elle a lâché un soupir exaspéré.) J'imagine que je pourrais le réveiller et lui demander de me parler du Louvre. Vous pensez qu'il l'a visité ?

— Qui ne l'a pas fait ? (J'ai souri.) Allez donc vous asseoir à côté de lui et soyez assurée que vous aurez le cavalier idéal pour le gala.

— Quand pourrais-je le rencontrer ?

— Très prochainement. Mais ce n'est qu'à la troisième rencontre que le charme opère, ce qui signifie que vous devez d'abord rencontrer deux autres candidats. C'est un peu comme battre la campagne à la recherche d'un rhésus sanguin rare. (Quand vous avez la peau suspendue aux canines de quelqu'un, une comparaison avec la chasse s'impose.) Il vous faut dédaigner quelques O et AB^{+} pour dégoter le mets de choix. Mais ce n'est jamais une perte de temps, car cela vous aide à affûter vos aptitudes.

— C'est exact.

Je lui ai servi un verre de vin.

— Allez donc retrouver votre ami pour peaufiner votre technique de conversation.

— Bon, d'accord. Mais j'attends des résultats.

— Je vous les garantis.

Je lui ai souri, avant de froncer les sourcils en voyant ma mère se diriger droit sur moi, un beau vampire à son bras.

— J'espère que tu ne m'en voudras pas, très chère, mais j'ai invité Jon Naples à se joindre à notre chasse. Il était impatient de faire ta connaissance. Son taux de fertilité est hors normes.

Et c'est reparti pour un tour.

— Il n'est absolument pas mon genre, ai-je expliqué à ma mère, au téléphone, en gravissant les marches de mon perron.

— Il a des crocs, un pénis et il descend de Napoléon Ier. Que te faut-il de plus ?

Je me suis arrêtée sur la dernière marche pour localiser les clés dans mon sac.

— Rien. C'est juste que…

— Que quoi ?

— Je ne sais pas. Son odeur est bizarre.

— Bizarre ?

— Oui. Il sent un peu comme une génoise imbibée de bourbon.

— Ça, c'est de la faute de ton père. Ils ont bu quelques verres pendant que nous t'attendions.

— Et il est un peu trop grand, ai-je ajouté.

J'ai enfin senti le trousseau sous mes doigts et je me suis promis, pour la énième fois, de renoncer à mes sacs de *fashion victim* pour une de ces besaces à compartiments multiples qu'affectionnait ma mère.

— Eh bien, tu mettras des talons un peu plus hauts. Tu adores les talons hauts.

— Certes, mais je persiste à penser qu'il n'est pas celui qu'il me faut.

— Pourquoi ?

— Il a les yeux marron. Je déteste les yeux marron.

— Tu as toi aussi les yeux marron, très chère.

— Euh... oui, et d'ailleurs je porte des lentilles colorées.

— J'avais justement l'intention de t'en parler. À mon avis, cette image de poupée Barbie dont tu t'es entichée n'est pas très saine.

— Je ne suis pas entichée de Barbie !

— Bien sûr que si. Les mèches blondes. Les lentilles bleues. Nous savons tous que les humains sont les victimes consentantes de la pression qu'exerce la société, mais nous, très chère, nous sommes différents. Nous sommes forts. Supérieurs. Tu te ridiculises. Profite de ta situation.

— Mais j'en profite. Et j'aime bien jouer avec mon image.

— Les vampires bien nés ne s'amusent pas à jouer avec leur image.

— Maman, je dois vraiment te laisser.

— Tu nous ridiculises tous, a-t-elle répété. Moi. Ton père. Tes frères. Toute la famille Marchette.

— Maman, je dois te laisser absolument.

— Par chance, Jon accepte de fermer les yeux et de passer outre à tes excentricités dans l'intérêt de contracter une bonne alliance.

— C'est admirable de sa part, mais parfaitement inutile. Je n'ai besoin de personne pour me trouver un partenaire.

— Encore un humain nonagénaire qui perd son râtelier ? Ce n'est pas un profil idéal, pour un gendre.

— Si tu tiens à le savoir, j'ai un candidat très séduisant à mes côtés.

J'extrapolais un peu, mais mes narines venaient de se dilater. Une odeur de cuir a fait frémir mes sens.

— Un beau brun baraqué, et doté d'un pénis.

Qui ne m'était pas destiné, certes, mais il n'était pas interdit de rêver.

— Et son lignage ? a aussitôt demandé ma mère, de l'excitation dans la voix.

— Quoi ?

— Sa famille. Quel âge a-t-il, et d'où vient-il ?

— Je t'entends super mal, maman ! (J'ai imité quelques grésillements, histoire d'être plus crédible.) Je vais… te… Ce soir… ai-je ânonné d'une voix confuse avant de raccrocher sans lui laisser le temps de rien ajouter.

J'ai rangé le téléphone dans mon sac et réglé mes sens sur la fréquence de l'homme qui se tenait à deux pas de moi.

— Si vous pouviez éviter de me souffler dans le cou…

— Pour commencer, poupée, je ne souffle pas. (Son

timbre grave a résonné dans ma tête.) Et deuzio, je suis à trois mètres au moins de votre cou.

Oui, hélas.

J'ai piétiné cette pensée et tenté de calmer mon rythme cardiaque qui s'était emballé.

— C'est une habitude chez vous d'espionner des femme innocentes ?

— Vous êtes une vampire. L'innocence est quelque chose qui ne vous touche pas.

Non, mais toi, tu pourrais me toucher.

Autre pensée que je me suis empressée de piétiner énergiquement.

Je me suis retournée et j'ai balayé le trottoir des yeux. Il était posté quelques mètres plus bas, adossé à un arbre ; bras croisés, il m'observait.

— Alors, quel bon vent vous amène dans le quartier ?

Son visage s'est illuminé d'un grand sourire avenant, et j'ai senti un frémissement plus au sud.

Piétinement frénétique.

— Vous.

Il s'est écarté de l'arbre et, en un battement de paupières, s'est retrouvé devant moi. Il a plongé son regard ténébreux et envoûtant au plus profond de mes yeux.

— J'ai besoin de vous, Lil.

17

— J'ai besoin de vous parler, s'est-il repris, une fois qu'il a eu réalisé ce qu'il venait de dire.

Heureusement, ai-je songé. Sinon, j'aurais été obligée de lui intimer l'ordre de passer son chemin car je ne fréquentais pas les mordus – même ceux qui avaient besoin de moi. Même s'ils étaient grands et séduisants, et qu'ils fleuraient bon le grand air et la liberté.

J'étais à deux doigts de me laisser tomber à genoux et de me mettre à pleurer quand il m'est venu une autre idée. J'ai souri.

— Vous avez changé d'avis ?

— À quel sujet ? a-t-il demandé en fronçant les sourcils.

— Vous acceptez que je vous trouve une compagne. Vous avez enfin compris que j'ai raison, que vous êtes terriblement seul, alors vous avez décidé d'arrêter de faire votre forte tête et de laisser le Destin exercer sa magie.

Il a à demi fermé les yeux.

— Vous êtes une *vraie* vampire, n'est-ce pas ? Parce

que, franchement, à vous entendre, je pourrais jurer que vous n'êtes qu'une aspirante.

— Ces crocs sont tout ce qu'il y a de plus authentique, mon ami.

Je lui ai décoché mon regard le plus offensé, en dépit de l'étrange tiédeur que je sentais pétiller au plus profond de ma chair. Évidemment que j'étais une vampire ! Je l'avais toujours été. Le serais toujours. *Toujours.*

J'ai chassé cette pensée ô combien déprimante pour me concentrer sur M. le Grand Brun Intouchable.

— Il vous faut une vie sociale.

— Et vous, il vous faut garder vos clients à l'œil.

— De quoi parlez-vous ?

— Wanda Ellen Shriver. Vingt-neuf ans. Célibataire. Pas d'enfant. Originaire du Wisconsin ; elle s'est installée ici l'an dernier, pour bosser dans une maison d'édition ; un petit poste, au bas de l'échelle. Wanda s'est rendue à un rendez-vous organisé par Meet and Match mercredi, et personne n'a plus entendu parler d'elle depuis. Son patron pensait qu'elle était malade mais, quand il s'est rendu à son domicile, ce matin, pour voir ce qui se passait, il n'y avait personne. Alors il a prévenu la police.

— Meet and Match ? (J'avais vu les pubs de cette agence de rencontres du Lower East Side dans plusieurs journaux locaux.) Ils sont super ringards. Ils n'utilisent même pas de profils de personnalité. Ils se contentent de convier tout un tas de célibataires à des soirées et ils les laissent lier connaissance seuls. Si les gens savaient se débrouiller par eux-mêmes, ils n'auraient pas besoin de s'adresser à une agence de rencontres, ai-je ajouté en secouant la tête.

— Vous n'avez pas compris.

— Oh mais si ! Ils rameutent tous leurs clients, sans rime ni raison, et ils attendent de voir qui accroche avec qui. Vous parlez d'une méthode vieux jeu ! Voilà pourquoi j'ai consacré des semaines entières à peaufiner le questionnaire de Vamp'n'Love. Pour éviter à mes clients de perdre leur temps en faisant fausse route avec quelqu'un qui n'en vaut pas la peine. Ou, comme dans le cas qui nous occupe, qui peut s'avérer être un kidnappeur/meurtrier potentiel recherché par le FBI.

Ty semblait partagé entre l'envie de m'étrangler et celle de sourire.

— Vous n'avez pas pris le chemin le plus court, mais je crois que vous y êtes arrivée.

— Vous aviez raison. Ce type prend pour cible les villes les plus peuplées du pays.

— Les autorités locales n'en sont pas aussi convaincues, a-t-il nuancé en secouant la tête. Et comme le mode opératoire est un peu différent – il a eu recours à une agence de rencontres au lieu des petites annonces – ils se disent que ce pourrait être un cas isolé.

— C'est pour ça qu'il l'a fait. Pour les déstabiliser et les dissuader d'appeler les cadors.

— Les cadors ?

— Les fédéraux, ai-je expliqué.

— Mais bien sûr. (Cette fois, il a souri largement.) Je suis un chasseur de primes, vous vous rappelez ? Ce qui n'est pas votre cas. Ça fait drôle d'entendre ce surnom dans votre bouche.

— Hé, ça m'arrive de regarder *Les Experts*.

Plus très souvent, à dire vrai. Depuis des mois, je ne regardais guère autre chose que des rediffs de

America's Top Model et de *Dr Phil*. Mais ça, Ty Bonner ne le savait pas, et j'allais bien me garder de le mettre au parfum, d'autant qu'il me souriait et semblait légèrement impressionné.

— Et je regarde aussi les infos, ai-je ajouté.

Il a plissé les yeux, comme si ça, en revanche, il ne le gobait pas. Malin, ce garçon.

— Vous devez redoubler de prudence. Il faut que vous soyez particulièrement attentive à toute personne qui s'adresse à votre agence.

— Je suis toujours très attentive.

— Je parlais ici de faire attention à ce qui se passe dans leur tête, pas à leurs vêtements.

— Pour votre information, sachez que je suis également très attentive à ça. (Bien malgré moi, cela dit. Mais je ne pouvais pas m'en empêcher, puisque ça allait de pair avec les attributs de ma race.) Jusque-là, je n'ai eu que des femmes obsédées par leur tour de cuisse et des hommes accros aux hot dogs à la sauce pimentée. Pas de kidnappeur aux abois.

— À la bonne heure.

— Parce que moi, je ne suis pas bonne ?

Je n'avais pas eu l'intention de flirter mais, face à un tel déploiement de testostérone, c'était plus fort que moi. Malheureusement, mes pauvres hormones étaient infichues de différencier la bonne de la mauvaise testostérone.

— Si, sans doute.

Il a levé la main et effleuré du bout des doigts l'arête de ma pommette.

Et si mes hormones étaient plus perspicaces que je ne voulais bien le penser ?

Sa peau avait un contact rêche, bien différent de

celui des autres vampires que j'avais connus au cours de ma vie. Tout mon corps, de la tête à la pointe de mes orteils dans mes chaussures *made in Paris*, a été parcouru de fourmillements. Les vampires de naissance n'ont pas de cals. Leur peau est fraîche, douce, parfaite. Mais ce n'était pas le cas de celle de Ty. Il en était même loin. Mon regard s'est accroché à sa cicatrice, et je n'ai pas pu m'empêcher de l'effleurer.

— Que vous est-il arrivé ?

Il a secoué la tête.

— C'est une très vieille histoire.

— Hm hm…

J'ai laissé retomber ma main et, si je n'avais su que c'était rigoureusement impossible, j'aurais juré qu'il semblait déçu. Mais cela aurait signifié qu'il avait aimé cette caresse. Or, à en juger par ses sourcils froncés, en cet instant, il ne me portait pas dans son cœur.

D'ailleurs, le froncement de sourcils s'est accentué.

— Personne ne vous a jamais dit que vous étiez sacrément fouineuse ?

Si, si.

— Bon sang, c'était juste une question ! Où est le problème ?

— Je n'aime pas parler de mon passé.

— Je n'aime pas parler du mien non plus. Les robes Charleston, ai-je précisé en voyant son regard interrogateur. Ce n'est pas l'épisode vestimentaire dont je suis le plus fière.

Il a continué à me fixer un instant, avant d'ébaucher un sourire et de hausser les épaules.

— Une bouteille de bourbon. Je me suis retrouvé embringué dans une rixe dans un bar, sur la frontière mexicaine. Au début du siècle.

— Une rixe ? À quel propos ?

— Aucune importance.

— Racontez-moi quand même.

— À propos d'une fille, a-t-il répondu en haussant de nouveau les épaules. Une des filles qui travaillaient dans le saloon.

— Vous aviez un faible pour elle ?

— Elle avait un faible pour moi.

— Mais vous ?

— Qu'est-ce que ça peut vous faire ?

— Rien. Je suis juste curieuse.

— Pourquoi ?

Cette fois, c'est moi qui ai haussé les épaules.

— Parce que je suis comme ça, c'est tout. Vous étiez humain à l'époque, pas vrai ? (Il a hoché la tête.) Je trouve que c'est intéressant, rien de plus.

— C'est aussi ce que dit l'ours quand il planta son museau dans la ruche et découvrit que mal lui en avait pris.

— Pardon ?

— C'est un truc que disait toujours ma mère quand j'étais môme. Il y a très, *très* longtemps. (Un éclair de mélancolie est passé dans ses yeux puis, une fois chassé, son regard avait redoublé d'intensité.) Quand je dis que vous devez rester sur vos gardes, je suis sérieux. Vous avez un avantage, puisque vous êtes une vampire. Usez-en. Si vous remarquez quoi que ce soit de suspect – *n'importe quoi* – appelez-moi. Même si ça vous semble un détail insignifiant, a-t-il ajouté en tournant les talons.

— Attendez ! (J'ai refermé la main sur son avant-bras en espérant sentir ma peau s'embraser une fois de plus au contact de la sienne. Le cuir de son manteau était doux, frais.) Et la fille ?

Tandis qu'il fixait ma main, j'ai refréné mon envie de faire glisser ma paume jusqu'à son épaule et j'ai écarté le bras.

— Je l'aimais bien, a-t-il lâché enfin. Mais pas assez pour l'épouser.

— Et elle ? Elle était amoureuse de vous ?

— Elle était amoureuse de ma monture. Elle voulait se tirer de ce patelin, a-t-il expliqué en voyant mon regard interloqué. Et j'étais le premier à passer par là à cheval. Quand j'ai refusé de l'épouser et de l'emmener avec moi, elle m'a fait attaquer par son frère. On s'est battus.

— Et vous avez gagné ? (Il a hoché la tête, avec un sourire.) Séduisant et dur à cuire. Vous devriez me laisser vous trouver la compagne idéale. Vraiment.

Il m'a dévisagée comme s'il m'avait poussé une seconde tête, puis il a secoué la sienne.

— Je ne crois pas.

— Et vos amis ? Vous avez certainement quelques copains célibataires qui ont vécu la même chose que vous, à la même époque ? De braves garçons de la campagne épargnés par l'influence de la société contemporaine et sa conception tordue de la beauté ?

L'observation m'a valu un petit sourire.

— Non, pas de copains.

— Des connaissances ?

— Non plus.

— Des parents ?

— Tous morts.

— Mais j'ai besoin d'un converti !

Il m'a longuement étudiée, et j'ai eu le sentiment qu'il allait me toucher à nouveau.

Si seulement.

J'ai vu le désir, la convoitise, le regret embraser les profondeurs de son regard bleu, avant qu'il ne se ressaisisse et se mette à l'abri. Soudain, une vision m'a traversé l'esprit – un hot dog énorme, une saucisse noyée dans de la sauce piquante et assez de fromage pour faire frémir une vache.

— Très drôle. Vraiment très drôle. (Il a souri et mes entrailles ont tressailli.) Vous avez l'équipement nécessaire, poupée. Si vous avez besoin à tout prix d'un converti, convertissez-le vous-même.

Il m'a fait un clin d'œil et s'est évanoui dans la pénombre.

— Excellente idée ! ai-je crié. Sauf que ça ne marchera pas parce que j'ai besoin de quelqu'un qui a été converti au début du XXe siècle.

Quelqu'un avec qui Esther puisse avoir des points communs. Sans compter que me jeter sur un pauvre bougre dans la rue, le laisser exsangue et partager mon sang avec lui ne faisait pas partie de mes ordres de mission tels que définis par Vamp'n'Love.

Pour commencer, les pauvres bougres, très peu pour moi. Secundo, je n'ai jamais saigné qui que ce soit au point de le laisser à l'article de la mort – si je m'y amusais, ma mère sortirait pour de bon de ses gonds. Et tertio ? Même si je ne défaillis pas à la vue du sang (n'oublions pas que je *suis* une vampire), je trouve ça extrêmement répugnant de m'entailler le poignet pour le tendre à un parfait inconnu comme je le ferais d'une bouchée à la crevette.

Résultat des courses : si je voulais dégoter un

rencard à Esther, j'allais devoir repartir écumer les repaires de convertis.

Et si je voulais me dégoter un rencard pour moi ?

Non, je ne voulais pas. J'étais une femme débordée, j'avais une carrière sur le point de décoller et une garde-robe vraiment sensass. En cet instant de ma vie, j'étais totalement épanouie, et ce, en dépit de cet étrange vide au creux de mon estomac.

Sur mes gardes, me suis-je rappelé. Pour pouvoir décrocher mon téléphone et passer un coup de fil à Ty, je devais être en état d'alerte. Pas assoiffée. Ni à cran. Ni démangée par quoi vous savez. Ni en proie à une sensation de vide.

J'ai gagné mon appartement en m'efforçant d'ignorer le frottement de mon soutien-gorge en dentelle contre la pointe de mes seins, le tremblement de mes genoux, les démangeaisons sur ma peau ferme et fourmillante de vie.

J'ai marqué un arrêt devant ma porte et écouté les infos du jour provenant de chez ma voisine. Comme c'était l'heure du bulletin météo, et non celui des faits divers, je n'ai rien entendu concernant la nouvelle disparue.

Une fois chez moi, j'ai ignoré le répondeur qui clignotait, je me suis déshabillée et j'ai sorti une bouteille du frigo. Je n'ai pas pris la peine de me servir un verre, encore moins de le tiédir au micro-ondes. J'ai fait sauter le bouchon, et j'ai bu à même le goulot. Ça manquait de raffinement, et ça m'aurait encore valu un savon de la part de ma mère si elle m'avait vue, mais c'était plus fort que moi.

Cela faisait très longtemps que je n'avais pas été aussi assoiffée.

Et à cran. Et démangée par quoi vous savez. Et vide.

On piétine ! Vite !

J'ai vidé la moitié de la bouteille puis j'ai allumé la télé et zappé sur CNN. J'ai éteint les lumières, vérifié que les stores étaient descendus et je me suis glissée dans mon lit ultra-douillet avec la télécommande.

J'avais beau être épuisée, je n'ai pas fermé les yeux, j'ai lutté contre le sommeil, et j'ai attendu de voir apparaître une photo de la disparue.

Elle n'avait rien d'une beauté éblouissante, mais elle savait mettre en valeur ses atouts. Respect : pas de crayon à lèvres, ni de fard criard. Mais une ombre à paupières et un gloss beige pâle. Elle avait des cheveux blond vénitien rehaussé de mèches cuivrées, de belles dents et la lueur de désespoir dans son regard noisette disait qu'elle savait ce que c'était de rester seule chez soi un samedi soir.

J'ai songé à ma liste de clients qui ne cessait de s'allonger. Des hommes et des femmes issus de milieux variés ; de taille et de physionomie différentes ; des blonds, des bruns, des roux. Avec une même chose en commun : la solitude, avec un grand S.

J'ai essayé de chasser la boule qui s'était formée dans ma gorge et me suis forcée à fermer les yeux. L'aube n'allait pas tarder à poindre ; je devais me reposer, reprendre des forces. Plus encore, il me fallait échapper à l'image de Ty Bonner qui rôdait dans ma tête et me serrait douloureusement la poitrine.

Bon, d'accord, la douleur n'était pas uniquement dans la poitrine. Je la sentais également graviter cinquante centimètres plus au sud.

Mais peu importe : Ty était intouchable.

Ne pas penser à lui.
Ne pas fantasmer sur lui.
Ne pas le désirer.
Rien. *Nada*.

Je sais, j'ai l'art de me bercer d'illusions. Mais reconnaissez que j'essayais de ne pas perdre de vue mes priorités. Et cet effort méritait indiscutablement un bon point.

18

— Tu es en avance, a déclaré Evie quand je suis arrivée à l'agence juste après le coucher du soleil.

— La journée a été un peu difficile, ai-je expliqué en lui tendant son *caffè latte* fumant.

Difficile ? Effroyable, oui ! Horrible. Désastreuse.

Je n'avais pas fermé l'œil et ça, j'avais encore du mal à le croire. En cinq cents ans, jamais encore je n'avais connu une journée sans repos. Jamais vous ne verrez un vampire héréditaire gober un Stilnox. Ce n'est pas nécessaire. Quand passe le marchand de sable, on sombre comme une masse et on dort du sommeil des morts. Indisposition, stress, soucis – rien ne peut interférer avec le repos d'un vampire. J'ai survécu à plusieurs grandes épidémies, deux guerres mondiales et même à la mode des robes à cerceaux sans que mon sommeil en pâtisse.

Jusqu'à ce jour.

J'avais bien essayé de fermer les yeux, mais à chaque fois, je voyais le visage de la disparue.

D'accord – pas à chaque fois. À quelques reprises

(assez nombreuses, en fait), je voyais celui de Ty. Et je sentais ses doigts effleurer ma nuque. Je les imaginais s'aventurer le long de mon corps, glisser sur mes seins, entre mes jambes et mon…

— Ça va ?

La voix d'Evie m'a tirée de mes pensées.

Je ne suis pas au bout de mes peines, Evie.

— Ç-ça va. Un peu crevée.

— Tiens, tu en as plus besoin que moi, a-t-elle dit en me tendant son café, avant de se lever comme un ressort. Nous avons Jeanine Booker dans la salle 1 – c'est une des personnes à qui tu as laissé ta carte l'autre soir à la bibliothèque – et Connie Laramie va arriver d'une minute à l'autre pour remplir un questionnaire – une autre recrue de la bibliothèque. Avec elles deux, ça nous fera un total de douze nouveaux clients aujourd'hui – tous grâce à la bibliothèque, à l'exception de deux que nous devons à Moe's. Et aucun d'eux n'est venu simplement pour profiter d'un profil de personnalité gratuit. Ils sont prêts à payer pour nos services. (Elle m'a tendu une petite liasse de chèques.) Acomptes pour les diverses formules retenues.

— Non !

— Mais si, a-t-elle confirmé avec un sourire. Bon, bien entendu, dans le lot, quelques-uns se sont arrêtés pour le café et les petits gâteaux offerts.

— Pardon ?

— J'ai mentionné que nous offrions le café et les petits gâteaux dans la pub que tu as diffusée dans les journaux de petites annonces. (Une soudaine anxiété s'est peinte sur son visage.) J'espère que tu ne m'en veux pas ? Quand ils ont envoyé le bon à tirer, ça avait l'air un peu insipide. Ça manquait de peps. D'un petit plus pour inciter les gens à pousser notre porte. J'avais pensé offrir des Mon Chéri – une de mes amies travaille chez un confiseur de la 7e Avenue et aurait pu nous les avoir au prix de gros – mais je me suis dit que ça pourrait brouiller le message. On est là pour leur trouver l'homme ou la femme de leur vie, pas un plaisir éphémère qui fond dans la bouche.

— Bien vu.

Evie a souri et m'a tendu une autre liasse de papiers.

— Et tu as douze messages.

Mon visage s'est éclairé.

— D'autres clients ?

— Huit sont de ta mère. Et une certaine Esther Crutch a appelé. Il y avait aussi une nana qui voulait te fourguer une assurance-vie. Et Melissa a appelé deux fois pour te raconter un ou deux trucs à propos du mariage de sa sœur. On a le vent en poupe ! a-t-elle exulté en souriant. Tu peux carrément te réjouir.

— Et Francis ? Pas de nouvelles ?

J'avais essayé plusieurs fois de le joindre, la veille, en partant à la chasse, pendant la chasse, après la chasse, mais j'étais systématiquement tombée sur sa messagerie. Je commençais franchement à m'inquiéter. Deux appels de Melissa et zéro de Francis. Elle allait à coup sûr m'engueuler, et lui se planquait.

— Aucune. Tu veux que j'essaie de le rappeler ? a proposé Evie.

— Je vais le faire. Je serai dans mon bureau.

Mais d'abord, j'ai passé la tête dans la salle 1 pour me présenter à Jeanine – qui grignotait des scones et sirotait un café, aux frais de la maison. En réalité pour mettre à profit ma clairvoyance de vampire et m'assurer qu'elle n'était pas le kidnappeur/meurtrier potentiel déguisé.

Je me suis installée confortablement dans mon fauteuil et je me suis imprégnée du parfum du *caffè latte*, histoire de chasser quelques toiles d'araignée dans ma tête. Puis je me suis attaquée aux chèques. En moins d'une minute, ils étaient contresignés et j'avais rempli le formulaire de remise. J'ai appelé Evie par l'interphone.

— Tu pourrais déposer ça dans la boîte de la banque en rentrant chez toi ? lui ai-je demandé quand elle est entrée dans mon bureau.

— Tu as déjà fini ?

— Que veux-tu que je te dise ? Je suis excitée, ai-je répondu en ignorant son regard intrigué et en attrapant le petit tas de messages en souffrance.

— Bon, j'y vais, a-t-elle annoncé. N'oublie pas la cliente dans la salle 1.

— D'accord. Sois prudente.

Sitôt Evie partie, j'ai écarté les messages de ma mère et composé le numéro de Francis. Une fois de plus, son répondeur s'est mis en route.

— Francis, je sais que vous êtes là. Je vous entends respirer. (Aucune réponse.) Si vous ne décrochez pas, je vais continuer à appeler, puis je viendrai faire le siège devant votre porte. Vous ne pourrez pas m'éviter éternellement. (Toujours pas de réponse.) Si vous ne décrochez pas, j'appelle votre fournisseur du câble pour leur demander de déconnecter la chaîne qui diffuse votre jeu favori.

Clic.

— Vous ne feriez pas ça.

— Non, je ne l'aurais pas fait. Mais j'ai réussi à vous faire décrocher. Alors quoi de neuf?

— Vous avez parlé à Melissa?

— D'abord, je vous parle à vous.

Je me suis abstenue de l'informer qu'elle avait appelé. Deux fois. Ce qui n'était pas bon signe.

— Ça a été un carnage, a-t-il lâché après un long silence. C'est une image, bien sûr. Je me suis souvenu que je ne devais pas mordre, ni sucer qui que ce soit. Notez bien que même si vous ne me l'aviez pas interdit, je ne l'aurais pas fait. Quand je suis en société, j'ai l'appétit coupé, mais...

— Arrêtez les digressions et venez-en au fait.

— J'ai été très mauvais. Affreusement mauvais. Tout ça est simplement au-dessus de mes forces.

— Que s'est-il passé exactement?

— Je sais que j'étais censé jouer les durs à cuire taciturnes, mais tout était si calme... On ne dansait pas, il ne se passait rien. Il me fallait faire quelque chose. Et je me suis dit qu'il valait mieux que j'essaie de parler, plutôt que de valser. Je ne danse pas très bien.

— Je ne m'en serais jamais doutée. Et de quoi avez-vous donc parlé?

S'il te plaît, pas des albums.

— Je lui ai parlé de mon dernier album.

Et vlan!

— Non! Vous n'avez pas fait ça?

— C'était plus fort que moi. On était assis là, en chiens de faïence, autour de nous les gens s'amusaient, et nous, on ne faisait rien. J'ai ouvert la bouche, et c'est juste sorti...

Bon, ce n'était pas la fin du monde. Melissa avait

passé une mauvaise soirée? Tant pis. Le plus important, c'est qu'elle avait eu un rendez-vous. Et avec un homme séduisant. Il avait été drôlement sexy, ce soir-là, même s'il n'avait pas réussi à maîtriser l'attitude qui allait avec. Et elle, elle avait signé un contrat pour que je lui trouve un rencard. Avec n'importe quel homme. Avec « un corps douillet », pour reprendre ses propres termes.

— Je suis désolé, Lil. Je n'avais vraiment pas l'intention de tout gâcher. Je parie qu'elle me déteste.

— Je suis certaine qu'il n'en est rien.

— Mais elle ne me porte pas dans son cœur, c'est sûr.

— Elle n'est pas censée vous porter dans son cœur, ne l'oubliez pas.

— Je sais. Je pensais juste... (Sa voix a déraillé.) Vous avez raison. Peu importe qu'elle m'aime bien. Ou que je l'aime bien. Je ne recommencerai pas.

— Mais bien sûr que si. Elle vous plaît?

— Oui, bien sûr. Elle est sympa.

— Elle est *humaine*, et totalement inappropriée pour vous. Ne vous mettez pas martel en tête pour cet échec. Calmez-vous, l'ai-je rassuré, en dépit de l'alarme qui retentissait dans mon cerveau et du battement effréné de mon cœur. Tout va bien se passer.

— Non, justement. Et c'est pour ça que je ne recommencerai pas. Notre contrat... oublions, d'accord? Avec les femmes, je suis une catastrophe.

— Avec les femmes *humaines*. Vous n'avez encore rien tenté avec une femme vampire.

À cette seule pensée, mon cœur a accéléré encore un peu.

— Et vous pensez que ça se passera mieux?

— Absolument. (Avec un peu de chance.) Surtout après cette soirée. Le but de cette opération, c'était de vous donner l'occasion de cafouiller avec quelqu'un qui n'est pas une compagne d'éternité potentielle. Ce qui est fait n'étant plus à faire, vous êtes prêt à rencontrer celle qui le sera.

— J'ignorais tout ça.

— Vous n'avez pas vomi, n'est-ce pas ?

— Non.

— Vous n'avez pas parlé du *Juste Prix* ?

— Non.

— Vous n'avez pas mentionné Britney ni les jumeaux ?

— Non.

— En ce cas, vous vous en êtes bien tiré. Vous avez un peu cafouillé cette fois ? Vous vous débrouillerez mieux la prochaine fois.

— Vous le croyez vraiment ?

— Je le sais. Vous grandissez, Francis. Vous évoluez. Vous commencez à vous sentir bien dans votre peau de vampire. Encore quelques séances d'entraînement et vous serez parfaitement à l'aise avec le sexe opposé.

C'était du moins ce que j'espérais, de toutes mes forces.

J'ai sermonné Francis quelques instants de plus, jusqu'à ce que ma seconde ligne se mette à sonner.

— Arrêtez de vous flageller. Vous allez devenir en moins de deux un véritable vampire iconique, lui ai-je prédit avant de raccrocher et d'appuyer sur le bouton clignotant de la deuxième ligne. Vamp'n'Love ! Ou le bonheur éternel vous attend au prochain rendez-vous !

— Lil ? C'est Melissa.

Pour la troisième fois de la journée. Aïe, aïe, aïe !

— Melissa ! J'allais justement vous appeler. (*Loin*

de moi cette intention.) Inutile de me remercier pour samedi soir. Je suis heureuse d'avoir pu vous aider.

— Vous remercier ? Je ne sais pas si c'est le terme approprié.

— Le remboursement des honoraires est contraire à notre règlement dans la mesure où nous avons rempli notre part du contrat…

— Vous remercier ne serait pas suffisant. Il était merveilleux !

— … et tout en nous enorgueillissant de savoir trouver le partenaire idéal, il serait irréaliste d'attendre qu'on mette en plein dans le mille à la première tentative… Que venez-vous de dire ?

— Qu'il était merveilleux. Génial. Fantastique.

— Qui ça ?

Elle a éclaté de rire.

— À votre avis ? Francis, espèce de bécasse ! C'est le plus bel homme que j'aie jamais vu. Et quel don pour la conversation ! Sans compter son sens de l'humour exceptionnel.

— Francis ?

— C'était comme un rêve devenu réalité.

— *Francis ?*

— Je dois absolument le revoir.

Tandis que tout ça commençait à faire sens dans ma tête, je me suis repassé ma conversation avec l'intéressé.

— Je euh… eh bien, je ne sais pas si c'est une bonne idée.

— Je ne lui ai pas plu ?

— Si, si, bien sûr. (Si jamais j'échouais lamentablement dans le business des rencontres, je pourrais toujours trouver un job chez Bobards Service.) Il vous a trouvé vraiment euh… super.

— Je ne lui ai pas plu, c'est ça ? Je le savais ! C'est l'histoire de ma vie. Les mecs bien ne s'intéressent jamais à moi. Je suis un aimant à bons à rien. S'il y a un pauvre type dans un rayon de vingt-cinq kilomètres, c'est pour moi. Mais les garçons chouettes… Ils se précipitent toujours en sens inverse.

— Vous n'êtes pas un aimant à bons à rien, me suis-je entendue protester. Vous êtes une belle femme dynamique qui a des masses de trucs à offrir à son âme sœur.

— Alors vous croyez qu'il acceptera de me revoir ?

— Je ne lui ai pas encore parlé. Mais quand ça sera fait… oui, je suis certaine qu'il ne tiendra plus en place.

— Vous êtes la meilleure, Lil ! Je suis venue vous voir sans rien attendre. Je voulais juste sortir du radar de ma mère. Mais maintenant, je commence à me dire que j'ai peut-être rencontré l'homme de ma vie. Et ça, grâce à vous. Vous avez complètement changé ma vision de l'amour.

— Ravie d'avoir pu vous rendre service.

Après avoir raccroché, j'ai résisté à l'envie de m'empaler sur le coupe-papier qui me narguait, sur le coin de mon bureau.

Qu'avais-je fait ?

À part donner de faux espoirs à Melissa et l'inscrire sur la liste d'attente des cœurs brisés ?

Cela étant, peut-être était-elle une sacrée comédienne, et avait-elle apprécié Francis bien moins qu'elle ne le prétendait.

J'ai allumé mon ordinateur, ouvert son dossier et

lancé une recherche en entrant comme mot clé « comédienne ».

Il y a zéro réponse à votre recherche.

Argh. Pour la vampirette que je suis, c'était vraiment une journée à s'arracher les cheveux.

19

Mon royaume pour une dose.

Cette pensée – à entendre dans le *pire* sens qui soit – m'a assaillie une demi-heure plus tard lorsque j'ai avisé le bonhomme posté à l'entrée d'une ruelle.

Je tiens à préciser qu'il n'est pas dans mes habitudes de m'exciter sur quelqu'un ou quelque chose se trouvant dans la proximité immédiate d'une batterie de poubelles et de montagnes d'immondices (voyez la définition de *ruelle new-yorkaise* dans votre dictionnaire encyclopédique). Mais j'avais passé une soirée vraiment infernale et mon abstinence durait depuis des lustres.

Ce soir-là, c'était le moment ou jamais pour replonger.

Ne perds pas de vue tes priorités, me suis-je chapitrée. En l'occurrence, la cliente qui se trouvait dans la salle 1 et qui attendait que je lui rapporte un café et des petits gâteaux comme promis (merci, Evie) dans la publicité. Mon urgence, c'était donc d'acheter un sachet de café « mélange gourmet » au Starbucks, ainsi qu'un stock de scones et de sachets de sucre pour honorer tous les rendez-vous de la soirée. C'était ça ou des poursuites pour publicité mensongère.

Et *ça*, franchement, c'était au-dessus de mes moyens.

Mes narines se sont dilatées en humant l'odeur familière, et l'eau m'est venue à la bouche. Mes oreilles se sont dressées. J'ai entendu le bruit régulier de sa respiration et le battement sourd de son pouls. J'ai toisé le type de haut en bas, de sa casquette des Knicks à ses baskets de marque, en passant par son blouson en cuir usé et son jean baggy, puis de bas en haut, et cette fois, mon regard s'est accroché à l'objet doré qu'il tenait dans sa main potelée. Une pochette Prada en résille lurex – la petite sœur de celle que j'avais vue chez Barney's, pas plus tard que la semaine précédente.

— Je peux toucher ? ai-je demandé, le souffle court.

— Sans problème, ma p'tite dame.

— Elle est incroyable.

Au moment où j'ai caressé du bout du doigt la boucle en métal satiné, je vous jure que j'ai quasiment eu un orgasme.

— C'est une affaire. Cinquante dollars.

— *Cinquante ?* Vous êtes malade ?

Bon, d'accord, c'était moi, la folle. Cinquante dollars pour cette merveille, cela aurait carrément dû m'alerter. Mais j'étais tellement à cran que je n'ai pas vu plus loin que le fermoir doré étincelant et la résille en lurex.

— C'est le casse du siècle ! me suis-je exclamée.

— Hé, baissez d'un ton, ma p'tite dame. Ce truc est parfaitement réglo.

D'où le show-room installé dans une ruelle.

J'ai ouvert le portefeuille que j'avais emporté avant

de quitter le bureau pour accomplir ma mission… qui consistait en quoi, déjà ? Une enseigne néon, sur le trottoir d'en face, se reflétait sur la résille et faisait chatoyer le lurex de milliers de nuances dorées et roses. J'ai détaché mes yeux du sac pour les reporter sur le type.

— Je ne sais pas si j'ai autant d'espèces sur moi. J'imagine que vous ne prenez pas les chèques ?

— Non mais vous êtes folle ? Vous vous croyez chez cette saloperie de Macy's[1]…

La phrase a semblé lui rester coincée en travers de la gorge. Il a dégluti. Ses yeux se sont voilés et une étincelle de désir et d'avidité s'est allumée dans ses pupilles. J'ai reconnu ce regard, même s'il me semblait ne pas l'avoir vu depuis des siècles. Je n'ai pu réprimer un sourire.

— J'ai un billet de vingt, ai-je annoncé. Sinon, je suis obligée de faire un chèque.

— Ouais, ouais, pas de problème. Comme vous voulez.

— Donc, vous prenez les vingt ? Ou vous préférez un chèque ?

— Pas de problème. Enfin, non. Je veux dire, prenez-le. (Il m'a fourré le sac entre les mains.) Si celui-là vous plaît, j'en ai un autre. Argenté. Et aussi un en cuir noir. Et un en croco marron…

J'ai serré la merveille contre mon cœur pour laisser tant de beauté pénétrer dans ma peau.

— Ça ira comme ça. Merci beaucoup.

— Merci à vous.

1. Grand magasin.

— Non, vraiment, ai-je insisté avec un sourire. Il est top. Je l'aime, je l'adore.

— C'est *moi* qui *vous* adore, a-t-il renchéri avec des yeux scintillants de sincérité.

Hou là ! Je l'ai fixé, le plus intensément que j'ai pu, et j'ai dit de ma voix la plus persuasive :

— Non, vous ne m'adorez pas. Vous m'aimez *bien*. Vous pigez la différence ? Pensez à moi comme vous penseriez à votre sœur.

— J'en ai pas.

— Voyez-moi comme une bonne amie.

— J'ai pas d'amis. À moins qu'on compte Jimmy, de la gargote là-bas. Mais vu qu'il vendrait sa propre mère si on lui en donnait un bon prix, je fais gaffe. Et puis vous, c'est pas pareil. Vous êtes drôlement sexy.

Il s'est avancé d'un pas. J'ai reculé d'autant.

Pas par trouille, notez bien. Si le besoin s'en était fait sentir, je l'aurais brisé en deux. Mais je suis vraiment plus du côté de l'amour que de la baston – comme si vous l'aviez pas encore compris ! – et franchement, le compliment lui avait échappé, à ce malheureux.

— Et votre grand-mère ? ai-je bafouillé, bien décidée à le détourner de cette voie sans issue de lubricité dans laquelle s'était égaré son cerveau.

— Je l'ai pas connue.

Bon…

— Une tante, peut-être.

— J'en ai qu'une.

Il a semblé hésiter, et j'ai sauté sur l'occasion.

— Je parie qu'elle est adorable, maternelle. Vous avez de la chance de l'avoir.

— Tu parles ! Quand j'étais môme, elle a vendu mon camion Tonka pour s'acheter un caillou de cocaïne.

— Oh, je suis désolée.

— Pff! C'est une chienne de vie, mais on s'accroche. (Un autre pas en avant; un autre en arrière.) Vous avez déjà joué avec un camion Tonka?

— Pour tout vous dire... non.

— C'est épatant. J'en ai toute une collection chez moi. Vous voulez les voir?

En matière de proposition malhonnête et en cinq cents siècles d'existence, croyez-moi, j'ai tout entendu, mais le coup de la collection de petites voitures, on ne me l'avait jamais fait. Ce type méritait la palme de l'originalité.

Mais c'était là tout ce que j'étais disposée à lui donner.

— Écoutez, ai-je commencé avec un sourire. (*Non, mauvaise idée, le sourire*, ai-je pensé en le voyant aussitôt saliver. J'ai froncé illico les sourcils.) Ç'aurait été avec joie, mais je suis un peu pressée. C'était un plaisir de faire affaire avec vous, ai-je lancé en tournant les talons.

— Hé, attendez! Je peux venir avec vous?

Sa voix m'a poursuivie tandis que je fonçais vers l'angle de la rue. *Muchas gracias* à notre Grand Vampire Tout Là-Haut de nous avoir accordé cette vélocité surnaturelle.

Lui répondre n'aurait servi à rien : j'avais déjà regagné mon bureau qu'il était encore au coin de la rue, transi d'amour.

Moins une.

Une sangsue, non merci. J'avais déjà donné. Raison pour laquelle j'avais tendance à ne pas abuser de mes capacités de vampirette pour mettre un humain dans ma poche – sauf circonstances extrêmes : les guerres, les famines et les urgences bronzage.

J'ai refermé la porte, et écarté le bord du store pour épier la rue et m'assurer qu'il ne m'avait pas suivie. J'ai vu passer un couple en balade, un homme d'affaires en costard, une bande de filles qui gloussaient, et une femme qui se faisait remorquer par un attelage de molosses. De type miteux se trimballant avec un stock de sacs de luxe, point à l'horizon.

Avec un gros soupir, je me suis effondrée derrière le bureau d'Evie pour contempler ma nouvelle acquisition. Un soupir tout aussi profond m'est parvenu de la salle 1, suivi par un grincement de chaise tandis que la nouvelle cliente réajustait sa position, et c'est là que je me suis souvenue que j'avais oublié le café et les scones.

Mal joué. En même temps, j'étais bien au-delà du point critique de la crise d'angoisse. J'étais en pleine montée Prada et insensible à toute douleur.

Ce sac était une splendeur.

J'ai caressé la résille en lurex avec un sourire béat. Je me voyais déjà me pavaner dans la rue, perchée sur une paire d'escarpins assortis et drapée dans quelque vêtement ultra-ondoyant. Bien évidemment, je n'avais pas d'escarpins assortis. J'allais donc devoir dégager un créneau, et ce, dans les meilleurs délais, pour opérer un raid shopping. Pour ce qui était d'un vêtement ondoyant, j'en avais quelques-uns dans mon placard, mais aucun n'était *ultra*-ondoyant. Aucun, du moins, qui soit dans la tendance de la saison. J'ai continué à visualiser mon fantasme avec les différentes frusques que je possédais déjà. *Ça non. Ça non plus. Ça jamais…*

La sonnerie du téléphone m'a interrompue dans mes essayages – j'en étais à une mini-jupe noire, avec un débardeur en cuir (une bonne affaire réalisée six mois auparavant).

— Vamp'n'Love. L'agence qui transforme vos rencards désastreux en extatiques moments d'extase.

Oups ! Un peu redondant, non ?

— Ceci est un message à l'intention de Lil Marchette, a commencé une voix familière. De la part d'Esther Crutch. C-R-U...

— Esther, l'ai-je coupée. C'est moi, Lil.

— Oh ! Je croyais être tombée sur votre répondeur.

Je me suis récité mon message d'accueil. Non, ce n'était pas *Merci de laisser un message après le signal sonore* – ça jamais.

— Non, non, c'est bien moi.

— Très bien. C'est vous. Vous avez une élocution merveilleuse. Depuis notre conversation, j'ai appelé plein de *hotlines* de voyantes et vous seriez étonnée d'entendre à quel point les opératrices sont confuses.

— Des hotlines ? Vous voulez dire que les voyantes ont des *services techniques* par téléphone ?

— Elles vous disent ce que l'avenir vous réserve. La *hotline* vous fait rencontrer un homme dont le signe est compatible avec le vôtre, pour vous éviter de rester seule jusqu'à la saint-glinglin. Je sais que je devrais essayer de sortir davantage, mais je déteste sortir seule. Dans des lieux où il faut socialiser, je veux dire. Alors, je me suis dit que j'allais essayer ces lignes de rencontre dont ils font la pub à la télé.

— Et comment ça marche pour vous ?

— Ça ne marche pas. J'ai aussi appelé les réseaux de célibataires. Et aussi Mecs, mecs, mecs. Vous savez, vous devriez vraiment penser à créer un service téléphonique. Vous avez la voix idéale.

Ce n'était pas faux, mais je n'avais pas investi une petite fortune en cosmétiques pour me planquer derrière un combiné.

— Je préfère une approche plus personnelle. À ce propos, je suis à deux doigts de vous trouver quelqu'un.

Qu'est-ce qui m'avait poussé à dire ça? Le fait qu'elle contactait les *hotlines* des pythonisses? Vous parlez d'une fille prête à tout. Pathétique.

Je l'admets.

— C'est vrai? (Sa voix suintait d'espoir.) Vous m'aviez bien dit que vous y travailliez, mais je ne m'attendais pas à un résultat aussi rapide. Il est… vous savez… comme moi?

Je me suis mis à penser à Ty. Dans un sens purement professionnel, cette fois. Pas de crème fouettée, ni de morsure dans le cou, ni de léchage d'orteils…

Comme si ça risquait d'arriver un jour.

— C'est un grand brun très séduisant. (Les mots se sont envolés d'entre mes lèvres sans que j'aie pu les retenir.) Et cent pour cent converti. Et il porte un chapeau de cow-boy.

— C'est un cow-boy?

— Il l'a été, autrefois. Maintenant, il porte le chapeau juste par habitude. Et les bottes, aussi.

— Vous pensez que je lui plairais? Non, ne répondez pas. Je dois me focaliser sur mes atouts.

— Vous avez pris notre petite conversation à cœur, on dirait.

— Je n'ai pensé qu'à ça. J'ai même acheté quelques bouquins. *S'aimer avant tout. Vous avez tout pour vous, alors exhibez-le.* De toute façon, j'ai l'œil pour les détails. Et la tête bien faite. En plus, j'ai pris le taureau par les cornes : j'ai rendez-vous pour une séance de mésothérapie. Ça élimine la cellulite sans traitement invasif.

— Ah bon ? Vous voulez dire que les enveloppements des cuisses n'ont pas marché ?

Hypocrite.

— Si, pendant vingt-quatre heures. Ensuite, ça a été retour à la case départ. L'histoire de ma vie. Alors, vous croyez qu'il me trouvera intéressante ? J'avais un certain succès, dans le temps. On appréciait ma gentillesse, ma modestie, mon côté posé. Mais c'est peut-être un de ces cow-boys qui préfèrent les filles de saloon.

Je me suis souvenue des commentaires de Ty sur son passé.

— Croyez-moi, il ne lui tarde absolument pas de recroiser une autre fille de saloon.

— Donc, il préfère une fille douce et bonne ?

— Absolument.

Tous les hommes ne voulaient-ils pas que leur compagne soit bonne à quelque chose ? Une soudaine vague d'anxiété a déferlé en moi. Mes mains se sont mises à trembler et j'ai commencé à tripoter nerveusement la plaque métallique, frappée du logo Prada, de mon nouveau sac.

— Je suis certaine qu'il sera totalement séduit. (Si toutefois j'arrivais à organiser une rencontre.) Il faut juste que je prépare le terrain avant les présentations, ai-je ajouté en caressant la plaque de mon sac de luxe.

Un frisson m'a parcouru l'échine. Elle était douce. Délicate… flottante… *Flottante ?*

J'ai trituré un peu le bord. La plaque s'est détachée, et s'en est allée voler par terre, où elle s'est écrasée avec un bruit mat.

— Oh non !

D'un battement de paupières, j'ai refoulé un afflux de larmes. Mon sac. Mon merveilleux sac…

— Vous croyez vraiment que je vais l'intéresser? a insisté Esther.

— Oui, ai-je dit en repoussant le fauteuil et en m'accroupissant par terre.

— Pourquoi?

J'ai coincé le téléphone entre le menton et l'épaule et j'ai commencé à fureter à quatre pattes.

— Parce que vous êtes intéressante. Et que vous avez des tas de choses en commun. Vous êtes une fille de la campagne; lui aussi vient de la campagne.

— C'est vrai? Quand vais-je le rencontrer?

— Bientôt. Écoutez Esther, je dois vous laisser. J'ai une urgence…

— Mais…

— Je vous rappelle dans les meilleurs délais.

J'ai coupé la communication, posé le combiné sur le coin de bureau, et rampé vers l'endroit où je pensais que la plaque était tombée.

Je sais. Une vampirette sexy et branchée ne rampe pas par terre à quatre pattes, mais j'étais à cran. En manque de sommeil. Victime de mes hormones frustrées. À l'article du désespoir.

Je ne sais pas trop quelle était mon intention. Il était évident que je n'allais pas recoller la plaque et trimballer ce maudit sac partout comme si de rien n'était.

Ou peut-être bien que *si*. Car, mis à part la trace de colle à l'emplacement de la plaque, le sac restait sacrément canon. Ça ressemblait à du Prada. Non seulement à l'œil, mais au *toucher*. Du moins pendant les quelques instants où je m'étais laissée aller à oublier les circonstances de son acquisition et son prix dérisoire.

J'ai entendu la porte du placard s'entrouvrir.

— Il y a quelqu'un ? Je n'ai plus de café !

La cliente de la salle 1 a passé la tête dans l'entrebâillement en agitant sa tasse. Elle s'est livrée à une fouille visuelle des lieux et a fini par poser le regard sur l'endroit où j'étais accroupie, à côté d'un palmier en pot.

— Vous pouvez me resservir ?

— Je, euh… je partais justement en acheter. Nous avons eu une journée chargée.

Je me suis redressée en m'interdisant de plonger la main à l'intérieur du pot. Si j'avais entendu la plaque heurter le sol, c'est qu'elle se trouvait *forcément* sur le sol.

À moins qu'elle n'ait rebondi.

— Excusez-moi un instant…

Et j'ai enfoncé les deux mains dans la terre humide et tâtonné, pendant que la cliente me contemplait comme s'il m'avait poussé une auréole.

— Qu'est-ce que vous faites ?

— Massage de plantes. (J'ai ressorti les mains du pot et je les ai époussetées de mon mieux.) C'est la dernière technique de jardinage qui fait fureur. Ça vous double la taille de ces satanés végétaux en moins de deux. (Je lui ai pris la tasse de café des mains.) Je vous apporte un verre d'eau fraîche, à la place.

— Je ne veux pas d'eau, je veux du café. Et un autre scone.

— En ce cas, ai-je répondu en me forçant à sourire, laissez-moi le temps de faire un saut au Starbucks.

Et sans prendre de raccourci, cette fois. Je n'avais aucune envie de recroiser ma sangsue.

Cela étant, il avait tout un stock de petites merveilles qui rivalisaient avec celle en résille dorée. Si je faisais très attention à la plaque ornée du logo, rien ne se détacherait, et je pourrais me refaire ma petite montée d'extase.

— Mimi Moseley, chez Match Me, offre des beignets, elle.

— Pardon ?

— Des beignets *fourrés*. À la fraise, et saupoudrés de sucre glace.

— Ce qui signifie ?

— Je crois que je serais bien plus détendue avec une boîte de mes beignets préférés à portée de main, qu'à *attendre* des scones en buvant de l'eau plate. De toute façon, ce machin est bien trop compliqué. (Elle a agité le questionnaire sous mon nez.) Bon sang, il s'agit de trouver un mec. Pas de construire une fusée. Je m'en vais.

— Attendez ! Je peux aller vous chercher des beignets. Ou ce que vous voulez.

Je me sentais soudain pathétique. C'était dingue. Cette fille n'était jamais qu'*une* cliente parmi d'autres. Une petite célibataire insignifiante, un minuscule grain de sable dans une ville qui comptait plus de quatre millions de gens seuls. Mais en même temps, une femme d'affaires avisée ne devait négliger aucun client, et j'avais besoin de toute l'aide que je pouvais recevoir.

— Ne partez pas.

— Cet endroit est lamentable.

— Non, pas du tout ! C'est le dernier cri. La

rencontre de l'esprit pratique et de la haute technologie. Résultats garantis.

— Vous n'êtes même pas fichue de garantir le café. Comment comptez-vous assurer dans la recherche de l'âme sœur ?

Bonne question.

— Mais…

Mon amorce de protestation s'est noyée dans le tintement de la clochette que venait de déclencher l'ouverture de la porte. J'ai réprimé l'envie de me précipiter pour la plaquer à terre et la ramener, plus de force que de gré. Après tout, ce n'était pas *une* cliente qui allait faire ma fortune ou causer ma perte. Ma boîte n'était pas au bord du gouffre. Bon, d'accord – techniquement parlant, si ; disons que je réglais les problèmes lentement, mais sûrement. En un rien de temps, je serais en train de voguer vers le succès.

Par ailleurs, la plupart des clients se moquaient pas mal des à-côtés gratis. Si cette bonne femme se montrait aussi difficile sur le choix des beignets – fourrés à la *fraise* et *saupoudrés* de sucre glace, et puis quoi encore ? – je n'avais pas la moindre chance de lui trouver un partenaire. Les chipoteuses, non merci. Ce dont j'avais besoin, c'était de célibataires plus aux abois que tatillons. Des gens qui souffraient de leur solitude. Et sans attente précise.

Ils étaient là, partout, et d'une seconde à l'autre, l'un d'eux allait pousser ma porte. Il ou elle serait sublime, prompt à sortir son chéquier, ouvert à toute proposition. Il ou elle allait remplir le questionnaire à toute vitesse, et je lui trouverais sa moitié en moins de temps qu'il n'en faut pour le dire. Score un à zéro pour Lil, et que l'enquiquineuse amatrice de beignets aille au diable.

Bon, sublime – peut-être était-ce mettre la barre un peu haut, ai-je convenu une demi-heure plus tard quand la cloche a tinté et qu'un homme est entré. J'allais devoir me contenter d'une apparence soignée. D'une calvitie. Et d'un goût vestimentaire pas terrible.

— Bienvenue à Vamp'n'Love. Un scone ?

J'étais partie regarnir mes stocks en quatrième vitesse tout en léchant mes blessures.

— Je n'ai pas très faim, a répondu l'homme en secouant la tête. Je veux juste rencontrer quelqu'un.

— Que diriez-vous de remplir un petit questionnaire ?

— Si vous avez un crayon, je suis votre homme.

Ma soirée reprenait indéniablement du poil de la bête.

— Voyons donc... (J'ai étudié le questionnaire complété avec soin – en un petit quart d'heure seulement : ce type était un rapide – et lu les requêtes spécifiques.) Vous tenez absolument à ce que la personne aime les longues balades dans Central Park et la cuisine italienne.

— Tout à fait.

— Et vous mentionnez votre goût pour les films d'action et d'aventure.

— À Noël dernier, mes copains, au boulot, se sont cotisés pour m'offrir un passe d'un an valable dans toutes les salles AMC, a-t-il expliqué.

Mais il lui tardait moins de faire usage de son passe AMC que de la nouvelle paire de menottes qu'il trimballait dans sa mallette.

C'est la pensée qui s'est imposée à moi lorsque j'ai

plongé mon regard vampirissime dans ses yeux noisette. Et je me suis raidie quand une autre image est venue la compléter. Je n'arrivais pas à la voir en entier, celle-là – j'apercevais juste un bras par-ci, une jambe par-là – mais je savais qu'il s'agissait d'une femme parce que j'entendais sa respiration saccadée, tandis que le métal froid entaillait la chair fragile de ses poignets menus.

Puis j'ai froncé le nez : il y avait aussi une forte odeur d'huile.

Hé, minute !... Menottes. Huile. Acier et chair fragile et... *Non. NON !*

Le kidnappeur ?

À coup sûr.

Probablement.

Enfin... peut-être.

Il n'y avait qu'une seule façon de le découvrir.

— Vous avez frappé à la bonne porte. J'ai la femme idéale pour vous.

20

— J'ai trouvé la femme idéale, a déclaré Evie le lendemain soir.

Il était à peine vingt heures et nous étions assises chacune de part et d'autre de mon bureau, séparées par les volutes de vapeur qui montaient du *mocha latte* fumant posé à côté d'Evie. Depuis une heure que j'étais arrivée, nous épluchions la liste de nos clientes afin de trouver la candidate parfaite pour Mr Menottes. Entre autres activités, évidemment – répondre au téléphone, préparer la salle 1 pour les rendez-vous du soir, et admirer à tour de rôle nos accessoires – bracelet en écaille pour moi et collier hippie pour Evie.

Vous allez me dire : si j'étais convaincue que ce type était le kidnappeur, à quoi est-ce que je jouais ?

Tout le truc consistait à prouver sa culpabilité. Pour cela, je devais lui trouver un rencard, le suivre puis le clouer au mur avant qu'il puisse s'en prendre à qui que ce soit.

Evie ignorait tout du projet, naturellement. Pour

elle, nous étions juste en train de caser un client pressé.

Elle a reposé la liasse de questionnaires qu'elle venait de feuilleter. Au cours des quelques derniers jours, nous avions eu un mini-raz-de-marée d'inscriptions, et elle n'avait pas eu le temps de rentrer toutes les informations dans l'ordinateur. Je dis « elle » parce que mes compétences devant un clavier rivalisent avec mon appétence pour semer la mort et la destruction parmi des humains sans défense. Et c'est pas demain la veille que ça va changer.

— Écoute ça, a repris Evie en brandissant un questionnaire dans un cliquètement de perles. Elle s'appelle Roxie. C'est une fanatique du saut à l'élastique qui adore la cuisine thaïe. Dix fractures à son actif *et* deux commotions cérébrales. Acteur préféré : Vin Diesel. (Son regard pétillait d'excitation.) Si ça, ce n'est pas « Casse-Cou », je ne comprends plus rien.

J'ai abandonné mes propres recherches pour examiner de plus près le questionnaire en question. J'ai parcouru des yeux les réponses, et un sourire a éclairé mon visage.

— On dirait bien qu'ils sont compatibles, ai-je confirmé en tendant à Evie les infos concernant l'Ennemi Public Numéro Un. Appelle-les et organise un rendez-vous.

C'était un *rendez-vous*, pas une trahison. J'accordais bien trop d'importance à mes clients et clientes pour laisser l'une d'entre elles risquer sa vie. Surtout une qui avait casqué le maximum – pour un package *nec plus ultra*, un service personnalisé de votre servante et un gâteau de mariage offert dans le cas où elle partirait convoler en justes noces grâce à Vamp'n'Love.

Cependant, tout en étant résolue à ne lui faire courir aucun danger, je comptais bien, *en revanche*, l'utiliser comme appât.

Je n'avais pas le choix : vous comprenez, je n'étais pas exactement un modèle en matière de nutrition. Depuis le temps que je me nourrissais exclusivement de sang pasteurisé, j'avais oublié le goût de celui qui coule directement des veines, et combien il attise les sens. Il était donc fort possible que je ne sois plus la lame la plus acérée de la ménagère et que je déraille complètement à propos de cette histoire de menottes.

Mais bien sûr.

De qui me moquais-je ? Je savais que je ne déraillais pas tant que ça, mais il était hors de question que j'appelle Ty Bonner avant d'être sûre de mon coup. Je ne tenais pas à passer pour une idiote. Au contraire : je voulais qu'il ait une énorme dette envers moi pour lui avoir sauvé la mise. Assez énorme pour qu'il accepte avec joie un rendez-vous avec Esther. Un premier rendez-vous qui conduirait à un second. Qui lui-même conduirait à un troisième. Et, de là, à des cercueils jumeaux et un compte joint à l'agence locale de banque du sang.

Hé, ça pouvait marcher.

Mais au-delà de ces motivations professionnelles, je voulais surtout coincer le kidnappeur parce que le visage de la dernière femme portée disparue me hantait. Je venais de passer encore une journée sans fermer l'œil, à me tourner et me retourner dans le lit, en pensant à des tueurs en série sordides, détraqués.

Et à Ty.

À des ébats torrides avec Ty.

Ce qui était inconcevable.

Les relations sentimentales vouées à l'échec, j'en avais ma claque. Je voulais connaître le bonheur éternel. Et si, pour l'heure, mon activité professionnelle accaparante et ma vie sociale trépidante m'empêchaient de le rechercher pour moi, je demeurais à cent pour cent investie dans ma mission consistant à aider les autres à le trouver. Et puis, si je réussissais à caser Esther avec Ty, je pourrais rayer définitivement ce dernier de ma liste de partenaires en vue d'ébats torrides. Les vampires en couple : très peu pour moi. Aussi peu que les mordus. Je dirais même : poubelle – direct – en même temps que toutes ces idées d'effeuillage et de léchage de la tête aux pieds...

Non, il était de mon devoir, en tant que dernière figure de proue en date du Tout-Manhattan, de sacrifier le plaisir fugace de ma propre satisfaction sexuelle au bien de ma race. Donc, j'allais organiser ce rendez-vous, filer le train à Mr Menottes et attendre qu'il s'apprête à passer à l'acte. Ensuite, je sauverais ma cliente, j'oublierais les disparues, je pousserais Esther dans les bras de Ty et je redormirais enfin du sommeil des morts.

— Surprise ! s'est écriée une voix féminine familière alors que je venais de me rasseoir pour consulter ma boîte mail.

Enfin, du moins supposais-je qu'elle émanait d'une femme car, lorsque je me suis retournée, je n'ai vu qu'un gigantesque bouquet, doté de jambes.

— Melissa ?

— J'espère que vous aimez les fleurs. (Une main a écarté la composition, et j'ai vu apparaître le visage de la jeune femme.) Je me doute que vous êtes très occupée, mais je tenais à vous remercier encore une fois pour ce rendez-vous avec Francis. C'était une soirée inoubliable.

— C'est formidable ! Merveilleux ! (*Loin de là !*) Mais vous n'aviez pas besoin de vous donner tant de peine.

— Ce n'est rien, comparé à ce que vous avez fait pour moi.

— Mais je n'ai rien fait.

— Bien sûr que si ! Faire se rencontrer des âmes sœurs, c'est énorme.

— À ce propos... Comment pouvez-vous être *certaine* qu'il est votre âme sœur ?

— J'ai senti avec lui une connexion comme avec personne d'autre auparavant. Ça m'a saisie. Là, a-t-elle ajouté en portant la main à son estomac.

— Peut-être aviez-vous tout simplement mal digéré un truc. Les restaurants, ça peut être dangereux. Surtout si on prend des boulettes.

Ma remarque ne devait rien à une expérience personnelle, mais j'avais regardé suffisamment d'épisodes de *Bridezilla* pour connaître toutes les manifestations du trac qui vous saisit au moment de marcher vers l'autel.

— C'est sûr. (Elle a semblé réfléchir un instant, puis a secoué la tête.) Non, je suis certaine que c'était Francis, pas les boulettes. Vous m'avez dit que je lui avais plu. C'est vrai, n'est-ce pas ?

— Oui, oui, bien sûr.

— Alors il est certainement trop occupé pour appeler. (Elle a consulté sa montre.) D'ailleurs, je devrais rentrer chez moi. J'ai une tonne de choses à faire et je ne veux pas rater son coup de fil, au cas où il serait d'humeur à bavarder, ce soir. Si jamais vous avez l'occasion de lui parler, dites-lui… dites-lui juste que je me suis vraiment bien amusée. Enfin, s'il vous dit la même chose. S'il ne dit rien, inutile d'en parler, a-t-elle ajouté, le regard inquiet. À moins que vous ne jugiez cela nécessaire. C'est vous la spécialiste, donc vous savez probablement comment vous y prendre pour aborder ces sujets. Je suis sûre que vous êtes un génie quand il s'agit de déchiffrer le langage corporel.

— Génie, ce n'est pas le terme que j'aurais choisi… (Ce n'était pas le terme que *moi* j'aurais choisi, mais cela ne me posait aucun problème que quelqu'un d'autre l'emploie à ma place.) Dans mon boulot, l'intuition est toujours payante. Soyez sans crainte. Je suis sûre qu'il meurt d'envie de vous appeler ; s'il ne le fait pas, c'est qu'une question de vie ou de mort l'en empêche.

— Vous croyez ?

— J'en suis sûre !

Je sais : j'aurais dû piétiner immédiatement ses espoirs et ses rêves sur mon tapis persan. Mais une géniale spécialiste du grand amour n'a pas pour vocation d'anéantir les rêves de ses clientes, surtout quand elle est perchée sur huit centimètres de talons Louboutin.

Sans compter que Melissa semblait habitée d'un tel espoir que je n'arrivais pas à me résoudre à lui dire qu'elle aurait plus de chance d'épouser Brad Pitt.

— Ne vous faites aucun souci. Rentrez chez vous, sortez-vous Francis de la tête et laissez les choses suivre leur cours.

— J'ai une dette envers vous, Lil. Et une fois que nous serons mariés, j'ai la ferme intention de vous la rembourser.

— Pardon?

— Notre premier-né, bécasse. Nous lui donnerons votre prénom. Sauf si c'est un garçon. Nous l'appellerons Francis Junior. Mais sinon, vous aurez une homonyme.

— Je ne sais pas quoi vous répondre. C'est tellement... (Irrationnel? Irréaliste? Délirant?)... gentil à vous, ai-je finalement lâché en clignant frénétiquement des paupières pour chasser le voile humide qui me brouillait soudain la vue. C'est vraiment adorable.

J'étais sincère.

— C'est le moins que je puisse faire.

La porte s'est refermée derrière elle avant que j'aie pu ajouter autre chose – et m'enfoncer un peu plus – et je me suis surprise à contempler fixement une rose rouge légèrement flétrie.

L'euphorie que j'éprouvais quelques instants plus tôt venait de prendre un sacré coup.

Mariage? Gamins?

Merde! Qu'avais-je fait?

J'ai consacré les trente secondes suivantes à me botter le train – mentalement. Mais le bottage de train n'est pas d'un grand secours pour ce qui est de résoudre des problèmes. Or c'était ça dont j'avais besoin. Résoudre ce problème. Sur-le-champ.

J'avais trois options. Option un : je pouvais encourager Francis à la revoir. Il pourrait user de ses talents de vampire d'élite pour lui « suggérer » que la noce de sa sœur avait été pour lui un calvaire, et qu'il la détestait.

Le hic, c'est que Francis n'avait pas une excellente maîtrise de ses talents vampiriques (vous vous souvenez de la grand-mère italienne?), et compter sur lui pour mettre un terme à cette attirance était hasardeux. Un autre rendez-vous pourrait avoir l'effet inverse. Et Melissa, tourneboulée de désir pour lui (allez comprendre pourquoi) pourrait lui sauter dessus, sans lui laisser le temps de dire ouf et encore moins de la vamper. Cette issue réduirait mon projet à néant ! Mon objectif, c'était de lui trouver une compagne d'éternité, pas de l'aider à s'envoyer en l'air.

Seconde possibilité : je pouvais extraire la pauvre fille de son puits de malheur avant qu'elle ne s'amourache davantage d'un vampire qu'elle ne pouvait, en aucun cas, avoir. N'étais-je pas une suceuse de sang perverse, après tout ? Mais comme je l'ai déjà mentionné, le meurtre et la destruction n'entraient vraiment pas dans mes critères de vie. Restait donc la troisième option : caser Melissa avec quelqu'un d'autre et lui faire oublier Francis.

J'ai consulté ma base de données, puis feuilleté les questionnaires qu'Evie avait laissés sur mon bureau jusqu'à ce que je dégote deux candidats – un chercheur en conservateurs agroalimentaires et un ingénieur qui travaillait sur le tracé des égouts de New York. Les deux étaient très, très mignons, et j'espérais que Melissa, subjuguée par leur physique, ne remarquerait pas leur personnalité insipide.

— Melissa, ai-je dit à son répondeur quelques instants plus tard (apparemment, elle n'avait pas eu le temps d'arriver chez elle). C'est Lil. Je sais que vous avez passé un moment merveilleux avec Francis, mais en tant que propriétaire et présidente du contrôle qualité de Vamp'n'Love, je suis dans l'obligation de vous adresser encore deux candidats au moins. Et parce que vous êtes une de mes clientes préférées, je paierai l'addition de ces deux prochains rendez-vous. C'est juste ma façon de vous remercier de votre confiance. Tout ce que vous avez à faire, c'est aller aux rendez-vous. Votre charme et votre sourire feront le reste.

J'ai indiqué dans la foulée la date et l'heure des réservations que je venais de faire dans deux des meilleurs restaurants de la ville, en lui précisant que ses cavaliers l'attendraient avec impatience.

— Quand son avenir est en jeu, ai-je poursuivi, une fille ne peut pas se brader en craquant sur le premier corps chaud qu'elle rencontre. (Ou, dans le cas de Francis, à peine tiède. Hé, c'était un vampire, après tout.) Vous vous devez d'explorer toutes les options qui vous sont offertes. Amusez-vous bien.

J'ai raccroché. Problème résolu.

— Roxie, la fan de Vin Diesel, sur la une, a annoncé Evie depuis le seuil. Elle dit qu'elle est très occupée toute cette semaine. Qu'elle ne pourra pas être dispo pour un rendez-vous avant le week-end prochain – au mieux.

J'ai pensé à la fille disparue et à mes hormones à cran.

— Dis-lui de tout annuler. C'est une urgence.

— Une urgence ? a répété Evie en me lançant un regard interloqué.

— Tu connais le dicton. L'amour n'attend pas.

— Je croyais qu'il n'était que patience et bonté.

— Tu es qui ? Un calendrier truffé de citations édifiantes ?

— Je les adore, a-t-elle répondu avec un grand sourire. Mon oncle Bernie m'en offre un chaque année. À propos d'oncle Bernie, a-t-elle enchaîné tandis que son sourire pâlissait, Louisa Wilhelm a appelé pour dire qu'elle attendait le candidat numéro deux. Je lui ai dit de ne pas s'inquiéter, que tu allais la rappeler dans les plus brefs délais. Tu vas le faire, n'est-ce pas ?

— Probablement.

— Et nous n'avons pas de candidat numéro deux, je me trompe ?

— C'est plus ou moins ça.

— C'est bien ce que je pensais. Et si tu prenais la ligne une, pendant que je file à la banque remplir notre déclaration de faillite ?

— Rappelle-moi de t'accorder une augmentation pour ton optimisme à toute épreuve.

J'avais beau savoir qu'Evie plaisantait, j'étais tenaillée par une angoisse diffuse. Qui allait bien au-delà de la crainte d'échouer dans mon projet et de finir, nuit après nuit, derrière le comptoir de Moe's. Peut-être, je dis bien *peut-être*, redoutais-je que ma mère ait raison. Et si l'Amour n'était, effectivement, qu'une chimère inventée par les humains pour vendre des livres, des billets de ciné et des parfums baptisés d'un nom de star ? Et si un authentique lien émotionnel ne pouvait exister entre deux individus ? Et si les histoires de connexion cosmique, d'âme sœur, n'étaient que pures affabulations ?

Et si tout n'était que sexe, quotient orgasmique et taux de fertilité ?

Je me suis forcée à chasser cette pensée funeste – quoique légèrement émoustillante. J'avais un problème bien plus urgent à résoudre : convaincre Miss Casse-Cou qu'elle devait purement et simplement réorganiser son emploi du temps, toutes affaires cessantes, pour rencontrer un homme.

Comme s'il pouvait être celui – le seul, l'unique, le bon – qui allait changer radicalement son destin.

C'était rigoureusement impossible.

En revanche, il pouvait bouleverser à jamais le destin d'une autre femme si je ne le confondais pas à temps.

J'ai plaqué mon sourire le plus persuasif sur mes lèvres, j'ai décroché le téléphone et pris l'appel sur la ligne une.

Si je n'avais pas déjà été en train de frôler le précipice de la folie – et ce, grâce à une autre journée sans sommeil, à mon dilemme relatif à Melissa et à des recherches infructueuses concernant le cas Louisa Wilhelm –, ce trajet en taxi de quarante-cinq minutes avec Francis m'en aurait assurément rapprochée.

Nous étions jeudi soir, et j'étais passée le chercher chez lui pour aborder l'étape suivante de sa métamorphose.

— L'apparence, c'est réglé, vous maîtrisez, ai-je résumé tandis que le taxi ralentissait à hauteur de notre destination – une énorme demeure d'inspiration coloniale, voisine de la propriété de mes parents à Fairfield, dans le Connecticut.

J'ai redressé le col légèrement de guingois de sa chemise Gucci en soie noire et en le lissant, j'ai effleuré sa mâchoire. Ses oreilles ont viré à l'écrevisse.

— À compter de maintenant, ai-je repris, tout n'est plus qu'une question d'attitude. Tout repose sur l'estime que vous avez de vous. Sur votre charisme.

— Je n'ai pas de charisme.

— Exactement. Et vous n'en aurez jamais, si vous ne mettez pas le holà à votre manie de rougir.

— C'est plus fort que moi.

— Mais bien sûr que non. Vous êtes archi mal à l'aise en présence de l'autre sexe. Mais ce soir, tout va changer. Laissez tourner le moteur, ai-je indiqué au chauffeur avant d'ouvrir la portière et de mettre pied à terre.

— Vous croyez vraiment que ça va marcher? a demandé Francis tout en m'emboîtant le pas le long de l'allée pavée qui menait à la porte d'entrée.

— Ça ne coûte rien d'essayer.

— Eh bien si, justement. Au cas où vous ne seriez pas au courant, les loups-garous sont nos ennemis héréditaires.

— Nous ne sommes plus au Moyen Âge, Francis. Les loups-garous ont évolué. Ils sont devenus propriétaires fonciers, ils payent leurs impôts et ils enfilent leur pantalon une jambe après l'autre, comme nous tous.

— Sauf si c'est la pleine lune.

— Tout le monde a ses petits défauts. Arrêtez d'être aussi négatif! Ça va marcher.

Il fallait que ça marche. Jamais je n'arriverais à caser Francis s'il semblait proche de l'autocombustion chaque fois qu'un regard féminin se posait sur lui. Arrivée devant l'imposante double porte, j'ai sonné et une version carillonnée de « Born to Be Wild », le célèbre tube de Steppenwolf[1], a résonné à l'intérieur de la maison. Quelques instants plus tard, une femme – grande, brune, séduisante – nous a ouvert.

Viola Hamilton ressemblait à n'importe quelle

1. *Der Steppenwolf* est le titre original du roman de Hermann Hesse, *Le Loup des steppes*.

autre garelle riche comme Crésus installée dans le Connecticut. Elle portait un tailleur-pantalon Dior rouge pétard, empestait le Chanel N° 5 et avait planté un écriteau « RÉ-ÉLISONS NOTRE BIEN-AIMÉ MAIRE BRADLEY LIVINGSTON ! » sur sa pelouse.

Bradley Livingston était à la fois un loup-garou et un libéral – soit deux casquettes qui, aux yeux de mon conservateur de père, faisaient de lui l'Antéchrist.

Pour ma part, j'avais plutôt apprécié l'imitation de Cher qu'il avait faite lors du grand gala dansant de Founder's Day. Comment ne pas aimer un homme qui est capable d'enfiler des bas résille et des cuissardes ?

— Que puis-je pour vous ?

— C'est moi, miss Hamilton. Lil. Lil Marchette, la fille de vos voisins.

Ses lèvres rouge vif se sont pincées.

— Si vous m'apportez encore une pétition de votre père, vous pouvez la reprendre et vous la coller directement là où…

— Je n'ai pas de pétition, l'ai-je coupée. Juste un pain de viande. (Je lui ai tendu le plat protégé d'une feuille de papier alu.) Le meilleur de Manhattan.

Ses narines se sont dilatées et l'euphorie a voilé brièvement ses yeux.

— Un pain de viande ! J'ai peur de ne pas comprendre…

— Je sais que mon père et vous ne vous entendez pas très bien mais…

— *Pas très bien ?* La semaine dernière, il a appelé la fourrière pour signaler qu'une meute incontrôlable de chiens errants semait la terreur dans sa propriété. Primo, ce n'étaient pas des chiens errants. Je recevais ce soir-là à dîner, et parmi mes invités se trouvaient deux sénateurs et un chef de la police. Deuzio, nous sommes restés à un mètre cinquante de sa précieuse propriété.

— Peut-être voulait-il juste plaisanter. Il a toujours été farceur.

— Il est timbré.

J'ai commencé à protester (tout de même, on parlait de mon père !) et puis je me suis souvenue de la charte couleur qu'il avait choisie pour l'uniforme de Moe's. J'ai haussé les épaules et hoché la tête.

— Mais cela ne nous empêche pas d'être amies, n'est-ce pas ? Jamais je n'appellerais la fourrière, pour qui que ce soit. Vivre et laisser vivre. Telle est ma divise. (*Menteuse* ! Mais je craignais que « Shopping jusqu'à ce que mort s'ensuive » lui fasse moins forte impression.) Puisque nous sommes tous coincés ici pour un bon moment, nous ferions aussi bien de nous entendre et de nous entraider.

Viola a plissé les yeux.

— Que voulez-vous, au juste ?

— Voici Francis, ai-je expliqué en tirant l'intéressé près de moi. C'est un antique vampire qui n'a jamais rencontré sa compagne d'éternité. En fait, c'est à peine s'il a eu des relations sexuelles. Dans l'ensemble, il n'est vraiment pas à l'aise en compagnie du beau sexe. Il a toujours plus ou moins vécu en ermite et évité les mondanités. Il a besoin de sortir et de fréquenter le monde.

— Et vous me racontez tout ça parce que…

— Il souhaite s'affilier à la SPA.

Elle l'a longuement dévisagé.

— C'est un vampire.

— Détail technique.

— Et un vampire *mâle*.

— Si peu, sur les deux tableaux.

Viola a souri, et la tension qui s'était condensée au-dessus de nous a semblé se dissiper.

— Très chère, la SPA est une sororité. Exclusivement composée de femmes.

— Oui, des femmes dynamiques, séduisantes et sexy. (Et *nudistes militantes*, aurais-je pu ajouter.) C'est précisément pour cette raison que je vous l'ai amené.

— Qu'avez-vous à voir avec tout ça, au juste ?

J'ai extrait une carte de ma pochette à paillettes. Je tablais sur la théorie selon laquelle l'honnêteté est toujours payante.

— Je viens d'ouvrir une agence de rencontres, et Francis est l'un de mes clients. Il désire trouver une compagne d'éternité, mais cela n'arrivera jamais s'il n'arrête pas de ronronner comme un chaton au lieu de rugir comme un lion. Problème : il est incapable de rugir, parce qu'il est trop occupé à rougir. Cette épouvantable habitude est due au fait qu'il n'a pas l'habitude de fréquenter des membres du sexe opposé. Je le lâcherais bien au milieu du Club des Gaies Chasseresses, mais c'est précisément auprès d'une de ces femmes que je vais essayer de le caser. Et les humaines ne sont pas d'une grande aide, parce qu'elles se laissent trop facilement charmer par les vampires.

— Des créatures si faibles…, a opiné Viola.

— Et comme nous, vampirettes et garelles partageons cette même attirance pour le roi de la jungle quand il s'agit de s'accoupler, j'ai pensé que Frank pourrait venir à bout de sa timidité en vous fréquentant, vous et vos sœurs.

— Et pourquoi aurais-je envie de vous aider ?

Honnêteté, me suis-je rappelé. *Sois franche, directe et honnête.*

— Parce que c'est l'usage dans les rapports de bon voisinage ? (Viola a froncé les sourcils.) Parce que vous appréciez un bon pain de viande ? (Elle a semblé réfléchir à ce nouvel argument, puis le froncement s'est accentué.) Parce que je vous donne la garantie que mon père arrêtera de tailler ses haies ?

— Ce sont *mes* haies. Elles se trouvent sur ma propriété, et votre père n'a pas le droit de les élaguer.

— Il est convaincu du contraire.

— Eh bien, il lui faut apprendre à lire un plan cadastral. (Elle m'a dévisagée.) Comment allez-vous faire pour me garantir une chose pareille ?

— J'ai mes méthodes.

— La contrainte ?

J'envisageais plus quelque chose de l'ordre de la supplique, mais j'ai répondu :

— Exactement.

Elle m'a fixée encore un instant, puis elle a fini par hocher la tête. Que voulez-vous ? L'honnêteté, c'est bien, mais pour obtenir des résultats, il n'y a que la corruption qui vaille.

Son regard s'est porté sur Francis, qu'elle a toisé attentivement.

— Belle chemise. (Le visage de Francis a viré au rouge – un rouge aussi vif que celui des lèvres de Viola.) Pour que des joues prennent cette teinte, il faut être drôlement bien nourri.

— À qui le dites-vous.

— C'est la pleine lune, ce week-end. Ce qui signifie que nous serons au zénith de notre forme, a-t-elle poursuivi, l'œil brillant. Vous pensez pouvoir assumer ?

Francis a dégluti péniblement.

— Non.

— C'est précisément pour cette raison que vous devez essayer, ai-je insisté.

— Franchement, je ne sais pas si c'est une bonne idée, a-t-il murmuré, tandis que Viola s'écartait et l'invitait à entrer. Je ferais mieux de repartir chez moi. Je me demande si j'ai éteint le gaz.

Je lui ai décoché un regard agacé.

— Vous ne cuisinez pas. Mieux : vous ne mangez pas.

— Mais où vais-je dormir ? Il n'y a certainement pas de cercueil, ici.

— Vous ne dormez pas dans un cercueil.

— Ce n'est pas le problème. Le problème, c'est qu'elles sont… différentes, a-t-il chuchoté.

— J'ai entendu, a trompeté Viola.

— Elles ne sont pas *si* différentes que ça. Juste un peu… redoutables.

— Exactement.

— Les femmes vampires sont redoutables elles aussi. (Il ne m'avait jamais vue chez Macy's, les jours de soldes à moins cinquante pour cent.) Arrêtez de faire votre chochotte. Je suis certaine que Viola possède une belle cave à vin où vous pourrez vous reposer.

— Ça ou, s'il préfère, dans les dressings.

— Vous voyez ? Vous allez être comme un coq en pâte. (Je l'ai poussé dans l'entrée sans ménagement.) Je passe vous récupérer dimanche soir.

Viola m'a adressé un clin d'œil, puis a regardé Francis avec un sourire affamé.

— En supposant qu'il reste quelque chose à récupérer.

21

Tandis que je descendais du taxi sur la 12e Rue, un frisson m'a parcouru l'échine. Je m'étais débrouillée pour rentrer du Connecticut à temps pour assister à la rencontre entre Miss Casse-Cou et Mr Menottes. Le lieu du rendez-vous ? Le Gotham Bar & Grill.

Comme tous les vendredis soir, West Village bouillonnait d'animation. Des foules émergeaient de la bouche de métro toute proche, ou s'y engouffraient. Les voitures parcouraient la rue, qui résonnait de la cacophonie des klaxons. Une odeur de pain chaud s'échappait d'une boulangerie voisine et se mêlait à l'odeur de cigares qui provenait de la boutique d'un marchand de tabac.

J'avais demandé au chauffeur de me déposer un bloc plus haut – le but de ma mission, ce soir-là, consistait à observer et attendre, en faisant profil bas. Mon cœur a accéléré tandis que j'approchais du restaurant. D'un pas nonchalant. Sans hâte. Une jeune femme séduisante et bien habillée parmi d'autres, qui s'apprêtait à passer une soirée agréable.

Non, franchement, qui espérais-je duper?

Nous étions à *New York*.

J'ai passé la vitesse supérieure et accéléré le pas, esquivé une borne d'incendie, ignoré les sifflets d'une bande d'ados et la proposition malhonnête susurrée par un vieillard cacochyme.

Trente minutes avaient passé depuis l'heure du rendez-vous, le couple devait avoir fait connaissance et être attablé devant les hors-d'œuvre. J'arrivais enfin en vue du restaurant quand un taxi s'est arrêté quelques mètres devant moi. Une femme en est descendue. Reconnaissant Roxie Casse-Cou (pour l'avoir vue en photo), je me suis précipitée derrière un homme d'affaires qui me devançait sur le trottoir.

— Hé, attention! a protesté le bonhomme tout en faisant volte-face pour me décocher un regard exaspéré. Vous ne devriez pas…

Ma main s'était refermée sur son épaule et ma force surnaturelle l'avait contraint à une immobilisation brutale. (Imaginez Popeye, avec une belle paire de crocs.) Je lui ai adressé mon sourire le plus radieux.

— Jake? Jake Abernathy?

— Je m'appelle Phil.

— Ah bon? (J'ai secoué la tête.) Ça alors. Vous ressemblez à Jake. Comme deux gouttes d'eau.

Je me suis penchée de côté et, derrière lui, j'ai vu Miss Casse-Cou régler le chauffeur puis se diriger vers l'entrée du restaurant.

Dans un coin de ma tête, j'ai noté de barrer la mention « ponctuelle » sur la liste de ses qualités, pour la remplacer par « affreusement en retard ».

— Ça fait des siècles que je n'ai pas revu Jake. Je ne

pouvais pas le laisser filer sans le saluer. Mais puisque vous n'êtes pas Jake... Bon, désolée.

— Y a pas de mal, m'a répondu le type avec un sourire.

J'allais me remettre en route quand Miss Casse-Cou a marqué une pause devant l'entrée du restaurant et regardé dans ma direction.

— Si vous le dites...

J'ai tiré d'autorité Mr Y-a-pas-de-mal pile en face de moi. Il avait beau être sacrément bâti, il n'a pas fait le poids face à ma force sensationnelle de vampirette. Je l'ai vu accuser une certaine surprise, qui a vite cédé le pas à une expression d'extase.

— Pourriez-vous rester là juste une seconde, s'il vous plaît?

La question était superflue, je ne la posais que par politesse. Aurait-il été en danger de mort qu'il n'aurait pas bougé d'un cheveu pour sauver sa peau. Il n'aurait pas pu.

Que voulez-vous? Quand l'envie m'en prend, je sais parler aux hommes. Mais un petit accès d'autorité ne me dispensait pas de rester courtoise.

— Je viens d'apercevoir quelqu'un que je connais et que j'essaie d'éviter, ai-je expliqué.

Son regard s'est empreint de férocité, comme s'il projetait d'éventrer l'importun.

— Jake?

— Non, non, une amie. Du calme. Contentez-vous de rester là un instant.

Sans bouger, ai-je ajouté en silence. *N'essaie pas de me serrer dans tes bras, ni de me toucher. Contente-toi de me couver d'un regard dégoulinant d'adoration, et ferme-la.*

C'est ce qu'il a fait. Il est resté aussi immobile

qu'une bûche, faisant écran de son corps tandis que je le contemplais d'un air béat. N'importe qui aurait vu en nous un couple heureux et indifférent au reste du monde.

Ma cliente ne se décidait toujours pas à pénétrer dans le restaurant. J'ai commencé à compter les secondes.

Après un moment interminable, un autre taxi s'est rangé le long du trottoir, et Mr Menottes en est descendu. À croire que la ponctualité n'était pas son fort à lui non plus.

J'étais décidément au sommet de mon art d'entremetteuse.

Ils se sont présentés, ont échangé une poignée de main et quelques mots avant d'entrer enfin dans le restaurant.

— Vous êtes vraiment belle.

J'ai exhalé un soupir de soulagement et tourné mon attention vers mon bouclier humain.

— Pardon ?

— Vous êtes sublime.

Ben… évidemment.

— Vous êtes adorable, mais ça ne peut pas marcher entre nous, ai-je répondu. Il me faut un beau mec avec des crocs et un taux de fertilité acceptable. J'ai bien peur que vous ne remplissiez qu'une condition sur trois. (Il m'a lancé un regard perplexe, et j'ai souri.) Non que ce soit votre faute, mais c'est sans espoir, c'est tout.

Et sans lui laisser le temps de répondre, j'ai vrillé mon regard dans le sien en lui intimant l'ordre de tout oublier à mon sujet. J'ai profité de ce qu'il était dans la lune pour m'éclipser et foncer vers le restaurant.

Je suis entrée, discrètement, et j'ai trouvé un bon

poste d'observation, au bout du comptoir, où j'allais pouvoir m'asseoir sans me faire remarquer et siroter une eau minérale tout en écoutant la conversation qui se déroulait à la table, de l'autre côté de la salle.

Ça ne volait pas très haut.

— *Alors, vous aimez bien la musique?* s'est enquis Mr Menottes.

— *Bof*, a répondu Miss Casse-Cou.

— *Et la danse?*

— *Mouais. Je fais de l'aérobic. Et du Pilates. Et comme il y a toujours de la musique en arrière-fond, ça peut passer pour de la danse. Et vous?*

— *Je ne fais pas de Pilates.*

— *Non, je voulais dire, vous dansez?*

— *J'aime bien danser, mais la danse ne m'aime pas.*

— *Désolée.*

— *Moins que moi.*

Ce n'était pas d'une entremetteuse dont ces deux-là avaient besoin, mais d'une intervention divine.

J'ai commandé une eau gazeuse et j'ai réprimé tant bien que mal une grimace en voyant ma voisine de comptoir gober une huître. Jamais au grand jamais je ne pourrai comprendre l'attrait qu'exercent ces crustacés visqueux et musculeux. Et les gens se sentent barbouillés à la vue du sang? De qui se moque-t-on?

J'ai reporté mon attention sur le couple.

— *J'ai entendu dire que vous aimiez bien Vin Diesel.*

— *Ce n'est pas tant lui que j'aime bien, que les lunettes de soleil. Et le pantalon en cuir. J'ai un faible pour les pantalons en cuir.*

— *C'est vrai? J'en ai un.*

— *Non!*

— *Avec la veste assortie.*

— *Waouh!*

— Ah! Je croyais vous avoir perdue! a dit une voix grave, tout près de mon oreille.

J'ai sursauté.

— Quoi? Où ça? (J'ai pivoté sur mon tabouret, et heurté du coude l'assiette d'huîtres, qui a valdingué par terre.) Je suis affreusement désolée! ai-je dit à ma voisine.

Menteuse. J'ai fait signe au barman de lui apporter une autre assiette, sur mon compte, avant de me tourner vers l'homme qui s'était planté devant moi, un sourire aux lèvres, et une étincelle lubrique dans le regard.

— Vous n'avez absolument pas changé, a observé Phil. Vous êtes aussi sexy que dans mon souvenir.

— La dernière fois que nous nous sommes vus ne remonte qu'à un quart d'heure.

— Le quart d'heure le plus long de ma vie. Laissez-moi vous offrir un verre.

— J'en ai déjà un.

— Laissez-moi vous offrir le suivant.

— Celui-ci est encore plein.

— Alors laissez-moi vous tenir compagnie en attendant que vous ayez fini celui-là, puis laissez-moi vous en offrir un autre.

Il a sorti son portefeuille et a fait glisser plusieurs billets de vingt dollars en direction de la gobeuse d'huîtres, jusqu'à ce qu'elle lui cède son tabouret. Une fois installé à sa place, il a desserré son nœud de cravate et m'a dévisagée d'un regard énamouré.

— Vous êtes rudement mignonne.

— Merci.

J'ai plongé mon regard dans le sien, en lui ordonnant

mentalement de me ficher la paix. En le voyant se raidir, j'ai compris que son cerveau avait enregistré le message. Ensuite, il a cligné des yeux, et hop ! c'est comme si toute cette scène n'avait jamais eu lieu.

— Voudriez-vous manger quelque chose, pour accompagner votre verre d'eau ? Je serais ravi de vous offrir des huîtres. Ou un steak. Ou un homard. Ou un homard et un steak…

Sa voix s'est estompée tandis que je reportais toute mon attention sur le couple, de l'autre côté de la salle.

— *… moi aussi j'adore Madonna.*

— *Moi, je suis complètement fan. De son époque pré-Marilyn.*

— *Moi, je l'aime bien, son époque Marilyn. Et les trucs qu'elle a faits après…*

— Allons, dites-moi quel en-cas vous ferait plaisir, a insisté Phil en me prenant la main pour capter de nouveau mon attention.

— Vous n'avez pas envie de le savoir – croyez-moi sur parole.

À l'évidence, il s'imaginait que je flirtais car il s'est penché vers moi en souriant, obstruant du coup mon champ de vision.

— J'aimerais tant vous offrir à dîner. Mais si vous préférez, on peut passer directement au dessert.

— D'accord, d'accord. (Je me suis penchée de côté pour voir ce qui se tramait à l'autre bout de la salle.) Vous pouvez m'offrir un autre verre.

— Mais… vous n'avez pas fini le premier, a-t-il observé en montrant mon verre, intact, sur le comptoir.

Je me suis retournée et j'ai avalé l'eau glacée cul sec.

— C'est fait. Je suis prête pour le second.

— Génial.

À son sourire, on aurait pu croire que je venais d'ouvrir ma boîte à biscuits pour lui offrir une énorme génoise fourrée avec une double ration de chocolat.

Ben voyons.

J'ai commandé un autre verre d'eau tout en observant Mr Menottes sortir son portefeuille et exhiber une carte de membre officiel du fan-club de Madonna. Aïe, aïe, aïe.

Phil s'est accoudé au comptoir, menton calé sur le poing. Il me dévisageait comme s'il rêvait de me manger toute crue.

— Alors, que faites-vous, dans la vie ? s'est-il enquis. Quel est votre titre de gloire ?

J'ai envisagé une douzaine de réponses, toutes conçues pour épouvanter l'hétérosexuel lambda – de Grande Faucheuse à proctologue – avant de lâcher la plus terrifiante :

— Organisatrice de mariages.

— Non ! J'adore les mariages !

Non seulement il n'avait pas cillé, mais en plus sa voix vibrait d'enthousiasme. Pour ce qui était de l'hétérosexuel lambda, c'était loupé. Ce type était un véritable work addict, le travail, le travail et encore le travail, avec une vie sociale proche du néant. En d'autres termes, il ne voulait pas seulement me sauter vite fait bien fait. Il voulait *discuter*.

— Et ça fait longtemps que vous êtes dans cette branche ?

— Très, très longtemps, ai-je répondu en reportant mon regard sur le couple, déterminée à essayer une tactique spécifiquement humaine : si je l'ignorais, il allait finir par me ficher la paix.

— Longtemps comment ?

— Trop longtemps.

Efficace, la tactique… *Ferme-la. Fer-me-la.*

— *… jamais réellement adhéré à son fan-club, mais… que venez-vous de dire ?*

Le sourire de Miss Casse-Cou s'était évanoui d'un coup.

— *Je suis membre depuis que j'ai seize ans.*

— *Non, pas ça. Après. Vous m'avez dit de la fermer !* a-t-elle lancé d'un ton accusateur. *Vous m'avez dit ça !*

— *Mais non, pas du tout !*

Hou là là. Travailler à la fois au four et au moulin n'était décidément pas mon point fort.

— *Je vous assure, je n'ai pas dit ça. Sans doute aurez-vous mal compris. Votre conversation m'intéresse. Beaucoup. S'il vous plaît, continuez.*

Elle lui a décoché un regard dubitatif, et le type a hoché la tête.

— *Vraiment ?*

— *S'il vous plaît !*

— *Bon, d'accord. Donc, j'ai pensé m'inscrire au fan-club après « Material Girl », mais à l'époque, j'étais encore au lycée et mes heures de baby-sitting ne me rapportaient pas grand-chose alors je n'ai pas donné suite…*

— Comment avez-vous su que vous vouliez devenir organisatrice de mariage ?

De nouveau, la voix grave de Phil a fait interférence. *Dégage.* L'ordre a fusé avant même que je puisse l'arrêter.

— *… Comme actrice, elle ne se défendait pas mal non plus. C'est une superperformeuse, vraiment complète…* (Miss Casse-Cou s'est interrompue, et a froncé les sourcils.) *Très bien, j'y vais*, a-t-elle déclaré en écartant sa serviette.

Mr Menottes s'est levé précipitamment.

— *Attendez ! Qu'est-ce qui ne va pas ?*

— *J'apprécie votre franchise. De toute évidence, le courant ne passe pas entre nous, et vous n'avez pas envie de prolonger le martyre. Pas de problème. Inutile de me le dire deux fois*, a-t-elle lancé en empoignant son sac et en se dirigeant vers la porte.

— *Non, attendez...* (Il a voulu se lancer à sa poursuite mais la pointe de sa chaussure a heurté la chaise, qui, poussée par son élan, s'est renversée.) *Attendez-moi !*

J'ai quasiment bondi de mon tabouret.

— Hé là ! a protesté Phil en m'attrapant la main. Où allez-vous ?

— Je me casse. (J'ai libéré ma main, sans déploiement d'énergie superflu puisque j'aurais très bien pu arborer un gros SV – pour SuperVamp – bien voyant sur ma poitrine.) Seule.

— Je vous accomp...

Il a ravalé illico le reste de sa phrase car j'ai exécuté une volte-face, et fait un truc que jamais, en temps normal, je ne m'autorise en compagnie mêlée : je lui ai laissé voir la pointe de mes crocs.

— Ze m'en vais, ai-je zozoté d'une voix glaciale, sépulcrale. (Essayez un peu de parler avec deux crocs gigantesques qui dépassent.) Et si fous êtes malin, fous resterez où fous êtes.

Il a ouvert des yeux comme des soucoupes et s'est reculé sur son tabouret. On aurait dit que je venais de donner un coup de taloche à son chien.

Bon, d'accord – on aurait dit *plutôt* que je venais

de dévorer son chien. J'ai été assaillie d'un violent (et bref) accès de culpabilité.

J'ai rétracté mes crocs.

— Je dois y aller. Mais appelez-moi, à l'occasion, ai-je repris d'une voix radoucie et sans défaut d'élocution. (Je lui ai tendu une carte de visite et, lorsque nos mains se sont effleurées, sa terreur s'est évanouie.) Je vous trouverai quelqu'un. Pas moi, me suis-je empressée d'ajouter. Une autre. Tout aussi sympa que moi.

Et comme il n'avait pas l'air très emballé, j'ai ajouté :

— Et tout aussi sexy.

Que voulez-vous que je vous dise ? Je suis une bonne pâte. Quand ça va dans l'intérêt de ma petite entreprise, évidemment. Ce type était seul et en souffrait, il avait un boulot, il savait s'habiller, il avait beaucoup à offrir mais n'était pas assez dégourdi pour trouver chaussure à son pied. N'était-il pas le rêve de toute propriétaire d'agence matrimoniale ? Comment aurais-je pu le planter là en lui laissant l'impression que j'étais la Reine des Damnés ?

— On reparle de tout ça plus tard, ai-je promis.

— Mais…

Sans lui laisser le temps de rien ajouter, j'ai filé vers la porte et j'ai tapé dans le dos du maître d'hôtel.

— Excusez-moi, avez-vous vu sortir un couple, à l'instant ? Un type grand, un peu dégarni ? Accompagné d'une rousse qui fait une fixation sur Madonna ?

Le bonhomme a indiqué une direction du doigt et j'ai tourné la tête juste à temps pour voir le duo s'engouffrer à l'arrière d'un taxi, un peu plus haut dans la rue. La portière a claqué, les feux rouges à l'arrière ont diminué d'intensité et la Chevrolet jaune s'est élancée dans la circulation.

J'ai passé les dix minutes suivantes à essayer de héler un taxi avant de renoncer et décider d'y aller à pied. Si j'ignorais quelle était la destination du couple, je savais en revanche que, si mon intuition me disait vrai et que cet homme était bien le kidnappeur, il était en train d'emmener sa victime dans un lieu à l'abri des regards. Chez lui, donc. Ou chez elle. Ou dans un troisième lieu, connu de lui seul et où il les entraînait d'ordinaire, auquel cas ce ne serait vraiment pas de pot, puisque le questionnaire que je faisais remplir à mes clients ne comportait pas de case à compléter sous la mention : INDIQUEZ S'IL VOUS PLAÎT UN TROISIÈME LIEU CONNU DE VOUS SEUL ET IDÉAL POUR DÉCOUPER DES VICTIMES EN MORCEAUX. Je devais donc trancher entre les deux premiers…

J'ai décidé de filer chez Miss Casse-Cou, à SoHo, en quatrième vitesse – ou, du moins, du plus vite que me le permettaient mes chaussures, puisque j'avais décidé de mettre en sourdine ma faculté à me déplacer à une vitesse surnaturelle (n'oubliez pas, la discrétion avant tout!) en enfilant des escarpins à petits talons Christian Louboutin, dégotés en solde chez Barney's.

D'accord, *d'accord*, c'est vrai : Barney's ne solde jamais les modèles de Christian Louboutin. Mais cette paire affichait un prix très moyennement onéreux en comparaison des tarifs que pratique habituellement ce créateur, alors j'ai craqué.

Talons ou pas, ça ne changeait rien au problème : si je m'étais mise à enjamber d'un bond les immeubles, j'aurais pu faire une croix sur mon principe de discrétion. Donc, j'ai fait le meilleur usage possible des trottoirs et j'ai dépoussiéré le terme *marche sportive*.

Quand je suis arrivée à destination, la rue était

déserte. Soit ils m'avaient coiffée au poteau et Miss Casse-Cou était déjà montée chez elle. Soit ils avaient choisi d'aller chez lui.

J'ai gravi le perron et sonné chez elle. J'ai attendu. Rien. À l'évidence, elle n'était pas là.

Je m'apprêtais à faire demi-tour quand j'ai entendu un crissement de pneus. Une tache jaune est apparue dans mon champ de vision périphérique. J'ai tourné aussitôt la tête et j'ai vu le taxi apparaître à l'angle de la rue, puis foncer vers moi. Mon cœur s'est arrêté de battre. Ma gorge s'est nouée. J'ai lancé un regard paniqué sur ma gauche, puis j'ai sauté par-dessus la rambarde du perron. Dissimulée dans l'ombre de l'immeuble voisin, j'ai regardé le taxi freiner sèchement devant moi.

La portière s'est ouverte. Mes deux tourtereaux en sont descendus. Apparemment, ils avaient résolu le problème relatif au « Dégage » car ils avaient l'air joyeux. Ils ont grimpé les marches en riant, main dans la main. Main dans la main ? En riant ? Et en s'embrassant ?

Quand je les ai vus s'étreindre, j'ai commencé à me dire que j'avais peut-être fait fausse route. Ce type n'était peut-être pas le kidnappeur. Et les menottes que j'avais aperçues quand j'avais regardé dans ses yeux n'étaient peut-être que l'image résiduelle d'un quelconque navet qu'il avait vu récemment.

Peut-être.

Probablement.

— Tu as de beaux yeux, tu sais.

Bon, d'accord – c'était sans doute le compliment le plus ringard, le plus éculé, mais par une si belle, si romantique nuit de pleine lune, c'était plutôt mignon.

Soupir.

Il était impossible que ce type adorable – quoique d'une banalité affligeante – soit un kidnappeur sans foi ni loi.

— J'ai vraiment passé une soirée très agréable, a murmuré Miss Casse-Cou quand ils ont repris leur souffle.

Il s'est penché vers elle pour l'embrasser de nouveau, tendrement, comme s'il avait tout le temps du monde et voulait le lui consacrer.

— Moi aussi.

Soupir à fendre l'âme.

— J'adorerais qu'on se revoie. Si tu veux bien, évidemment.

— Si tu veux savoir…, a-t-il répondu en faisant glisser sa main le long de son dos, jusqu'au creux de sa nuque, où il a entrelacé ses doigts dans les cheveux. J'adorerais moi aussi. (Il a resserré sa prise et la fille s'est raidie.) Mais j'en ai ma claque de jouer au gentil.

Sur ce, il l'a poussée dans le hall de l'immeuble et la porte s'est refermée derrière eux en claquant.

Oh mon Dieu. OH MON DIEU. OH. MON. DIEU.

C'était lui ! C'était bien lui. Et il allait… Et j'allais…

Je devais l'en empêcher. D'abord, je devais appeler Ty, et ensuite je devais l'en empêcher. Non, d'abord je devais appeler Ty, puis attendre qu'il arrive pour prendre le type la main dans le sac, et ensuite je devais l'en empêcher. Ouais, c'était ça le plan.

J'ai attrapé mon téléphone et composé le numéro.

— Ouais ? a répondu Ty de sa voix grave.

— Rappliquez immédiatement.

— Qui est à l'appareil ?

— Lil, et je tiens votre kidnappeur. Il est là, et il est

sur le point d'en choper une autre. (*Choper*? Depuis quand parlais-je ainsi? Ah oui! Depuis que j'avais décidé de rôder dans les ruelles pour capturer des kidnappeurs en série et sauver ma petite entreprise.) Faites vite!

Je lui ai indiqué l'adresse, et sitôt que j'ai eu raccroché, je me suis creusé la tête pour trouver comment gagner du temps en attendant l'arrivée de Ty.

J'ai fouillé dans mon sac et j'en ai sorti une mini-bombe de laque. Si jamais la situation m'échappait vraiment des mains, ça pourrait me servir.

De la laque? Alors que j'avais des crocs? Quel genre de créature nocturne et maléfique étais-je, pour ne serait-ce qu'*envisager* de me défendre avec une bombe aérosol?

Pff. Le genre matérialiste, évidemment. Je portais mon nouveau mini-tee-shirt Guess, celui avec des incrustations de strass. Il ne m'avait pas coûté des cents et des mille, mais qui dit *strass* dit nettoyage à sec. Ce qui interdit les effusions de sang et les morceaux de chair qui volent partout. Et puis, même si je pouvais mater l'agresseur grâce à ma force surnaturelle, je préférais avoir du renfort, au cas où lui aussi serait armé.

Bombe bien en main, j'ai intimé l'ordre à mes pieds de se décoller du sol, et j'ai flotté jusqu'au huitième étage.

J'ai regardé à travers toutes les fenêtres de la façade et, à l'instant où j'allais contourner l'angle du bâtiment, une voix grave et familière a lancé, dans mon dos :

— Où sont-ils?

J'ai fait volte-face. Ty, en pantalon de cuir et tee-shirt noirs, était aussi ténébreux et délicieux que d'habitude, mais ce soir-là, il avait renoncé à son maxi-manteau, et ça, je ne savais pas trop s'il fallait s'en réjouir, ou s'en inquiéter. Je voyais ses muscles ondoyer sur ses avant-bras. L'étoffe souple de son tee-shirt mettait en valeur son torse large et sa taille fine. Ténébreux et délicieux? Bien mieux que ça : ce mec me mettait carrément l'eau à la bouche.

Réaction proprement idiote de ma part, puisqu'il était un *converti*. Et qu'il n'avait strictement rien à me donner. Sauf, peut-être, quelques ébats très, très chauds. Ça, oui – il semblait parfaitement en mesure de me l'offrir.

— Lil? Ça va? s'est-il enquis, front plissé.

Mon esprit s'est arraché d'un coup d'un seul à ce caniveau dans lequel il se vautrait, où le stupre régnait en maître et où les taux de fertilité comptaient pour des cacahuètes.

— Vous avez fait vite.

Trèèèès original, Lil. Évidemment qu'il avait fait vite. Il était un vampire.

— Où sont-ils?

— Quelque part, à cet étage. (Nous avons contourné l'angle du bâtiment, et plusieurs fenêtres plus loin, nous avons trouvé ce que nous cherchions.) Je le savais! me suis-je exclamée.

Derrière la fenêtre, Mr Menottes était en train de nouer un bandeau noir sur les yeux de Miss Casse-Cou, dont les poignets étaient emprisonnés, dans son dos, avec les menottes que j'avais aperçues dans les pensées du bonhomme. Puis il a brandi, dans une main, une ceinture de cuir et dans l'autre, un énorme… *Quoi?* D'où il sortait, ce vibromasseur noir?

— Je n'ai pas l'impression qu'il s'agisse d'un kidnapping, a observé Ty tandis que nous regardions la scène qui se déroulait sous nos yeux.

Ma gorge était soudain devenue sèche, mais j'ai réussi à articuler, d'une voix éraillée :

— Non, il ne s'agit pas d'un kidnapping.

Mais d'un scénario cent fois plus plaisant. Et j'assistais au spectacle en compagnie de Ty Bonner – le vampire le plus sexy du monde, dont je rêvais qu'il me caresse comme ça, et plus encore.

Vous m'en direz tant.

22

Naturellement, j'aurais dû craindre qu'on me surprenne à rôder ainsi devant des fenêtres qui n'étaient pas les miennes, au huitième étage d'un immeuble. Or c'était le cadet de mes soucis.

Voilà ce qui s'appelle se voiler la face : c'est à cause de ce genre d'imprudence que Bigfoot, le yéti ou l'abominable homme des neiges ont disparu de la surface de la terre. À l'époque, mon papa a ramassé un joli pactole en pariant avec ses copains sur le nombre de clichés nécessaire aux SCS pour localiser la colonie et faire la peau à ces pauvres choses à poil (SCS étant l'acronyme des Snipers de Créatures Superflues – en d'autres termes, des chasseurs de vampires, de loups-garous et de tout ce qui croise leur route à la nuit tombée). Tout bien considéré, si les créatures aux grands pieds ont été annihilées en deux temps trois mouvements, c'est parce que quelques-unes d'entre elles n'ont pas su résister aux offres des paparazzi et à l'appel du quart d'heure de gloire.

Certes, je me trouvais à l'arrière d'un immeuble, en

surplomb d'une ruelle déserte. Mais en flottant là, je m'offrais à la vue de tous les occupants des immeubles environnants, et naturellement, à celle du couple qui se livrait à des jeux coquins derrière la fenêtre. Effrayante perspective, non ? Ou, du moins l'aurait-ce été si mon radar avait étendu son champ d'action au-delà du mordu qui flottait pile derrière moi.

Ce gars-là n'exhalait rien de suave. Il sentait le grand air, la force brute, sauvage, et le cuir – un puissant mélange musqué que je respirais à pleins poumons, et qui a arraché pour toute réponse un gargouillement à mon estomac. Une réaction insensée, je le savais. J'étais supposée m'intéresser à un *sang pur* riche et décadent. *Des odeurs suaves*, me suis-je rappelé. Or il n'y avait pas la moindre trace de suavité chez Ty Bonner.

Rien d'étonnant à ce que je le désire.

Désire ?

Bon d'accord, je le désirais. Et pas qu'un peu. Cela étant, je ne faisais rien pour encourager un passage à l'acte. Ty n'était en rien le vampire fait pour moi, et ce pour un milliard de raisons : il était un converti ; j'avais renoncé à perdre mon temps avec des aventures sans lendemain ; il ne savait même pas ce qu'était le taux de fertilité ; il se fichait complètement de mon quotient orgasmique… Hé, minute ! À quoi avais-je renoncé ?

J'ai eu beau tenter de m'en souvenir, la fragrance de Ty embrumait mon cerveau et j'avais soudain un mal fou à me concentrer. Je frissonnais, mon corps oscillait, mon équilibre vacillait – et j'ai bien failli plonger tête la première dans la ruelle.

— Attention, a chuchoté Ty. (Sa main puissante s'est glissée autour de ma taille pour m'attirer contre lui. Ses lèvres ont effleuré mon oreille et un frisson m'a parcouru l'échine.) Qu'est-ce qui ne va pas ? Vous vous êtes nourrie, ce soir ?

— Non.

Évidemment, que je m'étais nourrie ! Mais je n'allais pas le lui dire, sinon, il m'aurait fallu expliquer pourquoi j'avais perdu l'équilibre. *Vous sentez si bon que ça me brouille le cerveau.* Pas question !

— Je n'ai pas arrêté de courir dans tous les sens, ai-je expliqué. Je comptais croquer un morceau plus tard, une fois que j'aurais terminé.

— La plupart des vampires se nourrissent d'abord et se mettent au boulot ensuite. (Sa paume posée bien à plat sur mon estomac, il me tenait fermement contre lui.) Cela dit, vous, vous sortez du lot. Du lot de ceux que j'ai rencontrés, du moins.

Sa remarque m'a fait frissonner de la tête aux pieds. J'ai été submergée par l'envie de me retourner, de coller plus étroitement mon corps contre le sien. La pointe de mes seins s'est durcie, ma bouche est devenue sèche, j'ai senti des picotements dans les oreilles, et le bruit frénétique de la circulation dans les rues avoisinantes s'est estompé. Je n'entendais plus que le battement régulier de son pouls. Lent, calme, hypnotique. Une fringale s'est mise à me dévorer de l'intérieur. Je voulais sentir son goût sur ma langue, presque autant que je voulais le toucher.

Presque.

J'ai ravalé ce désir impétueux et j'ai tenté de me ressaisir. *Réfléchis ! Ne perds pas de vue l'essentiel.*

L'essentiel ? Ah oui, le taux de fertilité, c'est bien ça ? Je devais penser à l'avenir. En d'autres termes, trouver le vampire héréditaire idéal en possession du meilleur taux de fertilité qui soit, afin de donner naissance à de magnifiques bébés vamps.

Mais… était-ce vraiment l'essentiel ? J'ai inspiré profondément pour m'imprégner de l'odeur de Ty et, tout d'un coup, je ne savais plus trop. En fait (autre inspiration profonde), entre un homme sexy et un homme fertile, mon choix était vite fait.

— On devrait y aller, a chuchoté Ty. Je ne crois pas que se faire administrer une fessée soit interdit par la loi.

J'ai suivi son regard. Casse-Cou (qui se trouvait dans le plus simple appareil, à l'exception du bandeau et des menottes) était ployée en deux au-dessus du lit tandis que Mr Menottes lui flagellait l'arrière-train avec un boa en plumes noires qu'il avait extrait du tiroir de la table de nuit. Elle a gémi de plaisir, et mon estomac a chaviré.

— Aucune loi ne réprouve l'usage gratuit de la force ?

Je ne voulais pas m'en aller. Pas encore. Pas tandis que Ty se tenait tout contre moi, et qu'il sentait si bon. Et puis, regardons les choses en face : cela faisait si longtemps que je n'avais pas approché un homme d'aussi près que j'étais affamée de contact.

Bon, c'était mon histoire du moment et je m'y tenais.

— On ne peut pas dire qu'il fasse usage de sa force. (La voix grave de Ty a hérissé le duvet de ma nuque.) Elle le provoque, et il lui donne ce qu'elle veut.

Casse-Cou s'est débattue pour se libérer de ses entraves, puis elle a lâché un chapelet d'injures qui m'a fait rougir jusqu'aux oreilles. (Une première, car n'étant pas née de la dernière pluie, j'ai entendu, grâce à mes trois frères, tous les jurons connus à ce jour. La plupart m'ont même échappé une ou deux fois. Parce qu'on m'avait provoquée, naturellement.)

— Si tu continues à me chercher, tu vas le payer. Tu le sais, hein ?

— Oui, a soufflé Casse-Cou avant de lâcher une bonne douzaine de noms d'oiseaux que l'intéressé a accueilli avec le sourire.

— Si tu t'obstines à faire ta vilaine, je serai obligé de te punir en conséquence. Tu sais ce qui arrive aux vilaines filles ?

Une autre fessée avec le boa en plumes noires ?

Ty et moi avons regardé les plumes glisser sur le dos pâle de la femme. Elle hoquetait et gémissait, et moi, je sentais des picotements sur ma peau, là où était posée la main de Ty, juste au-dessus de la ceinture taille basse de mon jean DKNY. Son bassin était collé contre mes reins, je peux vous dire qu'à lui aussi tout cela faisait de l'effet (et pas qu'un peu). Tandis que gémissements et halètements continuaient à résonner dans mes oreilles – dont certains de mon fait, lorsque ses lèvres ont effleuré mon lobe – ses doigts sont venus s'enrouler autour de mes côtes et son pouce a effleuré le dessous de mon sein.

Oui, c'est vrai, les vampires n'ont pas impérativement besoin d'oxygène. Nous respirons, comme tout le monde, mais pour nous, ça n'a rien d'un acte vital. C'est notre cœur qui nous revivifie en pompant le sang, donc c'est lui notre seul organe vital.

Et pourtant, il me semblait justement que mes poumons étaient en manque d'oxygène. Je respirais difficilement, par saccades. Je *haletais* – vous imaginez ? Tous mes nerfs étaient en alerte rouge, affolés par la proximité de ce corps sublime blotti contre le mien qui ne réclamait qu'une seule chose : une plus grande proximité. Si possible sans vêtements. Et en prélude à un orgasme spectaculaire. Suivi d'un autre, et d'un autre et...

— On devrait y aller.

— On devrait faire tout un tas de choses, mais s'en aller n'en fait pas partie. (Cette pensée m'a échappé avant que je puisse la retenir.) Enfin, à moins que vous n'y teniez.

— Non, pas spécialement. Pour l'instant, j'ai plutôt envie de rester ici.

Il a mordillé mon lobe et j'ai penché la tête de côté pour lui faciliter la tâche. J'ai senti sur ma peau la caresse fraîche de son souffle et, l'instant d'après, le contact de ses lèvres, sur la naissance de ma mâchoire. Puis, de la pointe de la langue, il s'est aventuré le long de mon cou.

C'était si délicieux que je n'imaginais pas que ça puisse l'être plus encore. Mais ensuite, j'ai entendu une longue inspiration, accompagnée d'un sifflement, suivie d'un grommellement guttural puis j'ai senti la pointe acérée de ses crocs glisser sur la chair tendre de mon cou.

Il voulait me mordre. Je le savais, au plus profond de moi, et je le sentais à cette tension qui lui raidissait le corps, et à cette érection qui se pressait contre mes reins.

Il me voulait, de toutes ses forces.

Alors, qu'attendait-il pour me mordre ?

Au lieu de promener ses lèvres entrouvertes le long de mon cou, d'effleurer ma peau du bout de la langue, jusqu'à ce que je ne puisse plus le supporter...

— Allez-vous vous décider à m'embrasser, oui ou non ? ai-je lâché dans un souffle.

Il suffisait sans doute de demander.

Il m'a fait pivoter et ses lèvres se sont emparées des miennes avec une telle avidité que mon vertige a repris de plus belle. Il m'a mordillé la lèvre, puis sa langue a cherché la mienne. Je me suis sentie flotter de plus en plus haut. C'était le baiser le plus délicieux de ma vie. Ce qui n'est pas peu dire – depuis le temps que j'étais dans les parages, j'avais eu l'occasion d'en embrasser, des hommes. Mais lui, avec sa fougue, son ardeur, sa voracité, il me faisait oublier tous les autres.

Il n'y avait plus que lui. Et moi.

— … Arrête, arrête ! Il y a quelqu'un dehors, à la fenêtre !

Enfin… Il y avait lui. Moi. Et deux amateurs de polissonneries.

À l'instant où j'ai rouvert les yeux, Ty s'écartait de moi et nous avons regardé en direction de la fenêtre juste à temps pour voir Casse-Cou se dégager précipitamment de sous un Mr Menottes en toute petite tenue.

— Regarde ! s'est-elle écriée d'une voix stridente, les yeux écarquillés, en me montrant du doigt. Je t'avais bien dit qu'il y avait quelqu'un dehors…

Je n'ai pas entendu la suite car Ty m'avait empoigné la main pour m'entraîner dans une descente en piqué jusque sur la terre ferme.

J'ai atterri dans une flaque verdâtre qui avait suinté d'une poubelle voisine – détail qui aurait mis à mal le romantisme de l'instant si le fait de s'être fait surprendre en plein délit de voyeurisme ne s'en était pas déjà chargé.

— Vous croyez qu'ils vont appeler la police ? ai-je

demandé en examinant le magma infâme qui maculait mes chaussures.

— Pour leur dire quoi ? Qu'un couple de vampires lévite devant leurs fenêtres au huitième étage ?

— Bien vu.

Aucun de nous ne bougeait, et un silence bizarre s'est installé.

— Je dois y aller. Quand vous avez appelé, je partais rejoindre un inspecteur du septième district, qui patauge dans une enquête criminelle. Je me suis dit que j'allais profiter d'être en ville pour lui donner un coup de main. On ne sait jamais, peut-être que j'aurai besoin à mon tour de lui demander un service, un jour.

— Je comprends. Vous vous caressez mutuellement dans le sens du poil.

— C'est ça.

— C'est bien.

J'ai passé la langue sur mes lèvres. Elles avaient le goût de sa salive. Mon estomac a fait un petit saut périlleux et mon cœur a accéléré. J'avais une envie irrépressible de lui arracher son tee-shirt et de le caresser, moi aussi, dans le sens du poil. Peut-être que, si je m'y prenais bien, il serait enclin à caresser le mien en retour et de là, nous pourrions...

— Écoutez, on fait fausse route, à bien des égards, ai-je lâché précipitamment avant de m'enfoncer plus loin dans le pays des folies. Vous... Moi... C'est juste pas possible. Vous le savez. Je le sais. Il ne peut rien se passer.

— Vous avez raison. Il ne peut rien se passer. En ce qui concerne ce soir, du moins, a-t-il ajouté avec un clin d'œil.

Ni ce soir ni jamais, voulais-je ajouter. Mais on aurait

dit que prononcer ces mots était au-dessus de mes forces. Du moins tant qu'il restait là à me dévisager avec ce sourire mi-figue, mi-raisin, comme s'il savait quelque chose que, moi, j'ignorais. Il a étréci ses yeux d'un bleu plus fluorescent que jamais et une fossette a creusé sa joue ombrée de barbe naissante.

D'un coup d'un seul, cette expression s'est évanouie et il a froncé les sourcils.

— Vous n'auriez pas dû suivre cet homme seul et de votre propre initiative, a-t-il assené d'une voix froide, cassante. S'il s'était agi du kidnappeur, vous n'auriez fait qu'aggraver la situation. Cette fois, il aurait pu faire deux victimes au lieu d'une.

J'ai lâché un petit rire sarcastique alors que je ne rêvais que de deux choses : 1) lui décocher un pain dans le nez pour oser suggérer que je n'étais pas capable de veiller sur moi-même et 2) l'attirer tout contre moi et l'embrasser jusqu'à ce qu'il retrouve son sourire.

— Je peux prendre soin de moi, et de n'importe qui d'autre. Je suis une vampire, l'auriez-vous oublié? ai-je ajouté en feignant une condescendance d'aristo pur sucre.

— Ce n'est pas moi qui passe mon temps à l'oublier, m'a-t-il rétorqué en fixant le trottoir. (Il s'est penché et a ramassé... la bombe de laque que j'avais laissée tomber lorsqu'il était venu flotter derrière moi.) Vous comptiez en faire quoi? Vous en servir pour faire une mise en plis au bonhomme?

— Qu'est-ce qui vous fait croire qu'elle est à moi?

— C'est sûr. Elle appartient sans doute à ce sans-abri, là-bas. Il n'a pas de quoi s'offrir un loyer, mais il peut claquer vingt dollars dans un spray de laque.

— Vingt-cinq, ai-je corrigé. Et certes, je n'avais pas

l'intention de mettre Mr Menottes en lambeaux s'il avait vraiment été le kidnappeur, mais ça ne signifie pas pour autant que je n'en suis pas capable. (J'ai brièvement exhibé mes crocs, avant de lui arracher ma bombe de laque des mains.) Elle a dû tomber de mon sac pendant que je lévitais.

— Oui, c'est certainement ça.

— Dites-moi, vous n'aviez pas du poil à aller caresser?

— Appelez-moi si vous suspectez quelqu'un d'autre.

Ce « si » m'a turlupinée tandis que je regardais Ty s'éloigner dans la rue. Mon corps tremblait, mes tétons étaient au garde-à-vous. Ma peau me démangeait, j'étais tendue, nerveuse et jamais de ma vie une telle soif ne m'avait tenaillée.

Juste quelques gorgées, et j'allais me sentir mieux.

Mon regard est allé se braquer sur le sans-abri que Ty avait mentionné. Il était adossé contre un mur, les yeux clos, la main refermée sur une bouteille de vin, vide. Le battement régulier de son cœur a résonné dans mes oreilles. L'odeur tiède et alléchante du sang dominait les relents de bière éventée et de reliefs de thon. Je me suis approchée.

Ka-boum. Ka-boum. Ka-boum.

Je me suis agenouillée à côté de lui et je lui ai commandé mentalement d'ouvrir les yeux.

Il a battu des paupières. Son regard a fait le point, s'est éclairé quand il m'a vue et, aussitôt après, ses pupilles se sont dilatées d'effroi.

— Qu'est-ce que…, a-t-il bafouillé.

Mais je l'ai touché et d'une légère pression des doigts sur son bras, j'ai dissipé sa peur, qui a laissé place à une expression de pur ravissement.

Je me suis penchée vers lui, et il s'est penché vers moi et…

— Viens, approche, a-t-il chuinté, tenaillé par un désir qui allait grandissant. Prends-moi, bébé.

Prends-moi, bébé ? La réplique à deux sous a dégrisé mes sens embrumés par la soif sanguinaire et m'a ramenée brutalement à la réalité, et au fait que j'avais été sur le point de me désaltérer à ce pauvre hère.

Bien pis : j'avais *désiré* me désaltérer de son sang. J'avais voulu planter mes crocs dans son cou et sentir sa force vitale affluer dans ma bouche. Il y a eu un frémissement d'épouvante dans mon soutien-gorge et une vague de remords a déferlé en moi.

À quoi rimait de vouloir marier la terre entière ? C'est surtout moi, que je devais caser, et dare-dare. Sinon…

Mon regard a fait le point sur l'ivrogne malodorant et mon estomac a exécuté un saut périlleux. J'ai fait demi-tour et quitté les lieux aussi précipitamment que le permettaient mes Christian Louboutin. De là, j'ai regagné mon bureau, avec une seule pensée en tête : me trouver un homme, pour moi.

Bon, d'accord, j'avais deux pensées en tête : me trouver un homme, et me livrer à toutes sortes de vilains petits jeux avec lui.

Mais une chose après l'autre.

23

J'ai passé les deux heures suivantes à éplucher divers dossiers d'inscription. Et si, personnellement, je n'ai rien trouvé à me mettre sous la dent, j'ai eu la main heureuse en dénichant un cavalier potable pour Mrs Wilhelm – certes, humain et âgé à peine de trente-trois ans, mais qui appréciait les femmes mûres et adorait la danse de salon. À défaut d'avoir le profil d'un compagnon d'éternité, il ferait l'affaire pour un second rendez-vous « d'entraînement » – ce qui me permettrait de gagner du temps avant de devoir lui présenter un prétendant digne de ce nom.

J'ai également trouvé à caser trois autres clients, dont une employée de banque de SoHo avec un graphiste. Ils aimaient tous les deux courir à Central Park et manger du tofu. Je sais. Vous parlez d'un jackpot. Qui aurait cru qu'il existait deux tofuvores dans le monde ? Et que, cerise sur le gâteau, ils s'adresseraient à la même agence de rencontres ? Le troisième gagnant de la soirée ? Jerry Dormfeld – le bonhomme qui se baladait avec un hot dog tatoué sur le cerveau, et qui semblait parfait pour Melissa. Bien plus encore que les deux autres candidats que je lui avais fait rencontrer pour la distraire de Francis. *Bingo.*

On aurait pu penser que plusieurs heures de travail auraient eu l'effet d'une douche bien froide sur ma libido. Mais ce n'est pas pour rien qu'on nous taxe, nous les vampires héréditaires, d'êtres sensuels, portés sur l'amour et le sexe. Lorsque j'ai laissé des instructions à l'intention d'Evie afin qu'elle finalise les détails de ces deux alliances – lieu, heure et interdits vestimentaires –, je pensais encore à Ty Bonner, à son baiser, et au besoin qui me tenaillait de remettre ça.

Pas avec lui, notez bien. Ç'aurait été comme lécher une goutte de sang tout en sachant qu'il vous est interdit de vider le verre. En termes humains, ça revient à contempler une boîte XXL de chocolats Godiva et se contenter d'une minuscule bouchée.

Expérience pénible, s'il en est.

J'avais juste besoin de quelqu'un qui m'aide à faire retomber la pression. Qui détourne mes pensées de Ty. Et possède de sublimes lèvres dont il saurait faire bon usage.

— Ne sommes-nous pas tous et toutes dans le même cas ? a demandé Evie quand je l'ai appelée, juste avant minuit, pour lui expliquer mon dilemme. (Elle était en train de regarder une rediffusion d'un épisode des *Experts* en compagnie d'un pot géant de Cherry Garcia, Ben & Jerry's.) Là tout de suite, je ne vois pas, mais demain matin, dès que j'arrive, j'explore la base de données et je vois si je peux trouver quelqu'un pour ton amie.

Bon, d'accord, je n'avais pas exactement expliqué *mon* dilemme. C'était une chose d'admettre à mes yeux que j'avais atteint le fin fond du désespoir, et une autre de me confier à mon employée. Par ailleurs, j'avais une image à entretenir et je ne voulais pas qu'Evie s'imagine qu'il ne s'agissait que d'une façade.

Je l'ai écoutée quelques instants me raconter l'épisode qu'elle était en train de regarder, puis je l'ai mise au courant des rendez-vous auxquels je comptais procéder.

— Quel dommage que Mrs Wilhelm n'ait pas été intéressée par mon oncle. Il a vraiment passé un moment délicieux.

— Il a passé son temps à roupiller, oui.

— À quatre-vingt-treize ans, c'est ce qu'on appelle un moment délicieux.

— Certes.

Nous avons bavardé une nanoseconde de plus, puis Evie a dû raccrocher : la page de pub était terminée (son décodeur-enregistreur refusant toujours de se montrer coopératif, elle devait donc regarder les programmes en temps et en heure) et il lui fallait se réapprovisionner en glace.

Bon, au boulot, me suis-je ordonné. *Oublie Ty. Oublie le baiser. OUBLIE.*

C'est comme si c'était fait.

J'ai consulté mes e-mails, j'ai surfé sur le Net et salivé devant une ravissante jupe trapèze d'Ann Taylor, puis je me suis livrée à une petite séance de brainstorming pour identifier de nouveaux filons de clientèle – épiceries ouvertes jour et nuit, distributeurs bancaires, cinémas.

Bon, d'accord, peut-être avais-je encore un minuscule problème à régler. C'est la conclusion à laquelle je suis arrivée lorsque j'ai refermé mon ordinateur et attrapé mon blouson en jean brodé de perles (pas une de mes acquisitions les plus onéreuses, mais vraiment trognon). Les picotements sur mes lèvres continuaient.

Ah... Et d'autres picotements allaient bon train en d'autres lieux que la pudeur m'oblige à ne pas nommer.

— On va où ? s'est enquis le chauffeur, tandis que mes picotements et moi nous engouffrions sur la banquette arrière.

Je me suis efforcée d'ignorer le pouls qui pulsait délicieusement sur son cou.

Lil ? Ce cou est gras. Relié à un visage gras, des cheveux grisonnants, une moustache grise et broussailleuse, et des dents tachées. As-tu perdu la tête, ma fille ? N'y pense même pas.

Mais le fait est que j'y pensais.

— Hoboken, ai-je lâché d'une voix étranglée. Vite.

Normalement, j'évite d'aller dans le New Jersey tout autant que j'évite d'aller à Brooklyn, mais là, j'avais *vraiment* besoin de parler. Si j'avais eu besoin d'une séance de shopping, j'aurais foncé au Waldorf et détourné Nina I de son boulot. Mais la science du langage et la compassion, c'était du ressort de Nina II. Et afin de tenir ma panique en respect pendant le trajet jusqu'à l'usine de produits sanitaires dont mon amie dirigeait le service comptable, j'ai inventé quelques occupations.

— Ça ne peut pas être bon pour la santé de travailler dans un endroit pareil, ai-je assené à Nina II quand je suis entrée dans son bureau, une heure plus tard.

Pour votre information, j'avais réussi à ne pas exhiber mes crocs et à ne pas molester le chauffeur de taxi.

Ou si peu.

Nina II, qui était penchée sur son ordinateur, a relevé la tête. Ses cheveux châtains étaient tirés sobrement en queue-de-cheval. Son maquillage était minimal et elle arborait comme toujours un air sérieux.

— Nous ne relâchons aucune substance toxique dans l'air. Ici, on se contente de stocker, d'emballer, et d'expédier. Toute la production est réalisée dans notre usine de Philadelphie, puis acheminée ici pour le conditionnement, avant la mise en rayon.

Il fallait qu'elle arrête d'urgence la lecture de plaquettes publicitaires.

— Je ne parle pas de la qualité de l'air. Mais de celle du décor. (J'ai regardé autour de moi en grimaçant.) C'est *beige*.

— Ah…, a fait Nina en suivant mon regard. J'aime bien le beige.

— Et cet écossais… Plus personne ne donne dans l'écossais.

— C'est un écossais jaune et orange. Les couleurs de la marque, a souligné Nina en s'écartant de son bureau. Quel bon vent t'amène ici ? (Un éclair d'inquiétude est passé dans ses yeux.) Ce n'est pas Nina, n'est-ce pas ? Ne me dis pas qu'elle a encore acheté un bracelet chez Tiffany !

J'ai aussitôt oublié mes hormones et mon rythme cardiaque s'est accéléré.

— Elle a acheté un bracelet chez Tiffany ? Quand ?

— Avant-hier. Elle ne t'en a pas parlé ?

— J'étais un peu occupée, et je n'ai pas eu l'occasion de l'appeler. (J'ai souri.) Il est comment ? Elle va le porter avec quoi ? Combien il a coûté ? Il m'a l'air drôlement cool, ai-je conclu une fois que j'ai eu récolté toutes les infos nécessaires et reconstitué une image mentale précise de la nouvelle acquisition de Nina I. Et super cher.

— Trop cher ! Elle aurait pu investir dans trois SICAV différentes et ouvrir un compte à terme à cinq ans. Qui n'aurait pas envie d'un compte à terme qui rapporte *huit* pour cent ?

— Oui, ça me dépasse.

Nina s'est reculée contre son dossier en me dévisageant.

— Tu l'as dit. Et toi, qu'est-ce qui t'arrive ?

J'ai embrassé un mordu.

C'était là, sur le bout de ma langue, mais allez savoir pourquoi, je n'arrivais pas à le pousser plus loin.

Lil ? C'est Nina. Tu lui as parlé de tes autres baisers – avec des mordus, ou autres.

Oui mais justement voilà – jamais jusque-là je n'avais embrassé de mordu, et je ne savais pas trop quoi penser de cette affaire. Et je savais encore moins ce qu'une de mes meilleures amies au monde allait en penser. Et si soudain elle voyait en moi le rebut du genre vampirique et me jugeait désormais indigne de sa compagnie ? Vous imaginez ?

Bon, d'accord – je savais pertinemment qu'elle ne penserait pas ça. Néanmoins, j'étais bien moins pressée que d'habitude de lui faire part de cette petite information d'ordre privé. J'étais encore trop occupée à me rejouer mentalement la scène, pour tenter de la classer dans le tiroir étiqueté « ÉPISODES DE FOLIE FURIEUSE ».

— Je suis en train de me dire que le travail, c'est pas la franche rigolade, ai-je annoncé à la place. Et que j'ai peut-être besoin de faire un break.

— J'ai du travail par-dessus la tête. Je n'ai pas le temps pour une virée sur Madison Avenue.

— Personnellement, je préfère la 5e Avenue, mais ce n'est pas de ça dont je parle. (Je me suis éclairci la voix.) Le truc, tu vois, c'est que je me sens très isolée et…

Voyons… Comment pouvais-je tourner cela sans passer pour une fille déséquilibrée et en demande ?

— Disons que je suis un peu tendue, ces derniers temps, et je pense que, si je pouvais relâcher un peu la pression, ça pourrait me remettre les idées en place.

— O… kay.

— Tu vois, j'ai accumulé beaucoup de frustrations, et j'ai besoin de leur trouver un exutoire.

Une lueur de compréhension a passé dans les yeux de mon amie ; elle a souri.

— Pourquoi ne l'as-tu pas dit plus tôt ? Tu as besoin d'une balle antistress. (Elle a plongé la main dans son tiroir et en a sorti une balle jaune et molle sur laquelle était inscrit en lettres orange pétard « WELLBURTON POUR VOUS SERVIR MESDAMES ».) Ça ne peut pas te faire de mal. On les offre à nos clientes, mais les employés les adorent aussi. Personnellement, rien que cette année, j'en ai usé plusieurs.

— Franchement, je ne crois pas que j'aie besoin d'une balle antistress, ai-je répondu en la mettant de côté.

— Que dirais-tu d'une pince à ressort ? (Elle a sorti un objet qui ressemblait à une paire de tenailles, qu'elle a actionné.) Je connais une boîte qui en fabrique de très résistantes, spécialement conçues pour les vampires, que tu peux actionner jusqu'à ce que tu louches.

— Je n'ai pas besoin de pince à ressort.

— Un tac-tac, alors ? (Elle a attrapé le bidule qui était posé au coin de son bureau : une rangée de boules en argent, suspendues à un cadre en bois. Il fallait écarter une boule puis l'envoyer cogner sur les autres.) Ça peut être très apaisant. Je sais, à première vue, ça n'en a pas l'air. Le bruit est un peu agaçant, mais si tu suis le mouvement et si tu te concentres, ça peut être apaisant. *Tac-tac-tac-tac-tac-tac*...

— J'AI BESOIN DE M'ENVOYER EN L'AIR, ai-je lâché en m'emparant des boules à deux mains.

Le bruit s'est arrêté et mes nerfs se sont apaisés suffisamment pour faire taire mes pulsions homicides et me ramener au pays où existe la notion d'écarts de conduite.

— Un besoin effroyable, ai-je poursuivi.

— Ah..., a fait Nina, avec une expression bizarre. Écoute, Lil, j'adorerais t'aider. Vraiment. Tu es une excellente amie et j'accorde une grande valeur à notre relation. Et c'est parce que je lui accorde une grande valeur que je dois te dire non. (Elle a secoué la tête.) Je ne peux pas faire ça. Tu vois, j'y ai déjà pensé. Quelle femme n'y a jamais pensé ? Mais jamais sérieusement. J'aime les hommes.

— Pas avec *toi*. Je parlais en général. Le sexe me manque. Ça me manque de m'endormir avec quelqu'un. Et de me réveiller avec lui. Et... Bon, voilà, ça me manque, ai-je conclu en secouant la tête.

— Qu'est-ce que tu vas faire ?

Elle savait, comme moi, ce que je pouvais faire. Je pouvais ramasser le premier venu, m'offrir un petit intermède et m'en tenir là. Mais je connaissais la chanson. J'avais déjà fait ça. Aussi tentée que je pouvais l'être, je savais que ce ne serait qu'une solution temporaire. Et que, dans six mois, j'en serais, au même point. Dans six mois, ou dans soixante ans, ou dans six cents…

— Peut-être ai-je été un peu trop dure avec ma mère. (Quand je vous disais que j'étais désespérée !) Elle m'a présenté quelques prétendants tout à fait convenables. Le dernier, ce Wilson Harvey, n'était pas si mal que ça. Convenablement sapé. Assez beau. Un taux de fertilité qui ne cassait pas trois pattes à un canard, mais que mon quotient orgasmique aurait largement compensé. Ça aurait pu marcher, nous deux. (J'ai coulé un regard à mon amie.) Toi qui es sortie avec lui, tu le trouves comment ? À ce propos, merci encore. C'était un sacré service.

— Pas de problème.

— Alors, qu'est-ce que tu en penses ? Moi et Wilson ? Wilson et moi ?

— Pourquoi pas ?

Le ton manquait de conviction et mon désespoir est monté d'un cran.

— Je sais, je sais. Il est mortellement ennuyeux, mais il a forcément des qualités. Il ne peut pas être nul dans tous les domaines, n'est-ce pas ? Peut-être est-ce juste la façade qui est ennuyeuse. Peut-être qu'en dessous bat le cœur d'une vraie bête de sexe et que je vais passer à côté de ça parce que je refuse de regarder au-delà de cette surface.

— Peut-être.

— Aide-moi ! Sur le papier, je sais à quoi il ressemble, mais toi, tu as passé du temps avec lui. Dis-moi, il est si nul que ça ?

— En fait, il est très intelligent.

— Ah, eh bien tu vois.

— Et séduisant. Une séduction sauvage, un peu à la Pierce Brosnan.

— Ils ne peuvent pas tous ressembler à Brad Pitt.

— Et il est supercalé en opéra.

— Personne n'est parfait. (Je n'ai pas plutôt eu fini ma phrase que je me suis souvenue d'un point capital.) Tu aimes l'opéra.

— J'adore l'opéra. (Une curieuse lueur a brillé dans ses prunelles.) C'est un univers qui vibre de passion. Et Wilson partage mon avis. Il n'est pas amateur d'opéra par snobisme – non, il l'apprécie vraiment en tant que forme d'expression dramatique.

— Il te plaît.

Nina s'est raidie.

— Pas du tout.

— Mais si.

— Mais non. Je trouve juste que c'est un mec super, c'est tout. Et si j'étais en quête d'un mec super, je le prendrais en compte.

— Et depuis quand tu n'es *pas* en quête d'un mec super ?

— Depuis qu'il n'existe sur le marché aucun mec super pour quelqu'un comme moi, a-t-elle répondu en haussant les épaules.

Je me suis souvenue de la priorité absolue sur la liste de Wilson – un quotient orgasmique élevé – et soudain la situation s'est éclairée.

— Il te plaît, mais toi tu ne lui plais pas.

— Le problème ici, ce n'est pas de plaire, ou de ne pas plaire. Il cherche une compagne d'éternité, et je ne corresponds pas au profil qu'il a en tête.

— Il te l'a dit ?

— Il n'avait pas besoin de me le dire. Je le sais. D'autre part, lui non plus n'a pas le profil idéal pour moi. Avec un taux de fertilité aussi bas, on est loin de Old Faithful[1]. (Elle a secoué la tête.) On n'est pas faits l'un pour l'autre, et nous le savons l'un et l'autre.

— Donc, la voie est libre pour moi ?

— Plus que libre, a-t-elle déclaré avant de jeter un coup d'œil à sa montre. Mais pas ce soir. Je suis en train de diversifier mon portefeuille en Bourse et il m'a proposé de me donner quelques bons tuyaux d'investissement. On a rendez-vous dans une demi-heure pour boire un verre.

— Je vois, ai-je dit tandis que mon cerveau se mettait à psalmodier *Wilson et Nina, sur un arbre perchés...*

— Ce n'est pas ce que tu crois. (À l'évidence, mon cerveau n'était pas seul à psalmodier.) Je n'ai aucune vue sur ce type, pas plus qu'il n'en a sur moi. Notre relation est strictement professionnelle.

— Donc, ça t'est égal si je le rappelle ?

— Évidemment.

— Parfait.

— Parfait.

En affectant un air dégagé, elle a éteint son ordinateur, attrapé son sac et étalé un peu de rouge sur sa lèvre inférieure. Elle a rangé le tube dans le sac et s'est levée. Puis, elle a remarqué mon sourire.

— Et toi, tu vas faire quoi ?

— Je crois que je vais passer dans deux ou trois clubs de sport avant de rentrer. Crunch Fitness et The Sports Zone.

1. Surnom d'un geyser d'eau chaude (parmi les plus puissants du monde) situé dans le parc national de Yellowstone.

Je m'étais creusé la tête pour recenser d'éventuels repaires de convertis, où il n'y avait ni vente d'alcool, ni dancefloor. Un endroit à fort taux de fréquentation qu'un converti sympa, pas trop mal de sa personne et respectable (si tant est que ça existe) pouvait fréquenter en espérant y croiser quelques perspectives de dîner. Puisque les régimes allégés et pauvres en glucides font fureur chez les humains, pourquoi en irait-il autrement chez les mordus ? Si j'avais dû sortir pour me trouver à dîner, il est évident que j'aurais cherché quelqu'un en bonne santé plutôt que, par exemple, un ivrogne en plein coma éthylique dans une ruelle.

J'ai forcé cette image à me sortir de la tête. Je ne l'aurais pas mordu.

Ni même embrassé.

Pas plus que je n'aurais profité de lui, en aucune façon.

J'étais excitée. Pas folle.

Du moins, c'est ce que je me disais.

— Bonne chasse, m'a souhaité Nina en attrapant le manteau en cuir noir suspendu près de son bureau.

— Ouais, toi aussi, ai-je répondu avec un sourire.

— Je viens de te dire que ce n'est pas de cela qu'il s'agit, a protesté Nina en se raidissant et en arrangeant le col de son manteau.

— Mais naturellement. (J'ai contourné le bureau pour lui retirer l'élastique qui retenait ses cheveux, que j'ai fait bouffer.) Mais même s'il ne s'agit pas de ça, rien n'empêche que tu sois ultrasexy, pour lui montrer ce qu'il rate.

— Tant qu'il me donne des conseils financiers avisés, je me fiche pas mal de ce qu'il pense.

— Et n'oublie pas que j'ai ce ravissant petit appart à

Hawaï, quasi les pieds dans l'eau, qui n'attend que ta visite.

— Tu sais que tu es une vraie plaie, parfois ? a-t-elle répliqué en grimaçant.

Mon sourire s'est élargi. Je venais de passer le moment le plus plaisant de toute la soirée – exception faite, évidemment, de celui que j'avais passé à faire des joutes buccales avec un vampire intouchable.

— Ce n'est pas un métier facile, mais quelqu'un doit le faire.

24

Le lendemain, j'ai consacré la nuit à passer les laveries automatiques au peigne fin, en quête du compagnon idéal.

Pas pour moi, évidemment.

J'avais renoncé à ce projet la veille. Après mon retour en taxi du New Jersey, j'avais été distribuer des cartes dans quatre clubs de sport ouverts vingt-quatre heures sur vingt-quatre, puis j'étais rentrée chez moi et, en me mettant au lit, j'avais réalisé à quel point j'avais dramatisé. L'outil de cette prise de conscience? Un vibromasseur multivitesses.

Vous imaginez? J'avais pris en considération un des partis proposés par ma mère, simplement parce que j'avais besoin d'un bon orgasme. Ou d'une bonne douzaine.

Voilà ce que j'appelle se mettre dans tous ses états.

Le Gala de Minuit devant avoir lieu dans un peu plus d'une semaine, il me fallait rameuter un gros contingent de nouveaux clients. En plus de m'avoir mis Mrs Wilhelm sur le dos, ma mère m'avait adressé plusieurs autres de ses copines qui cherchaient un cavalier pour ce grand raout annuel.

Par chance, aucune n'était intéressée par un compagnon d'éternité. Les membres du Club des Gaies Chasseuses étaient, en grande majorité, des femmes d'un certain âge, qui avaient déjà eu leur lot d'engagements. Elles avaient eu des enfants, elles avaient contribué à la survie de l'espèce et désormais, elles entendaient profiter de nouveau de la vie. Quelques-unes d'entre elles étaient veuves ; d'autres avaient juste convenu un accord à l'amiable avec leur moitié éternelle pour butiner ailleurs. Toutes voulaient simplement passer un bon moment, donc je n'avais pas à leur trouver impérativement un vampire héréditaire avec un taux de fertilité record.

— Tu vas me payer des heures supplémentaires pour ça, a déclaré Evie.

Elle venait de débattre pendant vingt minutes des mérites comparés de la Javel liquide ou en poudre avec un type qui ne cassait pas des briques. Avec sa jupe crayon en jean Rebecca Taylor, son pull en coton, le blouson en jean et (détail qui donnait toute la cohérence à l'ensemble) ce pendentif en ruban rebrodé de perles, Evie avait parfaitement pigé ce qu'était un look à la fois professionnel, décontracté, et néanmoins pointu.

Fidèle à moi-même, je portais une jupe brodée Vivienne Tam, une blouse en soie et des escarpins Nancy Geist. Et un grand fourre-tout Furla.

Je sais, je sais. Rien de tout ça n'était pour l'heure dans mes moyens. Mais par chance, Nina I et moi faisions la même taille, et mon amie adorait se faire supplier.

— Vois ça comme une soirée en boîte avec ta meilleure copine.

— On n'est pas à Avalon, a souligné Evie en faisant référence à un de mes clubs préférés, à Chelsea. Mais au Lavomatic de la 76e Rue.

C'est exactement ce que m'avait répondu Nina I lorsque je l'avais invitée à m'accompagner, après mon raid dans son dressing. (J'avais peut-être repris en marche le train du « Je n'ai pas besoin d'un mec pour valider mon existence », mais je n'avais pour autant aucune envie de passer la nuit seule.) Nina II avait rendez-vous avec Wilson pour un nouveau conciliabule financier. Ben voyons – des cocktails au Bubble Lounge, un samedi soir, uniquement pour parler business... À d'autres. Bref, les deux Ninas étant occupées, restait Evie.

— Il n'empêche, c'est marrant. Ou, du moins, instructif, ai-je ajouté en surprenant le regard que me décochait Evie.

— C'est clair, a-t-elle répondu en haussant les épaules. Qui aurait pensé qu'on pouvait en apprendre autant sur quelqu'un en auscultant son sac de linge sale ? Qu'on pouvait savoir s'il était célibataire ou marié, s'il avait ou non des gosses, et combien.

— Ou à quelle fréquence il change de sous-vêtements. (J'étais en train de mater un garçon qui venait d'entrer et vidait son sac de linge riquiqui dans la première machine libre. Trois pauvres tee-shirts ont dégringolé dans le tambour.) Ou encore s'il en change tout court.

— Tu crois ?

Evie a regardé le type extraire quelques pièces de monnaie de sa poche. Il mesurait un bon mètre quatre-vingts. Plutôt pas mal de sa personne. Brun. Avec son tee-shirt et son jean basique, il n'avait rien d'un gourou de la mode, mais il avait bon goût en matière de baskets – Nike.

— J'aurais parié qu'il était du genre à porter des boxers, a soufflé Evie.

J'ai ausculté le type de la tête aux pieds avant de faire le point sur ses fesses.

— Crois-moi, en ce moment, ce type est seul, ai-je conclu.

— Comment tu sais ça ?

— Sixième sens.

Autrement dit, la Vision aux Rayons X caractéristique des vampires. Je suis allée vers lui, je me suis présentée et je lui ai tendu une carte. Il s'appelait Jeff, il était humain, il bossait dans le bâtiment, non, il ne sortait pas souvent avec des filles et le regrettait, il ne portait pas non plus de sous-vêtements parce qu'il était allergique aux élastiques, qui le démangeaient.

Certes, ce dernier détail n'était pas indispensable, mais au moins le type était sympa. Et enthousiaste. Il a promis de me passer un coup de fil sitôt que le chantier sur lequel il travaillait lui en laisserait le temps, et qu'il serait un peu disponible.

Pendant ce temps, Evie a distribué trois cartes, dont deux qui lui ont été renvoyées à la figure. Par une pucelle évangéliste qui prenait ses distances *sine die* avec le sexe opposé, et un divorcé qui continuait de se consumer d'amour pour son ex. Là où l'unique culotte féminine mélangée à ses chaussettes aurait dû la mettre sur la voie, Evie avait préféré lui accorder le bénéfice du doute et croire à un fétichisme.

Que voulez-vous ? Tout le monde doit apprendre.

Nous nous apprêtions à quitter le huitième lieu de notre tournée quand la voix d'Evie m'a arrêtée au moment où j'allais franchir la porte.

— Hé, c'est pas une de nos clientes ?

Je me suis retournée et j'ai suivi le regard d'Evie braqué sur la télévision, fixée au mur du fond, qui rediffusait le bulletin d'informations locales de la soirée que, bien évidemment, j'avais raté. Comme d'habitude.

Un visage de femme familier me dévisageait depuis l'écran et mon estomac s'est noué.

— Elle a *failli* être une de nos clientes.

Avant que je ne la fasse fuir lors de l'incident du faux sac Prada. J'étais à court de petits gâteaux, elle avait filé chez Match Me, à l'autre bout de la ville, qui offrait des beignets fourrés à la fraise (et saupoudrés de sucre glace).

Et maintenant, elle était portée disparue.

« ... enquêteurs lancent un appel à témoins afin de pouvoir progresser dans l'enquête. » La voix du présentateur dominait le ronronnement monotone des machines et des sèche-linge. « Si vous avez vu cette femme, ou si vous possédez une information la concernant, veuillez contacter le numéro vert qui s'affiche au bas de cet écran. »

D'une main tremblante, j'ai attrapé mon téléphone et composé le numéro de Ty Bonner.

— Je connaissais cette femme, ai-je dit à Ty une demi-heure plus tard. (J'avais déposé Evie chez elle et j'étais revenue à l'agence, où il m'attendait.) Je la *connaissais*.

— Alors vous savez que le gars s'en tient à son mode opératoire.

Ty portait un jean noir, un tee-shirt noir et argent des San Antonio Spurs et des bottes. Son long manteau en cuir noir était posé sur le dossier de la chaise sur laquelle il était assis, jambes étendues devant lui, chevilles croisées. Il n'était que muscles bandés et regards soucieux, et il m'observait de sous le bord de son chapeau de cow-boy noir enfoncé bas sur le front. Ses yeux bleu fluo suivaient chacun de mes pas tandis que j'arpentais méthodiquement le tapis.

— Bien qu'il ait changé de lieu, c'est toujours après le même type de femmes qu'il en a, a-t-il poursuivi. Laura Lindsay remplit les conditions à la perfection.

— Laura ?

— La femme qu'il vient de kidnapper. Elle était divorcée. Pas d'enfants. Ni de famille, à part une grand-mère dans le Kentucky. Elle est arrivée ici l'an dernier à la suite d'une mutation et depuis, elle ne s'est pas fait beaucoup d'amis. Elle travaillait dans le Met Life Building, elle allait à la bibliothèque deux fois par semaine, et prenait son café avec du sucre et une double dose de crème.

— Bon, d'accord, je ne la *connaissais* pas tant que ça. Mais je savais qui elle était. Elle a rempli un dossier.

Son expression n'a pas changé mais son regard s'est éclairé.

— Vous lui avez présenté quelqu'un ?

— Je n'en ai pas eu l'occasion.

J'ai expliqué l'incident des gâteaux gratuits promis par la publicité et dont je m'étais trouvée à court. Je n'avais pas renoncé à mon image de vampire aristocrate, inaccessible et sexy, donc j'ai jugé inutile de préciser qu'au moment de l'incident, j'étais par terre, à quatre pattes, en train de chercher la plaque Prada.

— Ça l'a rendue hystérique – une vraie garce. Cela étant, elle ne méritait pas ça. (Je me suis tue et j'ai croisé son regard.) Vous devez la retrouver. Ou du moins découvrir ce qui lui est arrivé.

— C'est ma ferme intention, a-t-il assuré en se levant et en franchissant la distance qui nous séparait.

Une moitié de mon esprit voulait partir en courant. Malheureusement, l'autre moitié avait d'autres projets, où il était question de caresses plus que de sprint. Donc, je n'ai pas bougé.

Ty me dévisageait, avec un drôle d'air.

— Quoi ?

— Vous êtes vraiment trop.

— Ce qui veut dire ?

Il a relevé un peu le bord de son chapeau, comme pour mieux me regarder.

— Vous avez la frousse, n'est-ce pas ? C'est pour ça que vous m'avez appelé et demandé de vous rejoindre ici. Parce que vous êtes morte de frousse.

— Pas du tout ! Je vous ai appelé parce que j'ai pensé qu'un tel scoop sur la dernière victime pourrait vous intéresser.

— Votre soi-disant scoop, je le connaissais déjà.

— Vous ne saviez pas qu'elle était venue ici.

— Non, mais je ne vois pas en quoi ce détail revêt un quelconque intérêt.

Je ne le voyais pas davantage mais, lorsque le visage de cette fille s'était affiché à l'écran, cela m'avait bouleversée, et sur le moment, le détail en question m'avait semblé intéressant. J'avais voulu faire quelque chose. Dire quelque chose.

— Bon, d'accord, peut-être que ce détail n'est pas si pertinent que ça. Mais on ne sait jamais. Je pensais vous aider à mieux cerner la victime en vous apprenant qu'elle était venue ici, qu'elle adorait les petits cadeaux gratuits. Et qu'elle se sentait assez seule pour écumer les agences de rencontres.

— En fait, elle se sentait assez seule pour contacter trois d'entre elles, sans compter la vôtre. Et toutes lui ont proposé des rendez-vous. Nous enquêtons auprès de tous les hommes qu'elle a rencontrés.

— Vous plaisantez ? Vous pensez que le kidnappeur s'est adressé lui aussi aux trois agences ?

— C'est une possibilité.

Ce qui signifiait qu'il y avait de grandes chances pour qu'il finisse par atterrir chez Vamp'n'Love.

La perspective m'enthousiasmait beaucoup moins que la veille, avant que j'embrasse Ty. Pour la simple et bonne raison que le danger est devenu bien plus concret, me suis-je dit. Et nullement par démotivation de ma part, au motif que je voulais caser Ty avec Esther. Ou avec n'importe qui d'autre, d'ailleurs. Ou encore que je voulais le garder pour moi.

Pas question.

Ty m'a lancé un regard.

— Vous avez la frousse, c'est bien ça.

— Je suis une vampire. La frousse n'a pas prise sur moi. Je suis juste inquiète.

— L'inquiétude n'a pas prise sur les vampires.

Bien vu.

— Écoutez, je vous l'ai déjà dit, je dois penser en termes de business. Si mes clientes se mettent à disparaître, ça va anéantir tout ce que j'ai construit.

Je savais que je me répétais, mais mieux valait

ça que de répondre : *Vous avez raison, je suis morte de trouille.* Voir un visage anonyme à la télévision – comme cela avait été le cas pour la première victime, c'était une chose, mais apprendre que quelqu'un qu'on avait rencontré en chair et en os avait disparu… Là, ça devenait vraiment… *réel.*

— Business, ah oui.

— Ben oui.

— C'est pour ça que vous tournez comme un lion en cage depuis que j'ai passé cette porte. Parce que vous vous faites du mouron pour les affaires ?

— Je ne tourne pas comme un lion en cage.

— Vous marchez si vite que vos semelles fument.

J'ai baissé les yeux et vu les volutes blanches qui enserraient mes chevilles.

— Bon, d'accord, je tourne comme un lion en cage. De frustration, pas de trouille. (Voyant qu'il s'apprêtait à souligner une autre évidence – à savoir que les vampires ignorent la frustration, j'ai levé la main.) Ne le dites pas. Surtout pas. (Je l'ai cloué du regard.) Bien, qu'allez-vous faire ?

— Continuer ce que je fais depuis le début : le traquer, jusqu'à ce qu'il commette un faux pas.

— Et s'il n'en commet pas ?

— Il en commettra un. Ils en commettent tous.

— Oui, mais s'il tarde à le faire ? ai-je insisté. S'il continue à passer entre les mailles du filet ? S'il kidnappe d'autres femmes ? Et si jamais il décide de s'en prendre à une de mes clientes ? Il pourrait embarquer Melissa, ou Casse-Cou, ou n'importe quelle autre de ces femmes adorables qui sont venues me voir pour que je les aide.

Je voulais qu'il me dise que rien de tel ne se produirait.

Qu'il allait retrouver le bonhomme avant que ça n'arrive et lui botter le train, ou n'importe quelle autre de ces rodomontades machos que les hommes ont l'art de débiter.

Au lieu de quoi, il m'a regardée fixement.

— C'est une possibilité, effectivement.

La phrase a cheminé dans ma tête, avant d'aller se coincer en un nœud serré au milieu de ma poitrine.

— Merde, il pourrait le faire alors? Il le pourrait vraiment. (Écrasée par le poids de la vérité, je n'ai plus rien dit pendant un long moment, puis j'ai secoué la tête.) Non, il ne pourrait pas. Car pour cela, il devrait d'abord passer par moi, et ça, ça n'arrivera pas.

— Bravo, ça c'est parler en vampire, a lancé Ty avec un large sourire. (Il a avancé la main et caressé ma joue du bout des doigts.) S'il y a une chose que j'ai apprise au cours des cent dernières années, c'est la patience. Ça peut prendre un petit moment, mais j'obtiens toujours ce que je veux.

— Vraiment?

Il s'est penché, et a approché ses lèvres des miennes.

— Toujours.

Le mot a fait l'effet d'un courant d'air sur mes lèvres et j'ai senti une décharge électrique remonter le long de mon dos.

Lil? Tu joues à quoi? Con-ver-ti, m'a rappelé ma conscience. *Zéro taux de fertilité. Une créature des abysses. Le bout du bout de la chaîne alimentaire…*

Ouais, ouais.

Voilà ce que j'allais faire. Je n'allais pas l'embrasser. C'est *lui* qui allait *m*'embrasser – ce qui ferait apparaître toute l'affaire sous un angle entièrement différent. Comment pourrais-je mal agir (et m'en culpabiliser), si la décision ne venait pas de moi ? Je n'étais qu'une innocente spectatrice. Une rose, qui attendait d'être cueillie. Une framboise gorgée de...

Okay, okay – l'analogie était vraiment mal choisie. Mais vous voyez l'idée générale.

Concentrons-nous plutôt sur les aspects positifs.

Il s'est collé contre moi ; une lueur sauvage brillait dans ses yeux. Mmm... J'ai senti son souffle caresser mes lèvres. Il allait m'embrasser, c'était sûr. Il allait...

— Gardez les yeux ouverts, au cas où il se passerait quoi que ce soit d'étrange.

Sa voix grave s'est superposée au battement régulier de son pouls qui résonnait dans mes oreilles. J'ai rouvert les yeux, et constaté que nous étions nez contre nez. Mais ses lèvres n'avançaient pas du tout vers les miennes. Elles se fendaient d'un large sourire. J'ai froncé les sourcils.

— Vous n'allez pas m'embrasser, c'est ça ?

Il a secoué la tête et l'extrémité de son nez a caressé le mien.

— Non, pas cette fois.

Mer... credi.

— Selon moi, poupée, c'est votre tour, cette fois.

En clair, si je ne prenais pas les opérations en main, il ne se passerait rien.

Et il attendait, aussi inébranlable qu'un roc.

J'ai passé la langue sur mes lèvres et je me suis souvenue de la nuit de la veille. De son goût délicieux et du puissant désir qu'il m'avait inspiré.

Assez puissant pour me mettre dans tous mes états et envisager sérieusement de me rendre au conseil de ma mère. J'étais même allée jusqu'à me représenter mariée avec Wilson. À m'imaginer avec une demi-douzaine de petits Wilson.

Aaa… Argh.

J'ai chassé la boule qui m'obstruait la gorge et j'ai cherché à reprendre mes esprits.

— Je crois que je vais passer mon tour. Euh…, merci d'être venu.

Il m'a semblé apercevoir une brève déception se peindre sur son visage mais, comme ensuite il m'a souri de plus belle, force m'a été de conclure que c'étaient juste mes hormones sur le gril qui me jouaient des tours.

— À votre service, poupée.

Il a tourné les talons, et s'en est allé.

C'est bien mieux ainsi, a chuchoté ma conscience. (Oui, je sais, encore une chose dont nous, les vampires, sommes censés être dépourvus, mais bon sang, défaites-vous des clichés !) *Tu n'aurais pas dû le laisser t'embrasser, hier soir. Et tu n'aurais pas dû le rappeler, tout à l'heure, quand tu as flippé. Et tu n'aurais certainement pas dû rester là, à attendre qu'il se décide…*

— Ah, la ferme ! Fiche-moi la paix.

J'ai écouté ses pas et le délicieux battement de son sang s'éloigner, puis j'ai attrapé mon sac, j'ai éteint les lumières du bureau, et j'ai filé chez moi.

Encore un samedi soir à mordre la poussière.

25

— S'il te plaît, dis-moi que ce n'est pas ce que je pense.

Mon regard a glissé de ma mère au plus beau vampire qu'il m'ait été donné de voir, ce qui n'est pas peu dire puisque tous les vampires sont généralement d'une beauté à tomber par terre.

Nous étions de nouveau dimanche soir. Encore une chasse en famille. *Et* une rencontre arrangée.

Le candidat de la soirée semblait tout droit sorti de la couverture d'un roman de gare : longs cheveux bruns, mâchoire bien dessinée, des yeux verts perçants, une bouche qui était une incitation au péché et un corps à se damner. Ouh là là… Il faisait chaud, ici, ou bien était-ce moi ?

Certaines – comment dire ? – *parties* de mon corps fourmillaient d'excitation et un souffle d'espoir m'a traversée.

Espoir ?

Oh la la ! J'étais vraiment prête à tout.

J'ai reporté mon attention sur l'homme qui se

trouvait à côté de lui – son portrait craché pour ce qui était des traits mais, pour le reste, ses cheveux, longs, étaient blonds, et ses yeux d'un intense brun chocolat.

Ce soir-là, c'était deux pour le prix d'un.

— Ce sont de faux jumeaux, a souligné ma mère, disant tout haut ce que je pensais tout bas.

Bon, d'accord, elle n'avait dit qu'un fragment de ce que je pensais. Heureusement.

— Les deux sont fantastiques, mais chacun à sa façon, afin de satisfaire à tous les goûts, a-t-elle poursuivi. Comme tu es affreusement difficile, je me suis dit qu'avec eux, je ne pouvais pas me tromper. Ils ont tous les deux un taux de fertilité extrêmement élevé, ils sont beaux, et néanmoins différents. Si tu trouves que Thirston à des cheveux trop sombres, alors tu as Theodore, ici qui est blond. Et si tu trouves que Theodore a des yeux trop bruns, alors tu peux opter pour une couleur plus gaie et choisir Thirston. Que pourrais-tu vouloir de plus ?

— C'est... gentil, maman, mais je crois que ça ne sera ni l'un ni l'autre.

— Mais pourquoi ?

À la voir tomber ainsi des nues, j'ai commencé à accorder sérieusement foi à l'existence d'êtres débarqués de soucoupes volantes. S'il existait des créatures surnaturelles, pourquoi pas des extraterrestres ? Cela aurait élucidé bien des points concernant la femme qui me dévisageait en cet instant. Ma mère n'était pas ma mère. C'était une extraterrestre sourde, obtuse, qui n'avait qu'un seul objectif sur Terre : transformer la vie de son unique fille en enfer. Mon cas n'était pas isolé, d'autres filles que moi étaient concernées de par le monde, et bientôt la planète entière serait dirigée par des mères intrusives.

Cette pensée a suffi à ramener le calme dans toutes les parties de mon corps sujettes à des fourmillements.

— Tu dois te faire une raison, Lilliana. Tu ne rajeunis pas, tu sais. Par ailleurs, as-tu un cavalier pour la soirée ?

— Je n'ai pas besoin de cavalier. Je suis tout à fait capable de voler de mes propres ailes.

— Très chère, tu ne peux pas voler avant les douze coups de minuit, m'a rétorqué ma mère en secouant la tête. C'est contraire au protocole de la soirée.

— C'était une image. Je voulais dire que je suis parfaitement capable de me suffire à moi-même. Je n'ai pas besoin d'un homme.

— Mais pourquoi t'obstiner dans cette voie quand ces deux-là brûlent d'envie de t'escorter ? En plus d'être beaux et virils, Thirston possède une usine de papier et Theodore est l'une des figures de l'industrie des déchets domestiques.

Venait-elle vraiment d'associer la virilité et les déchets domestiques dans une seule et même phrase ?

— Ils sont parfaits, Lilliana. Absolument parfaits.

— L'un fabrique du papier toilette, et l'autre sort les poubelles.

— Pas seulement du papier toilette, est intervenu Thirston. Mais aussi des essuie-mains, des serviettes de cocktail et nous venons de relooker notre gamme d'ustensiles de table jetables. Nous venons de lancer l'assiette Tous Services Compris.

— La quoi ?

— La Tous Services Compris. Elle est garantie

antifuites, anticasse, antidécomposition. Satisfait ou remboursé.

— C'est… cool. (J'ai reporté mon attention sur ma mère.) Où est papa ?

— Dans la bibliothèque, avec Wilson. Ils discutent affaires.

— Wilson est là aussi ? Maman ! ai-je grogné en levant les yeux au ciel.

— Je ne l'ai pas invité. Il est venu de lui-même. Il devait entretenir ton père de nouveaux investissements qu'il ajoute à notre portefeuille. Et c'est une bonne chose qu'il soit venu, sinon, ton père serait encore en train de bouder.

— Et pourquoi ça ?

— Cette bonne femme a volé sa balle de golf porte-bonheur pendant sa partie du soir.

La *bonne femme*, c'était Viola, « la garelle » Hamilton.

— Non ! Tu plaisantes ?

Viola ne m'avait pas fait l'effet d'une voleuse mesquine, mais comment savoir ? Je ne l'avais rencontrée en tout et pour tout que cinq minutes.

— Si seulement ! Ton père était légèrement décentré par rapport au trou, et la balle a volé par-dessus les haies. Viola et sa bande se sont imaginé que ton père les prenait pour des chiens, qui allaient lui rapporter la ba-balle. Inutile de préciser qu'elle s'en est bien gardée. Ton père est dévasté. Cette balle comptait plus que tout pour lui, à l'exception de sa casquette signée des Knicks. Elle lui avait été offerte par une légende du golf.

— Tiger Woods ?

— La fille du chiropracteur du père de Tiger. (Elle

a souri aux deux jumeaux.) Que diriez-vous d'un petit apéritif pour nous ouvrir l'appétit ? Lilliana, pourquoi ne ferais-tu pas faire le tour du propriétaire à Thirston et Theodore pendant que je sers à boire ?

— Ç'aurait été avec grand plaisir, mais je dois absolument voir Max. Il m'imprime des brochures en quadrichromie et je dois faire le point avec lui.

— Max n'est pas encore arrivé.

— Ah… Il faut aussi que je parle à Jack.

— Lui non plus n'est pas encore arrivé.

— Et Rob ?

— Il ne va sans doute pas tarder.

— Tu veux dire qu'ils sont tous en retard ?

Jack, ça n'avait rien d'étonnant, il était toujours en retard. Mais Max, version plus jeune et plus moderne de mon père, était toujours ponctuel.

— Je leur ai dit de venir une demi-heure plus tard.

— Tu ne m'as pas dit ça, à moi !

— Parce que je souhaitais te donner l'occasion de rencontrer Theodore et Thirston en toute tranquillité.

Grâce à quoi j'écopais d'une demi-heure supplémentaire, qui s'ajoutait à une soirée déjà bien trop longue.

Ma mère a tendu à nos invités des verres de bourbon, leur a indiqué le canapé, puis m'a désigné l'espace libre entre les deux.

— Lilliana, pourquoi ne vas-tu pas t'asseoir avec eux ? (Je me suis précipitamment installée dans le fauteuil de l'autre côté de la table basse XVIIIe.) Bien, puisque tout le monde est à son aise, je te confie la forteresse, très chère. Je dois descendre à la cave, chercher une bouteille d'un millésime importé pour le dîner.

— Mais je préférerais…

Elle a disparu sans me laisser le temps de finir ma

phrase. Le martèlement de ses talons sur le sol en marbre a résonné dans le hall d'entrée, avant de laisser place au silence.

Tandis que le roi des poubelles me contemplait avec gravité, le vendeur de papier toilette a sorti un BlackBerry de la poche de son costume.

— Ça ne vous ennuie pas, si je prends quelques notes, n'est-ce pas ?

— Euh...

— Parfait, m'a-t-il coupée, sérieux comme un pape. Alors, quel est votre quotient orgasmique ?

Nous y revoilà.

J'ai inspiré très profondément tout en cherchant comment répondre avec tact : *Ce ne sont pas vos oignons.*

— Zéro.

Les deux hommes ont échangé des regards interloqués.

— Ah, vous avez le sens de l'humour, a finalement observé le vendeur de papier toilette, avant de secouer la tête.

— Ce n'est pas primordial, mais ça ne peut pas nuire, je pense, est intervenu Theodore tandis que Thirston, tout à ses notes, s'excitait sur son BlackBerry.

— J'ai effectivement le sens de l'humour, mais là, je suis sérieuse. (Je l'ai dévisagé d'un air grave, histoire de bien enfoncer le clou.) Je souffre d'un terrible mal qui inhibe entièrement mon appétit sexuel, tant et si bien que je n'aime même pas le sexe.

Theodore a semblé soulagé.

— Quel besoin de l'aimer, tant que vous pouvez pondre un œuf ?

Non – dites-moi que je rêve.

— Vous pouvez? a-t-il insisté en se penchant vers moi.

— Oui. (Je me suis penchée à mon tour. Il a souri. J'ai souri.) Mais cela ne nous sera d'aucune utilité dans la situation qui nous occupe. (Son sourire a disparu. Le mien a redoublé d'éclat.) Sans vouloir vous offenser, Theo, quand j'imagine l'homme de mes rêves, il est pilote, officier de la Navy, manœuvre torse nu sur un chantier… (Ou chasseur de primes, a ajouté une petite voix. *Chuuut!*) Il n'est pas en train d'éponger une flaque d'immondices avec un rouleau d'essuie-tout.

Je sais, c'est un peu raide. Mais c'est lui qui avait commencé. *Pondre un œuf?* Non mais, et puis quoi encore?

— Nous en faisons un super absorbant. Le Kiboitou.

— C'était une façon de parler. Et puisqu'on en est aux ordures (Je me suis tournée vers son frère)… Idem pour vous. Non pas que vous ne soyez pas séduisants, mais je crois simplement que nous ne sommes pas compatibles. *En revanche…* je parie que je peux vous trouver la compagne qu'il vous faut, ai-je ajouté avec un sourire.

J'étais à deux pas de la cabane de la piscine – la cachette que j'avais choisie pour la chasse de ce soir – quand j'ai entendu la voix de Wilson.

— Alors, bonne chasse?

J'ai fait volte-face et me suis trouvée nez à nez avec lui. Il était toujours aussi beau, dans son costume trois-pièces, avec son air sombre et ténébreux, on ne peut plus vampiresque. Enfin, presque… Il avait une tache d'encre sur sa cravate et sa calculatrice déformait la poche de son manteau.

— Tout compte fait, ça ne se passe pas trop mal.

J'avais commis l'indiscrétion de raconter que notre voisine, une vampire héréditaire et célibataire, venait d'entrer dans le livre des records vampiriques grâce à son exceptionnel quotient orgasmique, le plus élevé de toute l'histoire de notre race. Theodore et Thirston avaient démarré au quart de tour vers chez elle, pendant que moi, je gagnais ma planque.

— Ce n'est pas moi, la proie. C'est Max qui a ce plaisir, ce soir, alors je vais me tenir tranquille jusqu'à ce que les festivités soient terminées.

— Je parlais de la chasse à la compagne d'éternité. Pour moi. M'avez-vous trouvé quelqu'un ?

— Mais, je croyais que vous et Nina... Vous aviez bien rendez-vous, hier soir ?

— Je pensais qu'elle n'était qu'une petite mise en jambes. Avant de passer aux choses sérieuses.

Ah, d'accord, c'était donc ça. Quand j'avais eu besoin de lui trouver un rencard, Nina s'était portée volontaire, pour m'éviter de passer pour une incompétente. Mais ensuite, ça avait collé entre eux, et maintenant, elle l'aimait bien.

C'était bien ça, le problème : elle l'aimait bien, mais ce n'était pas réciproque.

— C'est une fille intelligente, a poursuivi Wilson. Très intelligente. Je n'ai jamais rencontré personne à ce point calé sur les fonds de pension de retraite complémentaire. Et elle est très séduisante. Mais bon, regardons les choses en face, elle ne correspond absolument pas aux critères que je vous ai indiqués.

— Mais vous l'avez revue, ai-je souligné.

Ma gorge brûlait et je me sentais oppressée.

— Oui, certes, mais c'était pour parler business. On aime bien discuter ensemble de la conjoncture financière, mais ce n'est pas quelqu'un que je peux présenter à ma famille. Allons ! Ils partiraient tous d'un grand éclat de rire.

Pour la seconde fois de la soirée, je me suis surprise à revoir sérieusement ma position sur la question de la violence. Si quelqu'un avait jamais mérité un bon coup de pied aux fesses, c'était bien Wilson Harvey. Et les vampires jumeaux, peut-être. Ainsi que tout vampire héréditaire et misogyne qui croiserait ma route.

Autant dire que ça allait être une hécatombe, dans le coin. Mais remontée comme j'étais, l'ampleur de la tâche ne me faisait pas peur.

— Permettez-moi de mettre les choses au clair, Wilson. Seriez-vous le dernier vampire héréditaire mâle sur terre, et la survie de notre race dépendrait-elle de vous, que je me refuserais à vous caser. Et d'abord, c'est quoi ce prénom – *Wilson* ? C'est un patronyme, pas un prénom. Quel genre d'homme porte un nom à la place de son prénom ? (Je divaguais, je sais, mais pour le bénéfice d'une de mes plus chères amies, et pour celui de toutes mes semblables de par le monde.) Un mec chiant, voilà. Un mec qui trimballe en permanence sa calculette et se balade avec une cravate tachée d'encre. Où avais-je la tête, en vous laissant approcher de Nina ? Vous n'êtes même pas digne de lécher ses chaussures – qui sont certes classiques, mais d'un goût irréprochable.

— Je vous demande pardon ?

— Non, c'est *moi* qui vous demande pardon.

Sur ce, j'ai foncé vers la cabane, j'ai claqué la porte derrière moi, et j'ai passé les deux heures suivantes à broyer du noir, jusqu'à ce que le coup de sifflet retentisse.

Quand j'ai regagné la maison, j'ai remarqué que Wilson était parti. Bien lui en avait pris. J'avais peut-être arrêté de trembler de tous mes membres, mais je demeurais blessée, et je n'étais pas d'humeur à entendre d'autres foutaises.

Jack avait gagné cinq jours de vacances supplémentaires après avoir bondi sur Max, près du verger de pacaniers, au terme d'une folle poursuite. Mon plus jeune frère célébrait sa victoire sur un canapé avec sa dernière esclave en date – Dolly quelque chose, une barmaid bien en chair de Greenwich, Connecticut. Rob se tenait de l'autre côté de la pièce, avec mon père. Ma mère s'était éclipsée pour aller chercher une nouvelle bouteille de AB^-.

— Alors, quoi de neuf? s'est enquis Max quand je me suis assise à côté de lui.

— Pourquoi faut-il que vous, les hommes, soyez aussi nuls?

— Quoi?

— Rien, ai-je répondu en secouant la tête. Laisse tomber. Et merci d'avoir fait durer le plaisir, ai-je ajouté en le fusillant du regard. À l'heure qu'il est, je pourrais être de retour à Manhattan.

— Il fallait bien que je me défende! a-t-il protesté avec un grand sourire. Quelle proie se couche sans lutter?

D'un mouvement de tête, j'ai indiqué Jack et la fille qui lui tenait son verre à pied.

— Dolly?

— Oui, mais elle, elle est humaine. Il fallait bien que j'en donne à Jack pour son argent. Tu es juste jalouse parce que toi, tu te fais prendre dans les quinze premières minutes.

Il m'a fait un clin d'œil et s'est tourné vers ma mère qui, tout en lui tendant un verre de AB^{-}, a demandé :

— Qu'est-il arrivé à Delphina?

Delphina était sa petite copine du moment. Elle enseignait la sexologie à NYU, et elle était – vous vous en doutez déjà – humaine.

— On fait un break. On est las l'un de l'autre.

— Mais naturellement! s'est exclamée notre mère en prenant le visage de son fils en coupe dans ses mains. Tu es bien trop jeune pour te mettre la corde au cou, mon chéri, et avec une humaine, qui plus est. Tu es à l'âge où tu dois déployer tes ailes. Prendre ton essor. Tu as tout le temps devant toi avant de t'engager avec une de nos semblables qui te conviendra bien mieux.

Oui, c'est vrai, j'étais jalouse de Max. Mais pas parce qu'il jouait la proie mieux que moi.

— Où sont passés les jumeaux? a repris ma mère en me tendant un verre et en cherchant mon regard. Je ne les ai pas revus depuis le coup d'envoi de la chasse.

— Ils sont… euh, partis. Un truc de boulot.

— Un dimanche soir?

— Sans doute une urgence de la plus haute importance. Dis, maman… (J'ai tendu le doigt au-delà d'elle.)… C'est un nouveau vase?

Elle a souri et est allée le chercher.

— Eh bien oui. Mon club a organisé une vente aux

enchères et j'y ai acheté ça. Ça vient d'un tout petit village, près de la Côte d'Azur...

Et elle nous a raconté par le menu l'histoire du vase, avant d'aller se chercher un autre verre.

— Tu as tellement de chance, ai-je dit à Max une fois que notre mère a été hors de portée d'oreille.

— La chance n'a rien à voir là-dedans. Il faut s'entraîner pour être aussi astucieux que moi. Je réfléchis. Je me concentre. J'élargis mes horizons.

— Et tu pisses debout, aussi.

Quand il a enfin compris ce que j'avais voulu dire, il m'a fait un clin d'œil.

— Que veux-tu ? Je suis la perle rare. Je ne m'en vais pas te dire le contraire.

— Qui s'en va ? s'est enquis ma mère qui revenait me tendre un verre. Qui va où ?

— Je n'ai pas dit que... (Max n'a pas terminé sa phrase car j'ai croisé son regard.) En fait... euh, oui, je devrais y aller. On m'a livré des cartouches d'encre, hier, et je n'ai pas encore eu le temps de les vérifier.

— Mais il est tôt !

— Ce qui me laisse plein de temps pour ranger les cartouches. Lil a proposé de m'aider.

Le regard de ma mère s'est abattu sur moi.

— Ah bon ?

— Ah bon ? (J'ai regardé mon frère.) Ah, oui ! J'avais oublié. Mais juste pour ce soir. Je ne travaille pas chez Moe's, ai-je clarifié en voyant les yeux bruns de ma mère briller de contentement. Je donne juste un coup de main à mon grand frère qui a sacrément besoin de moi. N'est-ce pas, Max ?

— Je ne sais pas si j'aurais dit sacré... Aïe !!! Ouais,

j'ai besoin d'elle, a-t-il ajouté en se frictionnant le bras là où je l'avais pincé de toutes mes forces.

— Sacrément ? ai-je insisté avec un grand sourire.

— Hé ! C'est moi qui te donne un coup de main, d'accord ? a-t-il grogné en se frottant la cuisse, cette fois. Un sacré coup de main.

— Je devrais t'obliger à rentrer à pied, a ronchonné Max lorsque nous sommes montés dans l'énorme 4×4 noir qu'il s'était acheté un an plus tôt en revendant ses congés payés à mon père. Tu es vraiment vicieuse, tu sais.

— Mais pas du tout. C'est toi qui es une vraie chochotte. Tiens, en parlant de chochotte, tu pourrais me rendre un service ?

— Non, a-t-il répondu en mettant le contact.

— Merci. Je dois m'arrêter un instant chez Viola Hamilton.

— Tu te fous de moi ? Au cas où tu ne serais pas au courant, c'est notre ennemie. Papa est si blessé à cause de cette histoire de balle de golf qu'il envisage d'engager un tireur d'élite pour aller récupérer son bien, et descendre tous ceux et celles qui se mettraient en travers de sa route.

— Papa a l'art de tout dramatiser. Il pourrait essayer de lui demander gentiment de la lui rendre.

— Ouais, c'est ça.

— Viola m'a fait l'effet de quelqu'un de bien.

— Et quand t'a-t-elle fait cet effet-là ?

— Quand je lui ai apporté un cadeau en gage de paix, l'autre jour.

— Et tu as gagé quoi ? Du fric ? De l'or ? Ton premier-né ?

— Un pain de viande, abruti.

— Et alors, c'est quoi, le problème ? Elle a oublié de te rendre le moule ?

— Non. Elle a oublié de me rendre un client. J'aimerais bien le récupérer.

26

— Il a… changé.

Debout dans l'entrée tout en marbre de Viola Hamilton, je dévisageais Francis. Viola a balayé mon commentaire d'un geste.

— Tout le monde change.

Elle était tirée à quatre épingles, dans une robe noire Christian Dior qui la moulait des seins jusqu'à mi-mollets, et était perchée sur des sandales noires à talons vertigineux. Ses lèvres charnues étaient peintes en rouge vif et ses yeux soulignés d'un trait d'eye-liner noir.

— Il a vraiment changé, ai-je insisté.

Francis tenait à peine sur ses jambes. Il était affalé contre un mur. Il avait d'immenses cernes sous les yeux, comme s'il n'avait pas dormi depuis l'instant où je l'avais déposé chez Viola. Sa chemise était boutonnée en dépit du bon sens et son pantalon était tout froissé.

— Je ne sais pas comment il était avant, est intervenu Max qui regardait par-dessus mon épaule. Mais là, il est *orange.*

Adieu, l'homme en papier mâché ; bonjour Tony le Tigre.

— Camille ? a appelé Viola à tue-tête. Je t'avais bien dit que tu avais eu la main lourde sur l'autobronzant. Vous comprenez, a-t-elle ajouté en se tournant vers moi, il virait au magenta chaque fois que l'une de nous approchait d'un peu trop près ou lui adressait la parole.

— Il n'est pas très à l'aise dans les relations mondaines.

— Ça, c'est un euphémisme. Franchement, je vous jure, nous pensions toutes que son visage allait exploser. Et comme il ne cessait de rougir, on a pensé à une solution camouflage. Camille – Camille Rhinehart, des Rhinehart de Nouvelle-Angleterre – venait d'acheter ce nouveau pistolet-brumisateur à utiliser à domicile, alors c'était l'occasion de le tester. Mais je lui avais bien dit que la dose d'autobronzant était un peu trop concentrée.

— Bronzage ? (Max s'est gratté la tête.) Il est *orange.*

— Non, tahitien, a corrigé Viola. « Aube tahitienne ». C'est une nuance épatante, *quand on réalise le bon dosage*, a-t-elle achevé en haussant la voix.

— Mon dosage était tout à fait normal, et j'ai fait ce que j'ai pu, a protesté faiblement une voix, quelque part dans la maison.

— Et… Il rougit encore ? ai-je demandé.

— Eh bien, techniquement, nous ne l'avons plus vu rougir depuis hier soir. Mais je serais prête à parier que ça continue. Ou alors, le problème s'est déplacé ailleurs. Il y a quelques heures de ça, Leona

Stallenburk – les Stallenburk de Philadelphie, pas ceux de Chicago – s'est dévêtue et a paradé devant lui, pour prendre la température, si je puis dire. Pour corser l'affaire, elle l'a défié au poker. Au début, nous n'avons assisté à aucun changement de couleur, mais il a commencé à cligner des yeux. Et plus la partie avançait, plus les clignements empiraient.

Viola s'est penchée vers Francis, lui a susurré quelques mots d'une voix sensuelle en se passant la langue sur les lèvres de façon très suggestive.

Naturellement, Francis a commencé à cligner des yeux, comme s'il envoyait des messages en morse avec ses paupières.

— Oh non...

Sa manie de piquer des fards, ce n'était déjà pas terrible. Mais un tic nerveux?

Viola a haussé les épaules.

— Ce n'est peut-être qu'un tic qu'il nous réserve à nous seules. Quand sonne minuit et que la lune est pleine, nous pouvons parfois donner du fil à retordre. Peut-être que, loin de l'avoir traumatisé, nous l'avons aidé à s'endurcir, à se forger une sorte de rempart. À propos de rempart... (Elle s'est tournée pour prendre une feuille de papier sur un guéridon en marbre)... Vous donnerez ceci à votre père, en le priant de circonscrire son stupide jeu de golf à l'enceinte de ses haies.

C'était une facture des Miroiteries du Connecticut.

— Il a cassé une vitre et endommagé mon tableau préféré, avec sa maudite balle. Naturellement, j'attends qu'il me rembourse l'un et l'autre. (Elle m'a tendu un autre document.) Voici le contrat d'assurance de mon Rembrandt. Il peut remplacer le cadre et le verre de protection, ou bien le tableau lui-même. À lui de voir. Et dites-lui que sa précieuse balle est ici, a-t-elle ajouté en attrapant un sachet en papier kraft. (Quand j'ai voulu ouvrir le sac, elle a levé la main.) À votre place, je ne ferais pas ça. Quand la balle a volé à travers la fenêtre et percuté le tableau, je n'étais pas dans mon assiette – si vous voyez ce que je veux dire.

Pleine lune. Loup-garou. Reçu cinq sur cinq.

Je me suis souvenue du commentaire de ma mère, selon lequel Viola aurait confondu une balle de golf égarée avec celle qu'on jette à un chien.

— Exactement, a repris Viola comme si elle avait lu dans mes pensées.

Ce qui, naturellement, était impossible. Les loups-garous n'avaient pas de capacités télépathiques. Pas vrai ?

— C'est une petite balle, a-t-elle poursuivi. Aussi, quand j'ai ouvert la bouche pour l'attraper, je l'ai avalée. (Elle a secoué la tête.) Et j'ai eu beau lui expliquer la situation en détail, votre père, déraisonnable comme toujours, n'a eu de cesse d'exiger sa restitution. (Elle a lâché un soupir exaspéré.) Il refusait de m'écouter. Il était lancé, il m'accusait d'être une voleuse, ce que je ne suis en aucun cas, et il m'a menacée de porter plainte et de me faire arrêter. Donc, la voilà, a-t-elle conclu en désignant le sac d'un mouvement de menton.

Il a bien fallu trente secondes pour que son explication fasse pleinement sens et là, mes narines se sont gonflées et la réalité m'a assommée. Je me suis empressée de fourguer le sachet à Max, qui l'a tenu à bout de bras.

— Dites, miss Hamilton, vous connaissez mon frère, Max ?

— C'est Viola, et non, je ne pense pas avoir ce plaisir. Mais je l'ai déjà aperçu. (Elle l'a toisé, de ses cheveux bruns à la pointe de ses mocassins Gucci.) Vous êtes encore plus séduisant de près.

— Si on aime le genre directif et arrogant, ai-je précisé.

— J'aime bien. (Elle a gratifié Max d'un clin d'œil, avant de se retourner vers moi.) Je suis désolée de n'avoir pas pu vous aider davantage. J'ai rencontré beaucoup de vampires – *connu*, a-t-elle corrigé en coulant de nouveau un regard vers Max. Mais jamais je ne suis tombée sur un spécimen comme ce Francis. Où l'avez-vous trouvé ?

— Chez Moe's.

— Ah, ça explique tout.

À qui le dites-vous.

— Avec un peu de chance, ce tic lui passera vite, a-t-elle ajouté. Et si ce n'est pas le cas, je connais un chirurgien esthétique épatant qui pourra lui coudre les paupières pour qu'elles restent ouvertes.

— C'est très gentil, mais non merci. Il doit être au mieux de sa forme samedi, et je doute que les œdèmes soient résorbés d'ici là.

— Vous avez sans doute raison.

— Mais… hum, dites-moi. Les effets de l'intervention durent longtemps ?

— Un mois. Cinq semaines, si vous n'avez pas la peau flasque.

Un mois ?

— Mais tant qu'il aura des œdèmes, ça détournera l'attention des rougissements.

— Pas faux. Bien, prenez soin de vous, miss Hamilton. Allez Frank, on y va.

J'ai attrapé le vampire épuisé et l'ai traîné jusqu'en bas du perron, puis, avec un sourire, je l'ai aidé à grimper dans le 4×4, où il s'est affalé sur la banquette arrière.

— Comment vont Britney et les jumeaux? a-t-il réussi à marmonner.

— Très bien.

— Vous les avez nourris en mon absence?

— Oui.

— Vous leur avez changé l'eau?

— Oui.

— Vous les avez sortis pour faire pipi?

— Oui, et un vampire ne dit pas « faire pipi ».

— Il dit « pisser », est intervenu Max. Du moins, c'est ce que je dis, moi.

— D'accord, a soupiré Francis avant de fermer les yeux.

Je me suis installée à l'avant, à côté de mon frère.

— Je ne suis pas un expert, mais je sais que les vampires qui ont la cote avec les nanas ne sont pas orange, a souligné Max en mettant le contact.

— Tu as raison.

— Mais tu souris.

— Parce que je crois que l'idée n'est pas totalement idiote.

Regardons les choses en face. J'avais le choix entre le rire ou les larmes, et je n'ai jamais aimé jouer les éplorées. Pas en public, du moins. Si je n'avais pas songé plus tôt à suggérer à Francis un rendez-vous dans un institut de bronzage, c'est parce que les vampires héréditaires de sexe masculin n'ont que faire d'une peau bronzée pour doper leur sex-appeal. Mais pourquoi ne pas essayer? Si c'était bien fait, un petit hâle pourrait camoufler le rouge aux joues.

J'ai regardé discrètement Francis et j'ai espéré de tout mon cœur de vampirette que Dirkst pourrait m'arranger ça. Sinon…

Non, non, ne pense pas à ça, me suis-je sermonnée.

Un échec était inenvisageable, tout autant que l'éventualité de devoir réintégrer le domicile familial en rasant les murs, et ce, parce que l'ensemble de ma communauté aurait conspiré à ma perte, pour avoir livré l'un d'entre nous à une garelle, qui s'était amusée à le peinturlurer aux couleurs de l'aube tahitienne avec son pistolet-brumisateur.

Quand je disais que j'aurais mieux fait de ne pas penser à ça.

J'ai essayé de chasser la grosse boule qui me nouait la gorge, puis j'ai allumé la radio et j'ai fait de mon mieux pour me concentrer sur la chanson des Black Eyed Peas.

*
* *

Max a déposé Francis à Brooklyn et m'a ensuite ramenée chez moi. Je venais de me glisser au lit quand le réveil de ma voisine a sonné. Ensuite, j'ai entendu le premier bulletin d'informations de la journée.

J'ai fermé les yeux, résolue à faire la sourde oreille aux nouvelles afin de demeurer dans mon habituelle et bienheureuse ignorance.

« … les nouvelles locales, Laura Lindsey, une employée de banque de West Village, est toujours portée disparue. C'est la seconde femme qui disparaît au cours de ces quinze derniers jours. La police ne dispose d'aucune piste, mais d'après une source proche de l'enquête, il pourrait s'agir là de l'œuvre d'un kidnappeur en série... »

Ou d'un *tueur* en série.

Je me souvenais de la remarque de Ty concernant le nombre des disparues : il était impossible, avait-il observé, qu'un ravisseur puisse séquestrer autant de victimes sans éveiller de soupçon. Je savais qu'il avait raison – l'homme qu'il traquait était un authentique meurtrier. Dont la liste de victimes ne cessait de s'allonger.

Cette évidence m'a empêchée de fermer l'œil. Je savais que Laura n'était pas simplement portée disparue. Elle était morte. Ou le serait très bientôt. Et personne ne pouvait rien faire pour empêcher ça.

J'ai passé le plus clair de la journée à me tourner, me retourner, et à contempler le plafond – si je ne compte pas le temps que j'ai passé à regarder le talk-show de Jerry Springer (le sujet du jour? Mon ex-amant s'est révélé être un serial killer travesti) et à me faire une pédicure.

— Peut-être qu'il planque les corps dans un hangar à bateau, ai-je suggéré à Ty lorsque je l'ai appelé le lendemain soir en partant au boulot. Vous avez fouillé ceux qui longent les quais de l'Hudson?

— Il ne les planque pas dans un hangar à bateau.

— Comment le savez-vous?

— Parce que j'ai fouillé tout ce qui ressemble de près ou de loin à un entrepôt à Manhattan et dans les environs.

— Ah, bien. Une bonne chose de faite. Nous pouvons au moins éliminer ça.

— *Nous?*

— J'essaie de vous aider.

— Si vous voulez vraiment m'aider, évitez de jouer les cow-boys la prochaine fois que vous avez des soupçons. Appelez-moi, plutôt.

Et embrassez-moi.

Je me suis obligée à écarter cette dernière pensée et j'ai murmuré :

— Je suis vraiment en retard.

— On se reparle plus tard.

— Ouais, plus tard.

Soit vingt minutes après – le temps qu'il m'avait fallu pour m'arrêter acheter un *caffè latte* à Evie et m'installer derrière mon bureau.

— Il y a des bars de travestis, dans le quartier ?

— Vous croyez que notre type planque ses victimes dans un rade de travestis ?

— Soit ça, soit il traîne juste dans ce genre d'endroits.

— Ça ne cadre pas avec son profil.

— Peut-être que son profil est faux.

— Et peut-être que *vous*, vous devriez lever le pied sur le Springer Show.

Peut-être n'avait-il pas tort. Mieux valait ne pas gaspiller mon énergie à me faire du souci pour Laura. J'avais une kyrielle de problèmes bien plus urgents sur les bras. Le premier de la liste ? Francis. Je lui ai pris rendez-vous chez Dirkst pour le lendemain après-midi et, ensuite, j'ai décidé de répondre à tous les appels en souffrance – sauf ceux de ma mère, évidemment, que je ne comptais pas rappeler avant d'avoir casé toutes mes clientes du Club des Gaies Chasseuses.

La première d'entre elles était une veuve qui allait sur ses sept cents ans, fana de tango argentin – Sally Deville. J'ai passé deux heures à éplucher des profils de clients, avant de décrocher mon téléphone pour appeler un ami de Max que j'avais vu danser le tango à une soirée d'anniversaire chez mes parents. Bien qu'il ne soit pas prêt à se caser, j'ai réussi à le convaincre des infinis avantages – tous d'ordre sexuel – qu'il y avait à sortir avec une vampire plus âgée, plus mûre.

Bingo !

J'étais sur le point de m'occuper du cas de ma cliente suivante quand Nina II m'a appelée sur mon portable.

— Alors, tu as vu Wilson, hier soir ?

— Oui, malheureusement.

— Ça veut dire quoi, ça ?

— Que c'est un misérable chien et qu'il ne vaut pas la peine que tu lui consacres du temps.

— Tu ne lui as pas dit ça en ces termes, j'espère ?

— Pas en ces termes, exactement, mais je suis sûre qu'il a compris le message. Je lui ai envoyé un chèque de remboursement par courrier. (Un geste douloureux, mais j'y étais arrivée.) Qu'il se trouve par lui-même celle qui satisfera à ses précieux critères.

— Mais tu ne peux pas faire ça ! Il va se douter que quelque chose cloche.

— Quelque chose cloche. Il te plaît.

— Non. Absolument pas. Je t'assure.

— Menteuse.

— Écoute, on s'en fiche. Lui et moi, on n'est pas faits l'un pour l'autre. Je le sais. C'est pour ça que je veux que tu me trouves le partenaire fait pour moi.

— Tu es sûre que c'est bien sage de se précipiter après tout ça ?

— *Après tout ça ?* Mais il ne s'est rien passé entre

Wilson et moi. Nous sommes de simples connaissances. Fin de l'histoire. Je ne pense pas que ça puisse devenir sérieux entre nous, et lui non plus.

Elle a rigolé, mais le cœur n'y était pas. Ma gorge s'est serrée.

— Je veux un homme avec un taux de fertilité bien plus fringant, a-t-elle repris. Et tu vas me le trouver.

— Ah bon ?

— Il le faut.

— Tu n'as rien à prouver, Nina. On se fiche de ce que pense Wilson.

— Ça n'a rien à voir avec Wilson. Mais avec moi. Et je n'entends rien prouver à qui que ce soit – et ce d'autant plus que Wilson ne me plaît pas. Il ne me plaît pas, a-t-elle martelé. Je fais juste ce que font toutes les vampires de mon âge. J'ai envie de trouver l'âme sœur, je ne m'en cache pas, et je veux que tu m'aides. À quoi bon attendre le Déluge ? Case-moi.

— Eh bien, euh…

Et là, une idée m'a traversé l'esprit. Une idée démente. Ne vous avais-je pas dit que je travaillais mieux sous pression ?

— Je me demande pourquoi tu ne l'as pas dit plus tôt !

— Donc, tu acceptes ?

— Dégote-toi la tenue la plus sexy qui soit, et Evie te rappelle pour te communiquer tous les détails.

— Merci, Lil. C'est un sacré service. Tu es la meilleure.

— Je ne te le fais pas dire.

Du moins en ce qui concernait le dernier point. Parce que pour ce qui était de lui rendre service… À mon humble avis, bien plus que d'un rencard (c'est-à-dire, d'une distraction), Nina avait besoin qu'on lui ouvre les yeux.

Et Wilson itou.

J'ai sorti le dossier de ce dernier, et j'ai composé son numéro. Il a décroché à la seconde sonnerie.

— Wilson Harvey.

— C'est Lil. Écoutez, je sais que je vous ai un peu rabroué, l'autre soir, me suis-je empressée de reconnaître quand il a commencé à protester. Mais je connais une femme absolument incroyable, que vous devez absolument rencontrer.

— Et son quotient orgasmique? a-t-il demandé après un très long silence.

— Hors normes. Elle est actuellement record du monde. Elle est célibataire et cherche un compagnon d'éternité. Et elle aime l'opéra.

— Ça marche.

Les hommes de ma race sont de vrais nigauds.

27

Le samedi, Laura Lindsey était toujours portée disparue, j'ai regardé une fois de plus le Springer Show et Francis était encore orange.

La veille, Dirkst s'était pourtant échiné, trois heures durant, à faire son possible pour rattraper le coup et, croyez-moi, j'avais payé de ma personne pour obtenir un rendez-vous au pied levé. Oui, vous avez deviné : un rencard avec la réceptionniste lesbienne. Ce qui ne me tracassait pas outre mesure – voire même plus du tout, après avoir vu ce Springer Show sur le thème « Mon petit ami est en réalité un drag-king, et ça m'excite tout autant ». Par ailleurs, j'avais des questions bien plus importantes à mon ordre du jour.

Ce jour-là, c'était *le* samedi tant attendu. Celui du grand raout.

Le Gala du Club des Gaies Chasseuses.

J'avais formé six couples pour le grand événement, Mrs Wilhelm incluse – je l'avais finalement casée avec Jeff, l'ouvrier en bâtiment très « nature » du Lavomatic.

Je sais, je sais, c'était un humain. Allez-y. Cherchez-moi des poux dans la tête.

Ce détail mis à part, le garçon avait *muchas* qualités qui faisaient de lui un parfait cavalier (notez bien que je dis *cavalier*, et pas compagnon) pour cette vamp morveuse et prétentieuse. Et tenez-vous bien : sa mère ayant été professeur de danse, Jeff était aussi à l'aise avec le cha-cha-cha que le madison, sans compter la polka – dont la cote ne faiblissait pas.

Joli garçon et bon danseur – difficile de trouver plus adapté, non ?

J'avais constitué cinq autres couples en associant, dans la plupart des cas, des humains à mes vamps. Ces dernières ne cherchaient qu'à passer un bon moment, c'est-à-dire dîner, danser et *dîner*. Grâce à cet étonnant pouvoir de contrôle de l'esprit qui est le nôtre, je n'avais rien à craindre : mes bonshommes ne se montreraient pas trop fouineurs, et leur présence ne rendrait pas les autres invités nerveux. Le matin venu, aucun d'entre eux ne se souviendrait de l'endroit où ils avaient été, et de ce qu'ils y avaient vu. Ils se souviendraient seulement qu'ils s'étaient vachement amusés grâce à Vamp'n'Love.

J'avais fait une exception pour Dara et Dorien Cranford. Elles étaient sœurs, veuves l'une et l'autre et, même si elles le niaient, elles souffraient terriblement de leur solitude. Elles, je les avais rencardées avec deux Sang Pur qui avaient contacté Vamp'n'Love après avoir pris ma carte à leur club de gym. Faut croire que j'avais bien bossé.

Le vrai problème, et la raison pour laquelle j'avais passé plus d'une heure à m'angoisser devant mon placard, c'est que mes parents seraient là. Ainsi que mes frères, et tous les autres vampires des deux sexes dont l'arbre généalogique remontait à l'âge de pierre.

Je la tenais, ma chance de briller. De prouver que j'assurais. Enfin, plus ou moins. J'avais escompté que Francis couronnerait ma gloire mais, à l'évidence, dans son état, il n'allait pas couronner grand-chose.

Grâce à Dirkst, sa peau avait désormais une teinte orange doré, mais il restait plus proche de Tony le Tigre que d'un Adonis hâlé. C'était un coup dur pour tous ces fantasmes de couronnement de mon génie qui m'avaient tenue éveillée des journées entières (quand je ne me représentais pas avec Ty sur une plage, fort affairée).

À l'évidence, ma mère n'allait pas tomber à genoux pour implorer mon pardon d'avoir douté de moi (fantasme numéro deux). Mais j'espérais bien qu'elle allait au moins, même à contrecœur, m'accepter telle que j'étais.

Et ça, à mon sens, c'était botter le train à la culpabilité, ou je ne m'y connaissais pas.

— Je ne peux pas faire ça.

La voix, grave, émanait de derrière la porte close de la chambre.

J'étais passée chercher Francis à Brooklyn et, assise sur son canapé entre Britney et les jumeaux, j'attendais qu'il ait enfilé la chemise neuve que je venais de lui apporter.

— Mais si, vous pouvez, ai-je répondu en délogeant un des jumeaux lorsque je me suis levée. Tout va bien se passer.

— Vous m'avez bien vu. Qui voudrait être escorté par quelqu'un qui ressemble à ça ?

— Moi.

La porte s'est ouverte à la volée. Malgré son teint, il était séduisant, dans son pantalon noir et sa chemise neuve. Ses chaussures noires brillaient. Il avait lissé ses cheveux en arrière et… J'ai tendu la main pour les ébouriffer. Voilà. Bien mieux.

— Vous êtes ma cavalière ? (J'ai hoché la tête, tout en arrangeant une mèche folle sur son front.) Pff, une cavalière de miséricorde…

— Oh que non. (Il m'a lancé un regard qui signifiait *Arrête de te foutre de ma gueule.*) Bon, d'accord, c'est un acte de miséricorde. Mais pas dans le sens que vous imaginez. En fait, c'est vous qui me faites la grâce de m'accompagner. Si j'arrive seule, je vais être la proie rêvée pour ma mère.

Tandis que je terminais de discipliner le désordre de ses cheveux, j'ai remarqué qu'il n'avait pas rougi. Ou que, du moins, c'était indécelable.

Vous avez vu *Miracle en Alabama* ? Eh bien, j'avais réussi un prodige du même ordre.

— Vous voulez dire que *vous* avez besoin de *moi* ?

Je me suis souvenue de Thirston et Theodore, et un soudain désespoir s'est emparé de moi.

— Plus que jamais.

Une lueur curieuse a enflammé ses pupilles et j'ai oublié aussitôt mon désespoir. *Pas de petit ami, merci.* J'ai reculé d'un pas.

— Mais n'allez pas vous faire des idées… Je sais que je suis sexy, et totalement irrésistible… (Surtout dans cet ensemble fourreau en lamé or et sandales assorties Michael Kors, qui m'avait coûté une bagatelle correspondant aux acomptes cumulés de trois clients.) Mais il ne se passera rien entre nous. (Ah oui, j'avais également emprunté à Nina I son bracelet Tiffany. Ajoutez à ça une paire de grandes créoles et un nuage de ma nouvelle poudre bronzante et voilà le résultat : une bombe.) Vous n'êtes pas mon genre.

Il a haussé les épaules.

— Parce que je ressemble à Garfield.

— Non, parce que vous êtes un client.

Et que tu n'as pas un jean noir, un chapeau de cow-boy, et un Sig calibre quarante. Le petit diable sur mon épaule droite était de retour.

— Le teint carotte, c'est juste la cerise sur le gâteau. Et toute miséricorde mise à part, cette soirée va vous permettre de rencontrer une flopée de vamps d'excellente ascendance, avec lesquelles vous pourrez sympathiser tout en leur laissant croire que vous êtes déjà pris. Ce qui vous rendra d'autant plus séduisant, en dépit de votre teint. Et m'aidera à vous décrocher des rendez-vous dans l'avenir. (Concernant ce dernier point, je croisais les doigts.) La seule consigne, c'est : on la joue cool, décontracté, avenant. On prend l'air blasé, mystérieux. Et quoi qu'il se passe, on ne cligne pas des yeux.

— Ça m'a passé, a dit Francis en clignant des yeux. Presque.

Il se trouvait que ce tic résultait d'un manque de sommeil. J'avais découvert le pot aux roses le jeudi, alors que, pelotonnée dans le lit au terme d'une autre journée sans fermer l'œil, je contemplais le reflet du coucher de soleil dans mon miroir. Comme mes paupières ne tenaient pas en place, j'avais loupé le spectacle. Et si Francis – entièrement remis de son week-end chez les garelles de la SPA – avait perdu cette détestable habitude, moi, en revanche… je ne cessais de papilloter.

— Alors, qu'en pensez-vous ? a demandé Francis en se reculant et décollant les bras du corps.

J'ai étudié l'effet d'ensemble. J'ai souri. Et battu des paupières.

— Ça me plaît.

— Je crois que ça me plaît aussi, a-t-il approuvé en caressant l'étoffe soyeuse de la chemise. Je me sens mal à l'aise dans la plupart des autres vêtements qu'on a choisis ensemble, mais cette chemise, elle me plaît.

— Elle a intérêt. C'est une Gucci.

Il a froncé les sourcils et viré vampire radin.

— C'est cher ?

— Arrêtez de jouer les vieux schnocks. Vous ne pouvez pas la garder.

— Comment ça ?

— Je la rapporterai demain à la boutique, ai-je expliqué en cachant l'étiquette avec le prix à l'intérieur de son poignet. Contentez-vous de ne pas la tacher[1].

— J'avais dit : PAS DE TACHE.

J'étais dans la grande salle de bal du Country Club de New Canaan et contemplais l'éclaboussure visqueuse sur le plastron de la nouvelle chemise de Francis.

— J'y suis pour rien. On m'a renversé un truc dessus. C'est ce que j'ai gagné à braver la queue au buffet. J'aurais dû me nourrir avant de venir, a-t-il gémi en se passant la main dans les cheveux.

Je connaissais la sensation. Mon propre estomac s'était rebellé une demi-heure plus tôt, tandis que je

1. Petite astuce très prisée des fashionistas outre-Atlantique : la plupart des boutiques remboursent, cash et de bonne grâce, tout article retourné avec son étiquette d'origine.

bavardais avec la présidente de la soirée. Elle avait dépêché le service d'ordre, croyant que des intrus avaient infiltré les invités et jouaient de la musique de sauvage dans les jardins.

— Puisque le mal est fait, voudriez-vous bien aller me chercher un verre ?

Francis s'est retourné et a regardé la queue qui serpentait le long de la piste de danse.

— Vous plaisantez, n'est-ce pas ?

— Je suis à deux doigts de tomber dans les pommes et, si je mords la poussière, vous serez obligé de parler à quelqu'un d'autre.

— Vos désirs sont des ordres.

En attendant, je ne pouvais que me repaître du spectacle, du mieux que je pouvais entre deux battements de paupières.

Je dois reconnaître que nous, les vampires, nous savons comment faire les choses en grand. Même si mes goûts musicaux penchent plutôt vers Outkast et Nelly, je ne pouvais nier que l'orchestre était somptueux et jouait un tango drôlement enlevé. Robes de grands couturiers et costumes de prix se pressaient sur la piste. Toutes les tables disséminées dans la vaste salle étaient recouvertes de nappes blanches et arboraient en leur centre un imposant candélabre doré, entouré d'une couronne de roses rouges. Les boissons – qui toutes, du champagne au AB^-, étaient des produits d'importation – coulaient à flots des fontaines en argent. L'air embaumait les effluves mêlés des parfums de luxe, de fortune et de sang exquis.

J'ai cherché mes couples des yeux. Seuls deux d'entre eux étaient en train de danser, mais les autres semblaient passer un bon moment. L'un d'eux, à une table non loin de moi, était absorbé dans sa conversation. Un autre faisait la queue au buffet. Un troisième, sur le bord de la piste, observait Jeff basculer Mrs Wilhelm avec une souplesse et un brio applaudis par la moitié de l'assistance. Et pour l'instant, personne ne s'était écharpé.

Mieux : je n'avais pas encore croisé ma mère plus de trente secondes. Il lui avait échu la responsabilité de vérifier les invitations, à l'entrée. À notre arrivée, elle avait toisé Francis, puis m'avait détaillée, lèvres pincées : « Robe intéressante, très chère. » Sous-texte : *tu aurais dû en choisir une autre.*

Depuis, je ne l'avais ni revue ni entendue.

Le pied.

— Wilson est là.

L'annonce de cette nouvelle a été suivie d'une tape dans mon dos. Je me suis retournée et me suis trouvée nez à nez avec Nina II, très nerveuse.

Et très sexy.

Elle avait suivi mon conseil et renoncé au look classique au profit d'une robe rouge vif très courte et très décolletée, qui soulignait des courbes dont j'ignorais l'existence. Elle avait relevé ses cheveux avec un peigne incrusté de rubis, assorti au collier de chien qui enserrait son cou délicat et capturait, à chacun de ses mouvements, le vacillement des flammes des bougies.

— Il est *ici*, a-t-elle répété.

— Tu m'as demandé de lui trouver quelqu'un.

— Mais pas *ici*. Pas le soir où tu me présentes quelqu'un.

— Comment ça se passe, avec ton cavalier ?

Il se trouvait à quelques pas derrière elle, près d'une des fontaines à champagne : grand, brun, élégant

– une pure merveille, dénichée dans l'un des clubs de gym ; un vampire héréditaire qui ne réfléchissait jamais mieux que sur un tapis de course. Il a levé son verre vers nous avant de boire une gorgée.

— Il est sympa. Enfin, je crois… Avec tout ce boucan, on n'a pas vraiment eu le loisir de discuter. Non pas qu'on aurait beaucoup à se dire.

— Il est avocat fiscaliste et tu es comptable. Il devrait y avoir matière à conversation, non ?

— Il est spécialiste de l'impôt sur les sociétés.

— Ton père possède une société, dont tu es directrice financière. Ça m'a tout l'air d'un sujet de conversation en or.

— Il n'aime pas l'opéra. Et, a-t-elle ajouté sans me laisser le temps de répondre *Tant mieux pour lui*, il déconseille les investissements personnels. Il trouve les marchés trop capricieux, en ce moment.

En résumé : il n'était pas Wilson – le vampire qu'elle prétendait avec insistance ne pas apprécier.

J'ai reporté mon attention sur Mr Harvey. Planté à quelques mètres du bar, mains enfoncées dans les poches de son pantalon, il ne quittait pas des yeux l'avocat fiscaliste, plutôt que de contempler la séduisante rousse à ses côtés.

Ayala Jacqueline Devanti, fille d'une amie de ma mère, était pourtant la perfection faite vamp : belle, cultivée, un quotient orgasmique capable de rivaliser avec le mien et qui, bien que pas assez élevé pour lui valoir de détenir le record, l'était tout de même suffisamment pour faire d'elle une vampire très recherchée. Sans compter qu'elle n'avait qu'une idée en tête : se caser et contribuer à la perpétuation de la race.

Mais Wilson semblait plus jaloux qu'intéressé.

— Oublie l'opéra, ai-je conseillé à Nina. Et les investissements. Va inviter ton cavalier à danser.

— Je ne sais pas danser.

— C'est encore mieux. Demande-lui de t'apprendre. Tu n'as pas besoin de Wilson, ai-je ajouté en voyant sa mine. Ce dont tu as besoin, c'est de t'amuser et de lui montrer que tu n'as pas besoin de lui. (Elle m'a considérée avec un regard appuyé.) Si je te le dis. Bon, maintenant, tu y vas. Et tu fais un effort.

Nina est partie rejoindre son cavalier d'un pas décidé, et tout ce temps, Wilson ne l'a pas quittée des yeux.

— Salut. (Francis s'est matérialisé à côté de moi, les mains encombrées de deux verres en cristal remplis d'un liquide rouge rubis.) Quoi de neuf?

— À part le trou dans votre compte en banque? ai-je demandé en apercevant une seconde éclaboussure visqueuse sur sa chemise. (Il a froncé les sourcils et mon sourire s'est élargi.) Pas grand-chose. Pour l'instant, ai-je ajouté.

Je me suis retournée vers la piste pour regarder l'avocat fiscaliste attirer Nina plus près de lui, avant de couler un regard vers Wilson, qui, lèvres pincées dans une expression de vive contrariété, les observait lui aussi d'un regard peu amène.

— Oh oh! a fait alors Francis. Il va y avoir du grabuge.

— Je n'irai pas jusque-là. Certes, il semble sur le point d'exploser, mais c'est juste parce qu'il est en train d'accepter ses sentiments. Une fois qu'il aura admis qu'il la désire et qu'elle est à lui, il interviendra et le lui dira. L'avocat fiscaliste n'a pas assez investi dans cette relation pour défier Wilson, et il se retirera. (J'ai regardé Wilson.) Encore quelques minutes, et il va passer à l'action.

— Il ne semble pas prêt à patienter aussi longtemps…, a insisté Francis.

— C'est là qu'on va voir pourquoi c'est moi la marieuse, et vous le client. Il faut être capable de déchiffrer les gens. De décrypter chaque expression, chaque geste. Tout a une signification.

— Et un pieu, à votre avis, ça signifie quoi ?

— Un quoi ? Qu'est-ce que vous…

Ma question est restée en suspens lorsque je me suis tournée vers l'entrée pour suivre son regard.

Un loup-garou s'encadrait dans la porte. Il était grand, avec des cheveux châtain clair et des yeux marron très foncé. Dans son costume bleu marine sobre et classique, il ressemblait à n'importe quel loup-garou qui a réussi dans la vie, qui accorde quelque attention à son style vestimentaire, et qui transporte un pieu en bois…

Aïe aïe aïe.

Le nouveau venu n'étant pas passé inaperçu, un sentiment de catastrophe imminente s'est propagé dans l'assistance. L'orchestre s'est interrompu, tous les regards ont convergé vers l'intrus et un soudain silence a pesé sur la salle.

— Ayala ! Que fais-tu avec ce type ? Je rêve. Tu es à moi. À moi.

— Non, James. Je te l'ai déjà dit. Toi et moi, ça ne peut pas marcher. Tu le sais.

— N'importe quoi. Ça colle entre nous.

— Ça colle au lit. Et c'est tout.

— Non, il y a plus que ça.

La belle a posé sur son ex ce regard de commisération miséricordieuse dont, tant de fois, j'avais vu les vampires gratifier les humains.

— Non, c'est faux, a-t-elle assené.

— Tout ça, c'est à cause de lui ! a tempêté le loup-garou en accentuant son froncement de sourcils.

— Non, à cause de toi. Tu es un loup-garou. On s'amusait bien, mais ça n'allait pas plus loin. Tu n'aurais pas dû te vexer pour ça.

Mais le fait est qu'il était vexé, cela se lisait dans ses yeux. Ce mépris total pour sa sécurité (il allait se faire tailler en pièces si jamais il tentait de s'en prendre à un vampire héréditaire), cette douleur, ce désespoir, et cet amour – éternel, absolu.

Bon, d'accord – peut-être que je surinterprétais un peu. Peut-être cela allait-il bien au-delà d'un simple désir sexuel irrépressible, assaisonné d'une petite pointe d'amour éternel. Mais peu importe : la belle Ayala lui inspirait un sentiment puissant, et ce, en dépit des interdits édictés par la société des vampires. Comment aurais-je pu ne pas compatir ?

— C'est de sa faute ! s'est entêté le loup-garou comme s'il n'avait rien entendu de ce qu'elle venait de lui dire.

Et tandis qu'il insistait sur ce « lui », ses yeux sont devenus rouge vif, il a retroussé ses lèvres, dévoilant une bouche pleine de dents acérées. Puis il s'est élancé, le pieu dirigé droit en direction du cœur de Wilson.

— Attendez !

Je me suis élancée à mon tour avant de m'être livrée à un petit calcul mental (pieu + loup-garou en colère = ne te mêle pas de ça), et me suis plantée devant Wilson à l'instant même où le pieu arrivait sur lui.

La douleur, aiguë, m'a déchiré l'épaule puis m'a étreint le corps tout entier. Ma vision s'est brouillée. Le sang battait si fort dans mes oreilles que cette pulsation noyait presque les cris qui fusaient autour de moi.

Mes jambes se sont dérobées, j'ai vu le monde tourner au ralenti, et le sol monter vers moi. Le bruit d'une déchirure s'est propagé dans ma tête, comme en écho, et j'ai senti un courant d'air frais contre ma peau nue. J'ai brièvement songé que ma mère avait eu raison. J'aurais dû choisir une autre tenue.

Et puis, tout est devenu noir.

28

— Lilliana ?

La voix a transpercé les ténèbres qui me retenaient prisonnière.

— Tu m'entends ? Ouvre les yeux, très chère. C'est *maman*.

Maman.

Soudain, j'avais remonté le temps, j'avais de nouveau huit ans, et ma mère me réveillait parce qu'il était l'heure de mes leçons avec mon précepteur. Ma vie était simple, alors. Elle se résumait à conjuguer des verbes et jouer à la poupée avec les Ninas. Une vie sans souci. Sans ennuis. Sans facture d'électricité.

— À l'instant où je l'ai vue arriver dans ce bout de chiffon en guise de robe, j'ai su qu'il allait y avoir un drame !

J'ai rouvert les yeux d'un coup. Fin de l'illusion.

— Ah, te revoilà !

Ma mère était penchée au-dessus de moi, et j'ai enregistré trois choses importantes : 1) j'étais allongée sur le dos sur une des tables de la salle de bal, 2) j'étais revêtue de la nappe et 3) j'étais revêtue de la *nappe*.

On l'avait drapée autour de mon corps et calée sous mes aisselles, et, tout au bout, dépassaient mes pieds, dans les sandales dorées Michael Kors. Mes ongles, à la lumière des bougies, étaient d'un rose vif.

— Qu-que s'est-il passé ?

Ma mère a froncé les sourcils comme elle le faisait naguère, il y a très longtemps de cela, quand je renversais quelque chose sur mon jupon tout neuf.

— Tu as failli mourir, voilà ce qui s'est passé. Qu'est-ce qui t'a pris ? On ne se précipite pas ainsi sur l'extrémité acérée d'un pieu.

Toute la scène m'est revenue d'un coup, et je me suis souvenue de Wilson. Et du loup-garou. Et du pieu...

Ohmondieu. Je m'étais fait *empaler*.

J'ai regardé la serviette pliée qui recouvrait mon épaule. Elle était tout imbibée de sang. Mon estomac s'est retourné et mes mains se sont mises à trembler.

— Je... Je...

Je n'arrivais pas à retrouver mon souffle. Par chance, ce n'était pas une nécessité. Mais il fallait tout de même que je ravale cette boule de la taille du Texas qui m'obstruait la gorge.

— Tu es née sous une très bonne étoile, a dit mon père qui me dévisageait, un masque de colère et d'inquiétude en guise de visage. Quelques centimètres de plus à droite et tu étais fichue.

J'ai bataillé pour retrouver l'usage de ma voix. Il me fallait savoir si le pire s'était produit.

— Et ma robe ? ai-je gémi.

— La couture s'est déchirée, et elle a été arrachée dans ta chute.

Bien – maintenant, je ne pouvais plus respirer *du tout.* Rien à voir avec la honte de m'être retrouvée à poil au beau milieu d'un grand gala de vampires. On parle de *Christian Dior*, là.

Tandis que je me débrouillais comme je pouvais pour encaisser la nouvelle, une dizaine d'autres questions m'ont traversé l'esprit.

— Et le loup-garou ?

— Tes frères l'ont reconduit à la porte.

Pour ça, je leur faisais confiance.

Je revoyais très vaguement Max se précipiter devant moi, et Jack extraire le pieu de mon épaule. Rob était également quelque part dans le tableau, en même temps que Francis.

« *Non. Non. Non. NON !* » J'entendais de nouveau son cri dans ma tête, et j'ai battu frénétiquement des paupières pour chasser les larmes qui m'étaient venues aux yeux.

— Francis ?

— Ton cavalier ? (Mon père a tourné la tête et, en suivant son regard, j'ai aperçu Francis, assis dans un coin et cerné par une demi-douzaine de vampires du beau sexe.) De prime abord, ta mère et moi n'étions pas ravis – son fond de teint est un peu voyant – mais il s'est avéré un jeune homme tout ce qu'il y a de plus valeureux.

Une manche de sa chemise Gucci avait été arrachée, et le reste était en lambeaux. Avec ses bras griffés et ses cheveux en bataille, il était plus sexy que jamais. Apparemment, je n'étais pas la seule de cet avis.

— Il fait quoi, déjà, dans la vie ?

— Il est dans l'immobilier.

— Il vend de la pierre ?

— De la vieille pierre. Française. La majeure partie de ce pays lui appartient. C'est Françoise Deville. *Les fameux.*

Mes géniteurs ont souri.

J'ai tenté de m'asseoir. La douleur était lancinante et j'ai réprimé une nausée.

— Doucement, a dit mon père en m'aidant à me redresser tandis que je maintenais en place la serviette imbibée de sang.

J'ai regardé autour de moi. La salle de bal offrait un spectacle pitoyable. L'orchestre avait arrêté de jouer, et abandonné les instruments face au danger. Des tables avaient été renversées. Des chaises, brisées. Les invités restants chuchotaient entre eux, par petits groupes. Les fontaines, elles aussi, avaient été renversées. Et les serveurs s'activaient à collecter les débris et nettoyer ce qu'il restait de la somptueuse salle.

Au beau milieu du chaos et des décombres, j'ai aperçu Wilson et Nina II. D'Ayala ou de l'avocat fiscaliste, point de signe. En fait, Wilson était étendu par terre, la tête posée sur les genoux de mon amie qui lui caressait le front.

— Depuis cinquante ans qu'il existe, ce gala s'est toujours merveilleusement bien déroulé, a râlé ma mère. Jusqu'à ce soir. Je lui avais bien dit que ces histoires d'agence de rencontres étaient une énorme erreur. Je te l'avais bien dit, a-t-elle répété. J'espère que tu sais que tu es responsable de tout ça, Lilliana. Toi, et ta ridicule entreprise.

Wilson a pris la main de Nina dans la sienne, et j'ai souri.

— Tu as raison. C'est moi la responsable.

Et pas qu'un peu. J'en étais drôlement fière.

Jamais je n'avais eu à ce point besoin de dormir. Et l'épuisement augmentait le supplice de mes sens déjà perclus de douleur tandis que je regagnais Manhattan, drapée dans la nappe comme dans un sarong. Le Dr Sheridan, le médecin traitant de ma mère, avait accouru pour une visite à domicile (si on peut dire), et il avait remplacé la serviette sur mon épaule par un large pansement.

J'avais laissé Francis avec Geneva Gray, une vamp célibataire qui avait bien réussi dans la vie, et s'était posée en leader de son nouveau fan-club. Tout indiquait qu'elle était prête à ne faire qu'une bouchée de lui, et Francis avait semblé plus qu'à même de faire face à la situation. La bagarre avait ébranlé sa timidité et ouvert une large brèche dans sa carapace.

Enfin.

Mes parents s'étaient retrouvés d'astreinte sur les lieux du carnage, pour aider à résorber le désordre – en d'autres termes, dicter des ordres au petit personnel. Jack et Rob n'avaient pas réapparu depuis qu'ils avaient escorté le loup-garou à l'extérieur, et je savais bien qu'après cet incident qui avait excité leur instinct le plus sauvage, ils avaient eu besoin de libérer cette tension. Le remède ? Du sexe, pur et dur.

À son expression de férocité, Max, qui me reconduisait chez moi, semblait sur le point d'en venir aux mains avec lui-même. Étant l'aîné, et aussi celui de mes frères qui se contrôlait le mieux, il a cependant réussi à accomplir le trajet de quarante-cinq minutes sans faire de combustion spontanée. Mais je savais que, sitôt que je serais descendue de sa voiture, il partirait en chasse d'une femme pour l'aider à évacuer toute cette énergie vampirique. La veinarde. Elle allait passer la nuit la plus mémorable de sa vie.

À cette pensée, j'ai soudain ressenti une vive jalousie parce que, apparemment, tout le monde allait s'en donner à cœur joie ce soir-là, sauf moi. Mais aussitôt après, nous avons roulé sur une bosse et une explosion de douleur s'est propagée dans mon corps. J'ai serré les dents et j'ai pensé à mon lit douillet, au sommeil qui m'attendait.

— Ça va aller? a demandé Max en s'avançant sur le seuil de ma chambre. Je peux rester, si tu as besoin de moi.

Je venais de dérouler la nappe qui m'emmaillotait et de me glisser entre les draps. La douleur dans mon épaule s'était réveillée.

— Vas-y. On s'appelle demain.

— Essaie de dormir. Ça va te remettre sur pied.

— J'ai une longueur d'avance sur toi, à ce propos, lui ai-je répondu, les yeux déjà fermés.

Il n'avait pas encore éteint la lumière que j'avais déjà enfoui la tête sous l'oreiller. Je ne l'ai même pas entendu s'éloigner. J'ai juste perçu le bruit d'une porte qui s'ouvre puis se referme et c'est tout.

Pour la première fois de la semaine, je me suis laissé happer par le sommeil. J'étais trop épuisée pour penser, m'inquiéter de la fille disparue, de mes relevés de carte bancaire ou de robes bonnes pour la poubelle. *Dors*, me suis-je ordonné. *Dors, et c'est tout.*

Je n'étais quasi plus de ce monde quand j'ai entendu la porte d'entrée s'ouvrir.

Le soleil n'étant pas encore levé, mes sens auraient dû être plus alertes. Et ils l'auraient été si, quelques heures plus tôt, je n'avais pas manqué de très peu d'être réduite en charpie. Ce n'est que lorsque j'ai senti la paume fraîche sur mon front que j'ai réussi à ouvrir les yeux.

Et en découvrant cette grande ombre planer au-dessus de moi, j'ai bondi. Un éclair de douleur a zigzagué en moi et j'ai poussé un cri strident.

— C'est quoi, ce bazar, poupée?

La voix grave et familière a pénétré dans mes oreilles.

— Quoi… ?

J'ai cligné des yeux. Je devais être victime d'une hallucination. Sinon, comment expliquer qu'*il* soit là? Dans ma chambre. En cet instant.

Certes, ce n'était pas la première fois qu'il me faisait ce genre de visite – loin de là. Mais normalement c'était dans mes fantasmes. Or là, vu la chienne de douleur qui me vrillait l'épaule, il était évident que j'étais bel et bien dans la réalité. Ma gorge est devenue toute sèche. J'ai dégluti.

— Que faites-vous ici?

— Que s'est-il passé?

Ty contemplait fixement mon épaule, paupières à demi closes, comme si une dizaine de pensées se bousculaient dans sa tête. Des pensées qui n'avaient rien de plaisant.

— Je me suis fait empaler.

Et j'ai expliqué l'incident du loup-garou jaloux.

— C'était une réaction idiote de votre part.

— Je n'en suis pas si sûre. Je la trouve plutôt courageuse. Noble, même. Et, naturellement, très professionnelle. Wilson est mon client, et c'est à cause de moi qu'il s'est retrouvé dans cette fâcheuse situation.

Je pouvais difficilement le laisser se débrouiller tout seul. Certes, c'est un abruti, mais il est enfin revenu à la raison.

J'ai raconté à Ty qu'il avait quitté le gala avec Nina II, et qu'ils avaient l'air très heureux.

— J'aurais dû m'en douter.

— Qu'entendez-vous par là ?

— Que vous êtes une emmerdeuse. (Il a étréci les yeux et m'a regardée avec insistance, et c'est là, soudain, que j'ai pris conscience que j'étais entièrement nue sous le drap.) Vous êtes sûre d'être une vampire ?

Hélas.

Comment ça, *hélas* ? D'où sortais-je des sottises pareilles ? J'étais heureuse de ma condition de vampire, de tout ce qu'elle me permettait de faire. J'étais heureuse d'avoir l'éternité devant moi.

J'ai bataillé pour m'asseoir sur le lit, le drap soigneusement coincé sous les aisselles. Jamais de ma vie je n'avais ressenti une douleur aussi violente que celle qui me lacérait l'épaule. Je n'avais qu'une envie : me rouler en position fœtale et disparaître. Mes yeux se sont emplis de larmes.

Bon, d'accord, j'aimais bien, la plupart du temps, jouer à la vampirette. Mais en *être* une, ça c'était une autre histoire.

— Allons, allons, tout va bien, a dit Ty d'un ton vraiment bizarre qui laissait entendre l'inverse.

— Qu'est-ce qu'il y a ? ai-je reniflé. Vous n'avez jamais vu un vampire pleurer ?

— En fait, non.

— Si vous me dites que les vampires ne pleurent pas, je vous assomme de mon bras valide.

Il m'a adressé un grand sourire puis a tendu la main

pour recueillir une larme du bout de son doigt. Le contact de sa peau m'a fait frissonner.

— Rallongez-vous, a-t-il murmuré.

Mmm... Je pensais qu'il n'allait jamais me le demander.

Il m'a aidée à m'installer confortablement et, à l'instant où j'ai fermé les yeux, où j'étais prête à sentir ses lèvres se poser sur les miennes, j'ai senti un courant d'air, et tout de suite après, j'ai entendu la porte du réfrigérateur s'ouvrir, se fermer. Puis il y a eu un cliquetis de verres.

Un poids s'est enfoncé dans mon matelas et sa cuisse musclée s'est collée contre mon flanc.

— Buvez ceci. Ça va vous requinquer.

Il a glissé la main sous ma nuque pour m'aider à soulever la tête avant d'approcher le verre de mes lèvres. Mon regard s'est accroché à son poignet. Les veines bleues, saillantes, pulsaient d'une force vitale qui m'aurait davantage aidée à récupérer que le truc pasteurisé auquel j'étais désormais accoutumée. Le battement de son pouls résonnait dans ma tête et un grognement de fringale est monté de mes entrailles.

— Allez-y, a-t-il soufflé.

J'ai croisé son regard et j'ai lu, dans la profondeur de ses yeux, ce qu'il entendait par là. Il savait à quoi j'étais en train de penser, et pensait à la même chose.

J'ai passé la langue sur mes lèvres et senti mes crocs caresser la chair de ma langue. Le battement de son pouls s'est amplifié, mes oreilles et mes entrailles se sont crispées.

Tu ne vas pas faire ça, me suis-je dit. Je ne pouvais pas. Je n'étais pas de celles qui cèdent à la tentation.

Mais à cet instant, la douleur dans mon épaule s'est

réveillée, plus insupportable que jamais, il était là, à portée de...

Mes lèvres se sont refermées sur son poignet et j'ai pris ce qu'il m'offrait.

Le nectar tiède a empli ma bouche et glissé le long de ma gorge. J'ai senti en moi la pulsation de sa force vitale. Elle se propageait à la vitesse de la lumière, gagnait mes doigts, mes orteils. Elle affluait dans ma blessure. La douleur a décru et laissé place à un autre type de supplice. Tout aussi féroce et situé beaucoup plus bas.

Il avait un goût encore plus délicieux que je ne l'avais anticipé. Suave. Capiteux. Décadent. Irrésistible. Miam.

— Aaaah...

Son soupir, grave, profond, a empli mes oreilles et m'a ramenée d'un coup à la réalité.

Je me suis redressée pour le regarder. Tête renversée en arrière, il se laissait boire, les yeux clos. Il tenait encore le verre dans sa main. J'ai aspiré plus fort. Il a gémi de nouveau et ses articulations ont blanchi. Le verre s'est brisé sous la pression, éclaboussant de rouge mon drap blanc immaculé.

Oups.

Non pas, *Oups, mon drap préféré est fichu*, mais *Oups*, je venais de briser un des vœux les plus chers que je m'étais fait à moi-même : pour quelques secondes d'une immédiate – mais sensationnelle – satisfaction, j'avais jeté aux orties tout ce à quoi je croyais.

OUPS.

Je me suis écartée et me suis léché les lèvres.

— Je... Je suis vraiment désolée. Je n'aurais pas dû... franchement, jamais je ne... (Je me suis essuyé le coin des lèvres.) Je veux dire… oh, et puis zut ! J'en sais rien.

J'ai secoué la tête et attrapé la nappe avec laquelle j'étais habillée avant de me glisser sous les draps. Je l'ai remontée jusque sous mon menton, tout en repoussant le drap souillé vers mes pieds. Ty s'est penché pour m'aider et ses mains puissantes ont effleuré le pli de mon genou. Il a roulé le drap en boule, avant de s'éclipser dans la cuisine.

Le temps qu'il revienne, j'avais réussi à faire une croix sur l'incident qui venait de se produire, en l'imputant à un délire occasionné par une douleur indescriptible, c'est-à-dire une crise passagère de démence vampirique.

— Alors dites-moi, que faites-vous ici ?

— La police a trouvé un cadavre.

— Laura ?

— D'après eux, oui. Ils ne peuvent pas avoir de certitude avant de faire une comparaison avec le dossier dentaire de la victime – on dirait que celui, quel qu'il soit, qui s'est débarrassé du corps a essayé d'abord de le faire cuire au barbecue.

— C'est dégueulasse !

— Ouais. (Il a passé la main dans ses cheveux.) Même si personne n'a envie de requalifier un enlèvement en meurtre, la police espère cependant qu'il s'agira de Laura. Un corps, c'est un indice. Si tant est que ce soit le bon corps.

— Et vous en doutez ?

— Ça ne colle pas. Ce type a enlevé tout un tas de femmes, et aucun corps n'a jamais été retrouvé. Pourquoi maintenant ?

— Peut-être qu'il devient négligent.

— Le corps a été retrouvé dans une benne à ordures près de l'Hudson.

Je me suis abstenue de lui assener un *Je vous l'avais bien dit*, mais sans doute cela se lisait-il dans mon regard car Ty a étréci les yeux et ajouté :

— Dans une benne à ordures, pas dans un hangar à bateau.

— Ça reste un lieu de stockage.

— Une benne à ordures ne sert pas à stocker.

— Si : à stocker des ordures. Franchement, ça vaudrait presque un petit mot de remerciement à Jerry.

Un sourire lui a échappé mais il a retrouvé aussitôt son expression professionnelle dont il se départait rarement.

— Le corps n'était même pas caché au fond de la benne. Il était juste posé par-dessus le reste, comme si on l'avait jeté là à la va-vite. (Il a secoué la tête.) Or notre homme ne fait rien à la va-vite. Il est méthodique, prudent.

— Et ça, on pourrait croire que la police le sait.

— Elle le sait. Mais en l'absence de piste, ils sont sous pression, ils doivent retrouver les disparues, mortes ou vives. Sinon, les Fédéraux vont débarquer.

— Ce ne serait peut-être pas plus mal.

Il a passé la main sur son visage et, pour la première fois, j'ai vu au-delà de sa beauté ténébreuse et remarqué les cernes sous ses yeux.

— Peut-être. Mais peut-être aussi que ça ne servirait qu'à envoyer le meurtrier sévir dans une autre ville. Je l'ai déjà pourchassé à travers tout le pays. Je veux que ça s'arrête. Ici.

Il avait vraiment l'air recru de fatigue.

Tout autant que moi.

Allongez-vous, avais-je envie de dire. *Ce lit est assez grand pour deux*. Mais je savais que si Ty se glissait entre mes draps, il ne serait absolument pas question de dormir.

— Merci d'être passé.

Il a hoché la tête, comme s'il avait lu dans mes pensées.

— Vous devriez vraiment verrouiller votre porte.

— Je n'ai pas besoin de cadenas. Je suis une vampire.

— Vous n'arrêtez pas de me seriner ça, poupée, mais je n'y crois plus trop. Une vraie vampire m'aurait sauté sur le poil à l'instant où j'ai passé la porte de Vamp'n'Love, a-t-il ajouté avec un grand sourire qui a découvert une dentition blanche parfaite.

— Une vraie vampire maligne vous aurait chassé à coups de pied dans les fesses sans vous laisser le temps de dire Bela Lugosi.

Je lui ai décoché un coup d'œil.

— Mieux vaut tard que jamais ? C'est ce que vous êtes en train de me dire ?

— Exactement. Dehors.

— Je vous jure qu'un jour, vous me supplierez de coucher avec moi, a-t-il fanfaronné en se levant.

— Le sexe n'est pas la question, ici.

— Le sexe est inévitable, a-t-il murmuré juste avant de refermer la porte derrière lui.

C'était précisément ce qui m'effrayait.

29

Toute ma satisfaction d'avoir réuni Wilson et Nina s'est évanouie à l'instant où, le lundi, après m'être traînée au bureau, j'ai décroché la ligne quatre parce que Evie, déjà en ligne sur la une, la deux, et la trois, n'avait plus assez de mains.

Quand j'ai enfin réussi à trouver le sommeil après le départ de Ty – cela m'avait pris des heures et valu d'assister à un lever de soleil spectaculaire –, j'avais dormi toute la journée et toute la nuit suivante (et tout ça, grâce au sang de Ty – un petit détail auquel j'avais décidé de ne *pas* penser). Quand j'avais ouvert les yeux, au moment où le soleil commençait son déclin, j'avais découvert que mon épaule était guérie et que la douleur avait complètement disparu.

Pour un lundi, ça commençait plutôt bien, mais malheureusement ça n'a pas duré. D'abord, j'ai oublié mon portefeuille à la maison, ce qui m'a obligée à rebrousser chemin alors que j'avais déjà parcouru la moitié du trajet. Ensuite, le percolateur du Starbucks est tombé en panne au moment où je commandais un *caffè latte. Ensuite*, j'ai marché dans une crotte de chien et taché mes bottines Miu Miu flambant neuves en cuir champagne.

Et maintenant, ça :

— ... responsable des sommes débitées sur votre compte. Nous comprenons très bien que les gens puissent traverser des périodes difficiles, mais ici, à la Ford Bank, nous avons néanmoins un règlement que nous nous devons de respecter. En particulier, concernant les autorisations de découvert.

— Mais je vous ai fait parvenir un virement la semaine dernière!

Pour la robe Christian Dior, qui était désormais bonne pour la poubelle, et pour mes bottines Miu Miu.

— Vous avez comblé votre découvert.

— Exactement.

— Mais pas vos agios contractés au cours des deux derniers mois, que, contractuellement, vous êtes tenue de rembourser intégralement. Afin de débloquer votre compte, nous avons besoin au total d'une somme de...

En entendant le montant annoncé, j'ai écarquillé les yeux. Certes, à ce stade-là, les affaires marchaient mieux que nous ne l'espérions, mais il fallait tout de même rester raisonnable.

— J'ai bien peur que maintenant vous nous deviez d'autres agios pour le mois en cours. À moins que vous ne vouliez procéder immédiatement à un télépaiement, auquel cas nous pouvons éviter des pénalités supplémentaires et débloquer votre compte.

— Oui, sans doute..., ai-je convenu.

Ce qui n'était qu'un raccourci pour : *de quel autre choix est-ce que je dispose puisque vous m'acculez et que je ne peux pas faire semblant d'être le répondeur?* J'ai transmis les informations requises, j'ai procédé, mentalement, à une rapide évaluation de la somme qui me resterait, puis j'ai passé un quart d'heure à broyer du noir tout en salivant devant la quasi-totalité du nouveau catalogue en ligne d'Ann Taylor.

J'étais absorbée à m'imaginer dans un petit haut rouge très Grace Kelly quand Evie est entrée, vêtue d'une jupe en jersey de soie et d'un cardigan en résille rebrodé de perles en métal – l'une et l'autre de la saison dernière mais néanmoins ravissants, surtout avec ses talons compensés en daim et ses bracelets en cuir.

Tout n'allait peut-être pas si mal. Si Evie arrivait à un résultat aussi génial avec des articles de la saison dernière, j'en étais capable moi aussi. La vie ne se résumait pas au fric et à des crédits à taux raisonnable. C'était du moins ce que j'avais décidé de croire.

— J'ai de bonnes nouvelles, des moins bonnes et des très mauvaises, a annoncé Evie. Je commence par quoi?

— Les bonnes.

Que voulez-vous? Je suis une incorrigible optimiste.

— Melissa a appelé pour dire qu'elle n'a pas eu la main heureuse avec les deux prétendants que tu lui as fait rencontrer, mais qu'elle aimerait bien tenter sa chance avec un nouveau. Donc, j'ai fait quelques recherches et j'ai trouvé, je crois, le candidat idéal. Ils ont rendez-vous là, en ce moment même, a-t-elle ajouté en consultant sa montre.

Ce qui signifiait qu'elle avait renoncé à sa toquade concernant Francis. Indubitablement une bonne nouvelle.

— Et les mauvaises?

— Francis a appelé. Britney est malade et il est obligé d'annuler le rendez-vous de ce soir.

— Il a un rendez-vous ce soir ?

— C'est la très mauvaise nouvelle. Ce n'est pas une de nos clientes. En fait, il l'a rencontrée samedi soir, et elle lui a proposé de sortir, en compagnie d'une demi-douzaine d'autres femmes.

— Qui l'ont toutes rencontré à la soirée à laquelle il m'a accompagnée.

Evie a réfléchi à cette information et a souri.

— Donc, c'est un peu grâce à nous ? En ce cas, je crois que ce n'est pas une si mauvaise journée, finalement.

Elle a regagné son bureau et j'ai attrapé les dossiers qu'elle avait posés devant moi.

Le premier était celui de Melissa et le second celui de Jerry Dormfeld, l'amateur de hot dogs. Je les ai ouverts et placés côte à côte. J'ai lu le profil de la femme idéale selon Mr Hot Dog, avant de reporter mon attention sur le profil de Melissa.

Célibataire. N'ayant jamais été mariée. Pas d'enfants. Aucune famille dans l'État de New York. Serveuse dans un petit restaurant.

Evie avait assurément mis le doigt sur quelque chose. Sur le papier, Melissa remplissait toutes les conditions pour être la femme idéale de ce type.

Ou sa victime idéale.

Dès que cette pensée m'a traversé la tête, j'ai tâché de l'en chasser. Mais mon attention ne cessait de se reporter sur le premier dossier, et je croyais entendre la voix de Ty me réciter le *modus operandi* du kidnappeur (j'avais enfin renoncé à regarder le Springer Show pour renouer plutôt avec *Les Experts*).

Toutes ses victimes sont célibataires. N'ont jamais été mariées. Pas d'enfant. Pas de famille proche. Pas de vraie carrière.

Par-dessus le marché, Melissa était nouvelle en ville. Elle n'avait pas eu le temps de rencontrer beaucoup de monde. Son boulot, lui aussi, était nouveau. Il n'y aurait personne pour s'inquiéter immédiatement de sa disparition.

Avant qu'il ne soit trop tard.

Je devais appeler Ty.

En même temps, qu'avais-je à lui dire?

Ce n'était qu'une intuition. Énorme, certes. Mais intuition tout de même.

Le profil de Mr Hot Dog ressemblait à celui d'une demi-douzaine d'autres clients. Plus encore : lorsque je l'avais rencontré, qu'il s'était assis en face de moi, je n'avais lu dans son esprit aucune pensée suspecte. C'était juste un mec. Doté d'un cerveau monopiste. Sur laquelle il était question d'un hot dog à la sauce piquante. Fin de l'histoire.

Il y avait de fortes chances pour que Jerry Dormfeld ne soit pas le kidnappeur, et que ce soit juste moi qui déraille. En l'espace de quelques heures à peine, on avait tenté de m'empaler et j'avais bu le sang de Ty.

Comment une telle charge émotionnelle en un laps de temps si bref aurait-elle pu me laisser de marbre? C'est vrai, quoi! Je n'étais qu'une vampire. Pas Wonder Woman.

Je me suis replongée dans le dossier, et mon regard a buté sur la précédente adresse de Mr Hot Dog. Une adresse à Chicago.

Mon estomac s'est retourné.

Allons, allons, des tas de New-Yorkais sont originaires de Chicago.

Mais j'ai tout de même appelé Evie par l'interphone.

— Où as-tu dit que Melissa avait rendez-vous ce soir, déjà ?

— Je ne te l'ai pas dit, mais je peux regarder... (Je l'ai entendue pianoter sur son clavier.) Chez Carmine, ce restau italien dans l'Upper West Side. Leur poulet au parmesan est génial et leur carte des vins, impressionnante.

— Donne-moi l'adresse.

Je l'ai notée sur un Post-it, puis j'ai attrapé les deux dossiers, mon sac et je me suis levée.

— Au fait, a lancé Evie quand je suis passée devant son bureau. Francis voudrait que tu le rappelles quand tu auras un moment... (Elle s'est interrompue en remarquant mon sac à main.) Quelque chose ne va pas ?

— Non, non, rien, ai-je répondu en me dirigeant vers la porte, le cœur battant à tout rompre.

Rien du moins que je puisse prouver. Pour l'instant.

Je m'étais plantée du tout au tout. Chili Dog n'était pas le kidnappeur.

Mais alors, pas du tout. Le kidnappeur, c'était le vampire à l'air féroce qui se tenait à côté de lui.

Tapie dans l'ombre au pied de l'immeuble de Melissa, j'ai vu le vampire plonger son regard au plus profond de ses yeux et la soumettre, la transformer en une nouille molle. Mes narines se sont dilatées et j'ai humé de loin un parfum de Forêt-Noire.

Un vampire héréditaire.

Cela faisait une heure que j'avais quitté le bureau. Je m'étais d'abord rendue chez Carmine, pour découvrir que Melissa et son cavalier avaient déjà quitté le restaurant. De là, j'avais filé chez elle – toujours guidée par mon intuition – mais sa porte était encore verrouillée. Les seuls sons émanant de l'appartement, c'étaient les jappements discrets de sa chienne, Daisy.

J'avais vu là un signe encourageant.

Si j'étais un tueur en série, j'aurais sans aucun doute commencé par mettre un terme aux jappements. Ce qui signifiait qu'ils n'étaient probablement pas revenus ici. Ils avaient choisi d'aller ailleurs.

J'étais sur le point de me rendre à l'adresse qu'avait indiquée Chili Dog quand mes sens de super-vamp avaient détecté un bruit discret dans l'étroite impasse, à l'arrière de l'immeuble. Je m'étais avancée discrètement dans la pénombre en me dirigeant à tâtons le long du mur de brique, et lorsque j'étais parvenue à l'angle du bâtiment, j'avais tendu le cou, et mis en plein dans le mille.

Melissa, le regard vitreux, implorait d'une voix étranglée, inaudible, l'inconnu qui la dominait de son bon mètre quatre-vingts. Il portait la panoplie classique du vampire : pantalon noir, chemise en soie noire et mocassins Gucci. Il avait le regard charbonneux et des cheveux bruns qui retombaient en boucles sur ses épaules. L'un dans l'autre, il n'était vraiment pas mal du tout.

Ou l'aurait été du moins, si je n'avais pas senti cette violence tapie sous la surface.

Il ne voulait pas seulement son sang.

Il voulait boire son sang et, ensuite, la regarder mourir.

Le dos parcouru de frissons d'effroi, j'ai regardé Melissa s'effondrer à ses pieds. Il l'a soulevée sans la moindre difficulté, l'a passée par-dessus son épaule comme un sac de linge sale, puis sa silhouette s'est estompée tandis qu'il se dirigeait vers une Rolls Royce noire équipée de sièges en cuir, de jantes de luxe et d'un lecteur de DVD. (Que voulez-vous ? Ce sont des détails que je remarque.) Il s'est débarrassé d'elle sur le siège arrière, avant de se retourner vers Chili Dog.

Soudain, tout faisait sens : Jerry Dormfeld – si toutefois c'était là son vrai nom, ce dont je doutais quelque peu – était l'esclave de ce vampire. Son serviteur. Son toutou.

Voilà pourquoi les pensées de Jerry m'étaient demeurées impénétrables. Parce qu'il n'avait aucune pensée propre. L'unique but de son existence se résumait à exécuter les ordres de son maître. Il n'était capable que de former une seule et unique pensée : celle, quelle qu'elle soit, que son maître lui avait fichée dans le cerveau. En l'occurrence, l'image d'un énorme hot dog à la sauce piquante, avec une double ration d'oignons.

L'esclave parcourait la ville pour exécuter les ordres de son maître : il répondait aux petites annonces, visitait les agences de rencontres en quête de femmes correspondant au profil, et ensuite, Super Vamp débarquait et les kidnappait.

Et les vidait de leur sang.

Super Vamp regardait ensuite sa victime se transformer en vampire (un processus atrocement douloureux, d'après ce que j'ai entendu dire), avant de l'abandonner à la lumière du jour : carbonisée par le soleil, elle tombait en poussière.

Bye-bye les preuves.

N'importe quoi, a murmuré une voix. *Jamais je n'aurais dû me mettre à regarder* Les Experts.

En même temps, tout se recoupait. Un vampire héréditaire. Des femmes disparues. Aucun corps.

Et Melissa était la prochaine sur la liste.

J'ai sorti mon téléphone portable et composé le numéro de Ty.

— Salut, a grondé sa voix grave à l'autre bout de la ligne. Je ne peux pas vous répondre pour le moment, alors laissez un message. *Biiiiip*.

— C'est moi, ai-je chuchoté. À l'aide !

Je lui ai résumé la situation le plus succinctement que je pouvais, et aussi posément que j'en étais capable, puis j'ai appelé Evie.

— Il y a un problème avec le rencard de Melissa, ai-je murmuré avec précipitation.

— Le type est un loser ?

— En fait, c'est un meurtrier. (*Le* meurtrier.) Il faut que tu appelles ce numéro, et que tu continues à appeler jusqu'à ce que Ty Bonner réponde.

— Le chasseur de primes super canon ?

— Oui. Donne-lui ce numéro de plaque minéralogique, et dis lui que j'ignore où ils vont pour l'instant, mais que je le rappelle dès que possible pour le lui indiquer.

— Et si tu ne rappelles pas ?

— Préviens la police.

— Est-ce que je ne devrais pas la prévenir quoi qu'il en soit ?

Pour qu'ils se fassent tous massacrer s'ils réussissaient à localiser Super Vamp ? Merci bien. Je n'allais pas risquer de me retrouver avec *ça* sur la conscience.

Cela dit, si jamais je ne rappelais pas pour indiquer le lieu de leur destination, cela signifierait que j'avais moi-même été massacrée. Et que je n'aurais donc guère l'occasion de me morfondre dans ma culpabilité.

J'ai chassé cette pensée.

— On n'a rien à leur dire pour l'instant. Contacte Ty, c'est tout. Je dois raccrocher.

Je me suis accroupie précipitamment derrière une benne à ordures en voyant Super Vamp se retourner vers le coin d'ombre où j'étais cachée. Il m'avait entendue. Je l'ai compris avant même de le sentir approcher.

J'ai senti mes poils se hérisser et j'ai fermé les yeux.

Je me suis concentrée sur la première chose qui m'est venue à l'esprit – Britney. Et, en quelques secondes, je me suis retrouvée transformée en un clone de l'insupportable petit cocker-caniche.

La benne a volé et s'est écrasée violemment contre le mur. Des yeux gris et perçants m'ont fixée.

J'ai secoué ma queue et lâché un chapelet de petits aboiements stridents.

— Sale petite merde.

Bon, d'accord, moi non plus, je ne portais pas Britney dans mon cœur, mais franchement, là, il poussait un peu.

J'ai continué à aboyer et j'ai même mordillé sa cheville, jusqu'à ce qu'il fasse demi-tour et regagne sa voiture. Il s'est installé derrière le volant. Les portes ont claqué. Le moteur s'est mis en route et la voiture est sortie de la ruelle, nous laissant derrière, Chili Dog et moi, en train de le regarder s'éloigner.

Une fois la voiture disparue, l'esclave a quitté la ruelle. Il avait fini sa nuit et accompli son travail.

Le mien venait juste de commencer.

Je me suis concentrée de nouveau, et en un clin d'œil, je suis redevenue moi – moi *moins* les bottines Miu Miu. C'est un peu le problème avec les métamorphoses – surtout quand on ne pratique pas très souvent. On se rouille vite. Parfois, tout marche au poil, et d'autres fois, on sème des trucs dans le processus croisé. Une paire de chaussures. Un sac à main. Un portable.

J'ai coincé le porte-documents sous mon bras, mon portable soigneusement rangé à l'intérieur avec les deux dossiers, et je me suis efforcée de passer outre à l'humidité que je sentais sous mes plantes de pieds. Je savais que mes bottines étaient très certainement dans les parages – dans la benne à ordures qui gisait par terre, renversée, par exemple ou entre ce tas de cartons et, si j'avais eu le temps, j'aurais passé tout le périmètre au peigne fin, hystérique.

Mais pour Melissa, le temps était compté, alors j'ai résisté à la tentation et j'ai fermé les yeux.

Encore un petit effort de concentration, et le bruit d'un battement d'ailes a soudain empli mes oreilles. Ma vision a gagné en acuité, et je me suis sentie devenir aussi légère qu'une plume. Mes dents ont rapetissé, elles se sont aiguisées (une vraie dentition de chauve-souris) et j'ai pris mon envol. À cet instant, il ne me restait plus qu'à espérer que j'avais réussi ma couleur. Noire, en l'occurrence. Rose, ç'aurait été à l'évidence une insulte à la discrétion. J'ai quitté la ruelle, repéré la voiture qui s'engageait dans une des artères principales du quartier, puis j'ai engagé la filature.

30

Ce n'était pas un hangar à bateau.

Mais une grande demeure dans un quartier résidentiel très chic du New Jersey, entourée de vastes maisons en brique et de pelouses impeccablement entretenues. La voiture s'est engagée dans l'allée. La porte du garage s'est ouverte en grondant et la Rolls a disparu à l'intérieur, puis le volet s'est refermé à l'instant précis où j'atterrissais derrière des haies, et troquais mon allure de chauve-souris au poil lustré contre mon moi habituel.

Moins mon bracelet Gucci adoré, et mon mini-blouson en daim.

J'ai lutté pour endiguer une vague de colère. À quoi m'étais-je attendue ? *Tout s'entretient, sinon on perd la main*, dit toujours Max. Quand mon frère a raison, ça me met hors de moi.

Je me suis obligée à regarder le bon côté des choses : mon sac à main était toujours là, mon portable aussi, et j'étais entière. Que peut demander de plus une vampirette célibataire ?

Je suis allée relever le numéro indiqué sur la boîte

aux lettres, puis l'ai transmis par texto à Evie, au bureau. Et à Ty. Je ne voulais pas prendre le risque de passer un appel. Super Vamp m'avait entendue une fois, ce n'était pas la peine de tenter le diable. L'objectif, c'était de faire profil bas et, avec un peu de chance, la cavalerie n'allait pas tarder.

Mais elle tardait tout de même trop, me suis-je dit lorsque j'ai contourné la maison et découvert Melissa dans une chambre à l'arrière, étendue sur un couvre-lit de satin rouge, entièrement nue. Son ravisseur achevait de lui menotter les poignets et les chevilles aux barreaux du lit. Une vive odeur d'huile s'est insinuée dans mes narines tandis que, de derrière la fenêtre, j'observais Super Vamp se redresser pour contempler son travail. Il a vérifié que chaque poignet était solidement attaché, avant de tourner le regard vers la baie vitrée qui occupait toute la longueur du mur.

Un mur exposé plein est.

Bonjour le bain de soleil!

Que voulez-vous que je vous dise? J'ai vraiment tout pour moi : la beauté et l'intelligence. Une vague d'autosatisfaction m'a submergée, aussitôt suivie par une bouffée de panique lorsque j'ai dû faire, *in extremis*, un vif écart de côté pour éviter d'être repérée. De là, j'ai compté les secondes, avant de sentir enfin l'attention du vampire se reporter vers sa victime.

J'ai avancé la tête au ras de la fenêtre juste à temps pour voir le vampire promener ses mains sur le corps de Melissa. À son contact, elle s'est arc-boutée en tirant sur ses entraves. Elle avait le regard vitreux et une expression d'avidité. Elle aimait ce qu'il était en train de lui faire, et elle en voulait davantage.

Elle voulait ses mains.

Sa bouche.

Ses crocs.

Pardi. Elle avait été vampée. Réduite à une masse de chair frémissante, et seul Super Vamp pouvait satisfaire ce désir impérieux qui, croyait-elle, la dévorait. Or celui-ci n'était pas réel. Il n'était qu'une illusion, créée de toutes pièces par un vampire, et lorsque Melissa reviendrait à la raison, il serait trop tard.

Elle serait elle-même vampire. Et condamnée à la lumière douloureuse du soleil.

Bon, ça suffit. Arrête les exposés théoriques et agis.

J'ai couru jusqu'à la porte d'entrée, aussi vite que mes pieds nus et dotés de pouvoirs surnaturels me le permettaient. J'ai dit une prière – en espérant que Notre Tout-Puissant Vampire Qui Êtes Là-Haut avait un petit moment de libre – et j'ai sonné.

— Salut! ai-je claironné avec un sourire éclatant lorsque la porte s'est ouverte et que Super Vamp m'a dévisagée d'un regard noir, affamé et suprêmement agacé. (Ouf! Il ne l'avait pas encore mordue.) Je suis Lil, votre voisine, me suis-je présentée en souriant de plus belle. Je passais vous souhaiter la bienvenue dans le quartier. Vous venez d'emménager, n'est-ce pas?

— Il y a quelques semaines de ça. Mais je ne vais pas rester longtemps ici. Je suis locataire. Je voyage. Pour mon travail.

— Cela n'empêche pas de lier connaissance. (Encore un sourire, et j'ai décidé de jouer le tout pour le tout. Il savait pertinemment que j'étais une vampire, et héréditaire de surcroît.) C'est tellement agréable d'avoir un des miens comme voisin. Vous n'imaginez pas à quel point je me suis sentie esseulée, à vivre ici au milieu de tous ces humains. Et de cette meute de loups-garous, ai-je ajouté en baissant un peu la voix. (J'ai secoué la tête.) Sans même parler de Mrs Abercrombie, là-bas, au coin de la rue. Si vous saviez à quoi elle s'amuse, une fois que le soleil se couche… C'est vraiment dur d'être un vampire, de nos jours.

Il m'a dévisagée avec suspicion, avant de hausser les épaules.

— Oui, ce n'est certes pas comme au bon vieux temps.

— Ah, le bon vieux temps ! Et c'était quand, pour vous ?

— Il y a près de huit siècles.

J'ai sifflé, tout en réfléchissant à toute vitesse. Si jamais le projet Francis capotait, peut-être pourrais-je transformer ce type en compagnon d'éternité potentiel… Non, non. Les vampires mal dégourdis, c'était une chose. Les vampires vicieux et meurtriers… Franchement, qui pourrait leur faire confiance ?

— J'adorerais vous mettre au courant des petits potins du quartier. Et si vous m'invitiez à entrer ? Nous pourrions bavarder, évoquer le bon vieux temps…

— Non. Je suis occupé. Je n'ai pas le temps.

— Même pour une petite visite ?

— Même pour une petite visite.

— Vous vous apprêtiez à dîner, peut-être ?

— Oui, quelque chose dans ce goût-là.

— Laissez-moi vous tenir compagnie. Je déteste manger seule.

— Moi, ça me plaît.

— Allons ! ai-je grimacé. Ce n'est pas marrant de dîner tout seul dans son coin. Montrez-vous sociable.

Qu'est-ce que je racontais ? Un vampire dîne toujours seul. Sauf pour ce qui est des hors-d'œuvre, évidemment.

Il s'est raidi et a froncé les sourcils.

— Je ne veux pas me montrer sociable.

— Détendez-vous !

Il a secoué la tête.

— Je ne veux pas me détendre. Écoutez, allez-vous-en. Je n'aime pas qu'on se mêle de ma vie privée.

Et sans me laisser le temps d'ajouter autre chose, il m'a claqué la porte au nez.

J'ai resonné et, cette fois, la porte s'est ouverte à la volée.

— Quoi ? a-t-il grincé.

— Je me demandais si vous aimeriez acheter des biscuits, des jeannettes ?

— *Quoi ?*

Comme tu dis.

— Oui, je euh… Voilà : je me disais que vous aimeriez peut-être en apporter à vos collègues, au bureau. Ou peut-être avez-vous une bonne, ou un jardinier… Je suis sûre qu'une boîte de Thin Mints leur ferait plaisir. Ils sont sensationnels. (En le voyant me dévisager comme s'il m'avait poussé une auréole, je me suis empressée d'ajouter :) Naturellement, je ne parle pas d'expérience. Je ne peux pas manger de biscuits, comme vous le savez pertinemment. Mais des humains de ma connaissance m'assurent que ces biscuits sont absolument succulents.

Je vous accorde que mes histoires de biscuits étaient assez vaseuses, mais il avait l'air tellement en rogne que ça me rendait très nerveuse, et il avait bien fallu que j'invente quelque chose.

Il m'a toisée de la tête aux pieds – nus.

— Vous n'avez pas de biscuits avec vous.

— Eh bien... non. Mais je peux aller les chercher. Vous pourriez même m'accompagner. Pour les choisir.

— Allez vous faire voir !

Il a claqué la porte.

J'ai sonné de nouveau.

— Je suppose que vous déclinez mon invitation, ai-je dit quand il a rouvert la porte.

— Vous supposez bien.

La porte a claqué. J'avais le doigt prêt à enfoncer la sonnette quand j'ai entendu, dans mon dos, Ty demander de sa voix grave :

— Où est-elle ?

J'ai fait volte-face ; il se tenait si près de moi que mon menton a heurté son torse. J'ai sursauté.

— Bon sang, il était temps ! Elle est là-bas, ai-je ajouté en désignant l'arrière de la maison.

Nous sommes arrivés devant la baie vitrée à l'instant même où le vampire pénétrait dans la chambre. Il a grommelé quelques imprécations, où il était question de « saleté de voisine fouinarde » et de « maudits gâteaux de scouts » et Ty m'a jeté un regard interloqué qui semblait demander : *Mais qu'est-ce qu'il raconte ?*

J'ai haussé les épaules.

— Que voulez-vous que je vous dise ? Je n'ai pas l'habitude de réfléchir en position verticale.

Le vampire s'est approché et Ty a sorti de sa poche un Sig calibre quarante qui paraissait menaçant.

— Ça ne va pas lui faire grand mal, ai-je observé.

— Ça va le ralentir assez pour que je puisse le maîtriser et lui poser quelques questions.

— Ah...

— Reculez-vous.

Il a visé et braqué le faisceau rouge en plein dans l'épaule de Super Vamp. Mais à l'instant où il allait appuyer sur la détente, on a sonné à la porte.

Et à partir de là, tout s'est passé très, très vite.

Le vampire, fou de rage, a pivoté sur ses talons. Ty a appuyé sur la détente. La vitre a volé en éclats. Quelqu'un a hurlé.

Et hurlé, et hurlé.

Et là, je suis restée bouche bée en voyant Francis se matérialiser sur le seuil de la chambre – hé, minute ! *Francis ?* – suivi de près par Evie.

Le vampire blessé a fondu sur les visiteurs. Ty a plongé sur lui par la vitre cassée, mais il était bien trop loin. Vamp le Maudit, amoché, a empoigné Francis et l'a projeté contre le mur. Puis il a attrapé Evie, qui a volé dans les airs et atterri, en vrac, dans un coin de la pièce.

Francis avait des ressources. Mais pas Evie.

Je suis arrivée à côté de son corps sans connaissance juste au moment où Francis lançait sa contre-attaque (*vas-y, Francis !*). Il s'est jeté sur Vamp le Maudit, lui a donné un coup de tête et, le saisissant à bras-le-corps, l'a mis au tapis. Ty s'est joint à la mêlée et, pendant qu'il maintenait le vampire criminel au sol en l'étranglant d'une main, Francis lui a assené quelques coups bien sentis dans la mâchoire. Vamp le Maudit a réussi à se remettre debout et à envoyer Francis dans le décor, puis il a planté ses crocs dans le bras de Ty, toujours suspendu à sa gorge.

Je ne sais pas trop ce qui s'est passé ensuite. Sinon qu'à un moment donné Vamp le Maudit se débattait pour échapper à l'emprise de Ty, et que l'instant suivant, je l'ai vu traverser la chambre en vol plané – Ty avait une sacrée droite – et venir atterrir, membres emmêlés, à mes pieds.

Si l'ennemi avait été humain, ça aurait été là la conclusion. Mais ce type était un vampire. Autrement dit, une sacrée tête de mule. Il ne voulait pas lâcher l'affaire.

Il s'est redressé, sur des jambes flageolantes, et j'ai senti ma main se refermer sur un gros tesson de verre.

— Hé ! ai-je fait en lui tapant sur l'épaule.

Il s'est retourné. J'ai projeté la main en avant et enfoncé le tesson dans sa poitrine. Immédiatement, son corps s'est raidi ; sa bouche s'est entrouverte et une écume blanchâtre en a dégouliné (beurk !). L'instant d'après, il s'est transformé en poussière. Chair, os, et *pouf* ! Il était parti.

J'ai traversé une crise existentielle de cinq secondes, avant de me précipiter au secours de mon assistante, toujours à terre.

— Evie ?

J'ai cherché son pouls et en le sentant battre sous mes doigts, la panique s'est apaisée.

— Que s'est-il passé ? a-t-elle demandé quelques secondes plus tard quand elle a rouvert les yeux. Il m'a frappée ? (Elle a regardé autour d'elle, mais il n'y avait aucun « il » en vue.) Où est-il allé ?

— C'est une longue histoire. (Que je n'avais aucune intention de lui raconter.) Que fais-tu ici ?

— Je ne pouvais pas rester au bureau à me tourner les pouces pendant que tu pourchassais un dangereux meurtrier. Je devais t'aider.

— Et Francis ?

Francis était en train de batailler avec les menottes pour libérer Melissa, qui se tortillait dans tous les sens. Quand Vamp le Terrible s'était transformé en poussière, son emprise sur la jeune femme s'était, elle aussi, dissipée. Et en cet instant, Melissa hurlait, d'une voix si stridente qu'elle couvrait presque les sifflements des sirènes de police qui approchaient.

— Je venais de recevoir ton message quand il a appelé, m'a expliqué Evie. J'étais tellement bouleversée que je lui ai raconté ce qui se passait. Et quand il a su que c'était Melissa qui avait été enlevée, il a un peu pété les plombs. Tu savais qu'il l'aimait bien, toi ?

— Oui, il m'en a touché deux mots, un jour.

Et j'avais essayé de le dissuader. Elle humaine. Lui vampire. C'était perdu d'avance.

— Donc, il est passé me chercher et nous avons accouru en renfort, a poursuivi Evie.

Les hurlements de Melissa ont laissé place à un sanglot tandis qu'elle regardait Francis délivrer son poignet gauche.

— C'est vrai que tu as pété les plombs, quand tu as su que j'avais été enlevée ? a-t-elle demandé en le fixant.

— Ben, ouais. Tu es sympa. Je ne voulais pas qu'il t'arrive des bricoles.

— Je ne pensais pas que tu m'aimais bien. Tu ne m'as jamais rappelée.

— Je ne pensais pas que tu en avais envie.

— Mais, Lil ne t'a pas dit…

Elle a laissé sa phrase en suspens et deux paires d'yeux se sont braquées sur moi. J'ai haussé les épaules.

— Tout le monde peut se tromper, non ? Personne n'est parfait.

J'ai aidé Evie à se remettre debout pendant que Ty gagnait la porte d'entrée pour accueillir la police.

Des humains et des vampires. Allez comprendre.

Une demi-heure plus tard, je me trouvais au bout de l'allée, toujours pieds nus et en compagnie d'une flopée de voisins. La maison grouillait de policiers et d'agents du FBI. Un ruban jaune avait été tendu tout autour de la scène de crime. Une ambulance était garée le long du trottoir. Melissa était étendue sur une civière, et pendant que deux infirmiers soignaient les multiples petites entailles que la baie vitrée, en volant en éclats, lui avait faites sur les bras et le torse, Francis lui tenait la main.

Une autre ambulance, qui venait de disparaître au bout de la rue, avait emporté Evie. Elle souffrait d'une contusion sans gravité, qui nécessitait vingt-quatre heures d'observation dans un hôpital des environs.

Je l'aurais volontiers accompagnée, mais j'avais été obligée de rester dans le coin pour faire une déposition. Avec un peu de chance, ce serait une histoire réglée avant la fin du siècle.

J'ai adressé un petit signe de main au groupe de policiers rassemblés devant la porte d'entrée.

— Coucou ! Vous vous souvenez de moi ?

— Comment pourrais-je vous oublier ? a soufflé la voix grave de Ty dans mon oreille. (Je me suis retournée et il était là, à côté de moi.) Vous avez fait un sacré bon boulot.

— Bah, c'était pas grand-chose. Bon, d'accord, je lui ai enfoncé ce morceau de verre dans le cœur, mais je n'avais pas le choix. À part ça, je n'ai rien fait.

— Vous avez crié. Fort. Je crois que je n'avais jamais entendu un vampire crier avant ce jour.

— Pff! ai-je fait en haussant les épaules. Ce n'est qu'un de mes nombreux talents.

— Non, franchement, vous avez assuré.

J'avais réussi à transpercer le cœur d'un congénère et à mettre un terme à son existence sans vomir, ni m'effondrer en larmes. Effectivement, ce n'était pas donné à tout le monde. Mais pour être sincère, je me serais volontiers passée de cet exploit.

— Personnellement, si j'avais dû gagner du temps, je ne me serais pas contenté de lui proposer des petits gâteaux... Mais bon, moi, c'est moi.

J'ai souri malgré l'étrange tristesse qui pesait sur ma poitrine.

— Ça a marché, n'est-ce pas?

Il a secoué la tête, comme s'il était surpris et une ébauche de sourire est apparue au coin de ses lèvres.

— Un peu, que ça a marché.

Un silence a suivi, puis j'ai tourné le regard vers la maison. Mais mon attention, elle, est restée tout entière concentrée sur l'homme debout à côté de moi. Si près de moi que quelques centimètres à peine nous séparaient, et empêchaient nos corps de se toucher. Un frisson a parcouru ma colonne vertébrale à la vitesse de la lumière.

— Vous avez froid, on dirait. (Du cuir souple a glissé sur mes bras nus tandis qu'il m'enveloppait dans son manteau. Son odeur enivrante m'a étourdie.) Je vous aurais volontiers prêté mes bottes, mais je ne pense pas qu'elles soient à votre taille. En même temps, je ne pense pas que le froid vous gêne réellement.

J'ai réalisé alors que Ty n'en savait pas plus sur les

vampires héréditaires que moi sur les convertis. Ce qui, dans ce cas précis, était une bonne chose.

— En fait, si, j'ai *un peu* froid, mais ça va aller. Merci.

Je me suis recroquevillée sous la veste et j'ai fait semblant de claquer un peu des dents.

— Avec plaisir.

Il semblait sur le point d'ajouter quelque chose. Ou de me toucher. Les deux.

S'il te plaît !

Peut-être bien, finalement, que j'étais en train d'attraper froid. Je me berçais d'illusions. Je m'imaginais vivre sur une autre planète. Je n'étais pas censée désirer Ty, pas plus que lui n'était censé me désirer, et le monde n'était tout simplement pas censé marcher de cette façon…

— Je vais revenir.

Sa voix grave a coupé court à mes divagations et m'a ramenée en sursaut à l'instant présent.

— C'est vrai ?

L'affaire était désormais résolue. L'enquête close.

— Bien sûr. Je dois faire une déposition chez les flics, et parler aux légistes du corps du suspect.

— Mais il n'y a pas de corps.

— Justement. Je vais revenir, a-t-il répété.

Et avant que je comprenne ce qui se passait, j'ai senti ses lèvres effleurer mon front.

Bon, l'espoir fait vivre, non ?

— Alors comme ça, vous dirigez une agence de rencontres ? a demandé une des voisines après le départ de Ty, en brandissant une carte qu'Evie – lorsqu'elle était étendue sur le brancard – lui avait donnée. (J'ai hoché la tête.) Mon mari est mort l'an dernier et je songeais à me remettre sur le marché, a-t-elle ajouté. Mais c'est dur, vous savez. Rencontrer quelqu'un, ça peut vite se transformer en enfer.

J'ai repensé aux événements de la nuit et j'ai regardé, entre les pans du manteau de Ty, mon débardeur éclaboussé de sang.

— Vous êtes loin d'imaginer à quel point.

ÉPILOGUE

Mr Wilson Harvey et Miss Nina Wellburton comptent vivement sur votre présence lors de leur cérémonie d'engagement...

Assise à mon bureau, par un beau clair de lune, et sous un ciel constellé d'étoiles, je contemplais l'épais bristol gravé de lettres dorées. Mon cœur s'est mis à battre d'excitation.

— Je n'ai jamais vu une invitation à un mariage formulée de cette façon, a observé Evie en regardant par-dessus mon épaule. C'est bien de cela qu'il s'agit, n'est-ce pas ?

— Oui.

Ou du moins, de son équivalent vampirique. Il y aurait une grande réception. Et les demoiselles d'honneur auraient les robes les plus moches qu'il m'avait été donné de voir depuis que ma tante Clarabella de Louisiane avait échangé les charmes d'engagement à Shreveport, juste avant le début de la guerre de Sécession. Imaginez un tableau quelque part entre *Autant en emporte le vent* et *Le Bal de l'horreur IX*.

Eh oui…

Notez bien que je n'étais pas en train de me plaindre. Pour voir Nina II casée avec le vampire de ses rêves et heureuse jusqu'à la nuit des temps, j'aurais enfilé avec joie une robe à cerceaux quitte à me transformer en bouteille géante d'Orangina.

C'est à cela que servent les amies, non ?

— J'ai l'impression qu'ils vont faire ça à l'économie.

Il était mentionné sur le carton *Prière d'apporter à boire*. Et je n'avais pas l'intention d'expliquer à mon assistante de quoi il s'agissait.

Evie n'avait toujours pas percé à jour mon petit secret. Pour elle, j'étais une patronne excentrique – et, naturellement, dotée d'un goût très sûr – qui possédait une impressionnante collection de bracelets et ceintures de créateur.

Et les autres, ils en étaient où ?

Eh bien, Nina I souffrait toujours de son addiction au shopping, même si avec Nina II, nous l'avions persuadée de réduire la cadence. Cela dit, peut-être était-ce simplement son père qui avait resserré les cordons de la bourse. Mon frère Max continuait de jouer les Casanova, et Jack et Rob s'efforçaient toujours de suivre ses pas. Esther Crutch attendait encore que je lui trouve un prétendant – entre deux injections de Botox et des massages anticellulite. Mon père continuait à livrer bataille pour défendre ses droits territoriaux le long des haies de sa propriété. Ma mère n'avait pas renoncé à me caser. Quant à Ty, il continuait de hanter mes fantasmes.

Et pas que. Malheureusement.

Il avait aidé le NYPD à résoudre plusieurs enquêtes et les policiers avaient été tellement satisfaits de son travail qu'ils lui avaient demandé de prolonger son séjour à Manhattan.

Je sais. Je vais avoir des problèmes, non ?

Je dois préciser, à mon crédit, que je ne lui avais pas sucé le sang – ni aucune autre partie de sa personne – depuis cette fameuse nuit, chez moi. Et que je ne l'avais pas non plus embrassé. Hélas.

Enfin pour l'instant.

— C'est tellement excitant, a dit Evie, détachant efficacement mes pensées de Ty. C'est notre premier mariage officiel. Il faut absolument qu'on encadre l'invitation et qu'on l'accroche sur notre Mur des Heureux Dénouements.

— Depuis quand avons-nous un Mur des Heureux Dénouements ?

— Depuis aujourd'hui, a-t-elle répondu en agitant l'invitation.

J'ai souri, en dépit du fait que rien n'avait exactement tourné comme prévu. En l'occurrence, Francis avait remisé sa toute nouvelle défroque de tombeur, il avait éconduit la demi-douzaine de vamps bien nées qui avaient craqué pour lui lors du gala, trois mois plus tôt, et il vivait à présent avec Melissa.

Certes, ils étaient heureux. Et comme qui dirait mariés, si on considère qu'une stricte monogamie et des pulls assortis sont l'expression d'une dévotion éternelle. Mais ils ne prévoyaient pas de pouponner, ni ne portaient le sang de l'autre à leur cou. Ce qui signifie qu'ils étaient loin d'offrir l'exemple parfait d'un happy end vampirique.

Même si j'avais échoué à trouver une compagne d'éternité au plus vieux et plus empoté vampire vivant, j'en avais cependant trouvé une pour le vampire le plus chipoteur de la terre – à savoir Wilson Harvey.

Et pour ça, je peux dire que j'assure à mort.

Le bouche à oreille qui avait suivi cette histoire de kidnappings et de meurtres n'avait pas fait de mal non plus. Ty avait réussi à étouffer l'incident qui avait eu lieu dans le New Jersey grâce à quelques copains très haut placés. Qui aurait pu imaginer que le FBI possédait une véritable unité d'enquête paranormale dirigée par, *ta dam...* un vampire ? Les autorités locales en revanche s'étaient livrées à quelques spéculations. Mon nom avait circulé dans tout le gratin new-yorkais, et plus d'une fois. Inutile de dire que cela m'avait valu une certaine réputation ainsi qu'une quantité impressionnante de clients, vampires héréditaires ou flics esseulés.

Entre autres créatures.

J'ai dit au revoir à Evie et j'ai attendu qu'elle soit partie pour consulter le message qu'elle avait posé sur mon bureau.

Rappelle Viola Hamilton. C'est urgent...

Urgent ? Qu'est-ce que la reine des garelles pouvait bien vouloir qui soit *à ce point* urgent ?

Mon estomac s'est serré mais j'ai décroché le téléphone et composé le numéro. J'avais affronté un meurtrier, casé ma meilleure (et plus ennuyeuse) amie et réussi à faire nettoyer une paire de bottines Miu Miu sans que cela laisse de séquelles. Rien n'était hors de ma portée.

Du moins, c'est ce que je me suis dit.

Et il n'y avait qu'une seule façon de découvrir si c'était vrai.

REMERCIEMENTS

J'aimerais remercier mon agent, Natasha Kern, pour son expertise, ses conseils et la foi sincère qu'elle a placée en moi. Sans elle, jamais cet ouvrage n'aurait vu le jour.

Merci également à Nina Bangs et Gerry Bartlett pour leur lecture sous l'impulsion du moment, et pour m'avoir si souvent encouragée dans les moments d'abattement. Vous êtes les meilleurs !

Merci également à Charlotte Herscher, ma directrice littéraire, pour sa patience et sa gentillesse. Vous m'avez permis de continuer, de bien plus de façons que vous ne l'imaginez.

Et je remercie tout particulièrement mon mari d'être si merveilleux quand *moi*, je ne le suis pas. Je ne sais pas ce que je ferais sans toi.

Cet ouvrage a été imprimé en France par

CPI
Bussière

à Saint-Amand-Montrond (Cher)
en mai 2009

FLEUVE NOIR
12, avenue d'Italie
75627 Paris Cedex 13

— N° d'imp. : 091650/1. —
Dépôt légal : juin 2009.